陰門陣

盛約翰 著

《哀鴻遍野》（英文版）序言

《哀鴻遍野》這部短篇小說集的內容主要由三個方面即情感、社會和歷史的題材組成。情感方面並不是宣洩個人的情感經歷，而是通過小說人物展現他們的情感世界，這種情感自然有它的特殊性同時也含有它的普遍性和共鳴性，而社會小說所反映的理當是當今社會的種種「光怪陸離」的現象，由於民族、文化乃至社會制度的特徵，本小說集裡的故事，力爭反應當今中國社會的種種表現以及從表現中展示出人們的物質與精神世界。至於歷史小說，一般以長篇見長，不過從小說集裡的幾則短篇中，讀者還是可以看出許多「端倪」，因而聯繫到當今社會，不難看出，一個政府在極力展示「欣欣向榮」的社會表象，其實和一百多年前，當時中國還處在清王朝時期的所作所為有很大的「異曲同工」的作為，即社會的變革與發展還處在「器物層面」，還沒有進入「制度層面」乃至「思想層面」，無論是政府引以為傲飛船、高鐵還是航母，或是體育獎牌，僅僅是「器物層面」的發展，中國社會還會繼續停留在「人治」和「迷信」的狀態，就永遠不可能和世界文明真正接軌。

盛約翰

二〇一七年九月五日

《哀鴻遍野》（德文版）序言

把小說集從中文版全部被譯成了英文版，終於實現了出版英文小說集的願望，這次有機會和出版社合作，再把英文版譯成德文版，心中還是充滿了期待。在用德語的國家中，包括德意志、奧地利和瑞士，自然使人聯想起歌德、貝多芬、莫札特等不朽的名字，所寫的小說集能夠進入德語地區，心裡有一種回饋的願望。再說說這部小說集，描寫了社會上的方方面面，雖然不像長篇那樣的史詩般的恢弘，但因為是聚焦了當今中國社會上多層次多角度的現狀，就有那種中國長卷畫皇帝南巡「散點聚焦」的功效，使人在鑒賞的過成中，發現眾多的景點和人物，從而在欣賞完整個長長的畫卷後，對當時那種目不暇接的壯觀場景一目了然地表象於心中，當然，文學的目的有所不同，描寫現狀更是為了改變現狀。在書面上寫到：共和國，它在哪裡？我找不到那個地方！德意志民族應該都知道詩人海涅在面對四分五裂的德意志國土曾經這樣感歎：德意志，它在哪裡？我找不到那個地方！今天的中華人民共和國，依然是強權專制的國土，人民依然沒有民主、自由，國家的憲法和司法形同虛設，更有體制內的學者和司法官員公開吹捧帝制和叫囂抵制西方「憲政民主」、「三權分立」、「司法獨立」等政治制度，因此，我和許許多多有良知的知識份子一起在尋找我的共和國。

盛約翰

二〇一八年三月九日於雪梨

目次

003 《哀鴻遍野》（英文版）序言
004 《哀鴻遍野》（德文版）序言
007 美人盂與紅鉛丸
013 宮女、烈女和纏足
019 陰門陣
028 刺殺攝政王
037 就義
047 哀鴻
055 湖與淚
065 爬雪山、過草地
074 逮捕令
083 元帥之死
091 戚夫人
101 財厚將軍
110 權鬥
116 落馬
122 潛逃
128 風燭

133 群英會
140 死亡預謀
145 壯士斷腕
150 西門慶街
157 還俗
163 代孕
171 陰婚
177 彩雀
189 棄嬰
193 暴雨
198 欲望的代價
205 逃離
212 死亡之旅
217 賣血記
224 村莊的故事
242 李玫和她的小狗
248 最後的晚餐
254 紅袖章

美人盂與紅鉛丸

明代中後期，宦官當道，貪污腐化成風，民不聊生。雖然宦官的庭院金碧輝煌，但由於下體挨過一刀，心裡多少有些扭曲與變態，因為絕後，不必考慮後代的遺產繼承，只要在宮裡侍候主子得了勢，就能為所欲為，有的還妻妾成群，人稱「菜戶」。這還不夠張揚，有人從買來的奴婢中，選那些年紀輕、面容姣好的，令她終日跪在房中侍候，等到主人一咳嗽，美人就立刻張開櫻桃小嘴，接住主子從嘴裡吐出的痰，然後面帶微笑咽下去，這就是「美人盂」。

隨著宦官風的盛行，「美人盂」風行一時，誰家的「美人盂」美麗動人，主人臉上也就越有光。當時的豪族富戶對此舉也爭相效仿，誰家權勢燻天財大氣粗，誰家就要擺個活生生的美人做「盂」，那「美人盂」越是光鮮漂亮，越能顯得主人身分顯赫。

為了討好皇帝，有宦官獻上「紅鉛丸」，那是宮中特製的一種春藥，它的制法特別：須從童女首次月經盛在金銀器內，加上夜半第一滴露水、烏梅等藥，連煮七次濃縮，再加上乳香、沒藥、辰砂、南蠻松脂、尿粉等攪拌均勻，用火提煉，最後才形成固體，製成丸藥。為了製作紅鉛丸，宮廷裡的侍臣從周邊地區先挑選十一至十四歲少女三百人入宮，數年後又陸續從民間挑選宮女，前後共計一千零八十人，這些尚未成年的小姑娘，後來都成了皇帝制春藥用的「藥渣」。有詩曰：

兩角鴉青兩箸紅，靈犀一點未曾通。
自緣身作紅丸藥，憔悴春風雨露中。

為了保持宮女的清潔，宮女們在宮中不得進食，而只能吃桑葉、飲露水，動輒予以毆打，有二百多位宮女被打死，被徵召的宮女都不堪其苦。那晚，皇上吃過一顆紅鉛丸，又連續召幸曹妃王妃等幾個嬪妃，直到次日凌晨時分皇上才皇安然入睡。此刻，十幾個宮女決定趁皇上熟睡時把他勒死。先是楊玉香把一條粗繩遞給蘇川藥，這條粗繩是用從儀仗上取下來的絲花繩搓成的，蘇川藥又將拴繩套遞給楊金英。邢翠蓮把黃綾抹布遞給姚淑皋，姚淑皋蒙住皇帝的臉，緊緊地掐住他的脖子。刑翠蓮按住他的前胸，王槐香按住他的上身，蘇川藥和關梅秀分把左右手。劉妙蓮、陳菊花分別按著兩腿。待楊金英拴上繩套，邈淑皋和關梅秀兩人便用力去拉繩套。眼看就要得手，繩套卻被楊金英拴成了死結，最終才沒有將這位皇上送上絕路。宮女張金蓮見勢不好，連忙跑出去報告方皇后，前來解救的方皇后也被姚淑皋打了一拳。王秀蘭叫陳菊花吹滅燈，後來又被陳芙蓉點上了，許秋花、鄭金香又把燈撲滅。這時，管事的被陳芙蓉叫來，這些宮女才被一一捉住。嘉靖皇帝雖然沒有被勒斷氣，但由於過度驚嚇，一直昏迷著，好久才醒來。

事後，司禮監對她們進行了多次嚴刑拷打，對她們逼供，但供招均與楊金英相同。最終司禮監得出：「楊金英等同謀弒逆。張金蓮、徐秋花等將燈撲滅，都參與其中，一併處罰。」最後，方皇后下令，將楊金英等十餘名宮女「押至西市，梟首示眾」，而首謀之一的王甯嬪和知情的曹端妃，則在皇宮內一個僻靜的角落被吊死。

到了明朝最後的兩個皇帝，兄長天啟皇帝朱由校沒什麼文化，基本算是個文盲，但是他的愛好不少，其中最著名的一個愛好就是木匠活，而且手藝精湛。每天清晨，皇宮中就能聽到他做木工活發出的叮叮噹噹的聲音，這聲音有時到了半夜都不消停，因為每天忙於打家具，皇帝把朝中的事交給了一個宦官魏氏，把家裡的事情交給了自己的奶娘客氏，這兩個人又正是一對「菜戶」，他們大權在握，把大明朝當成了自己的家，只要是他們覺得不順心的人，基本上就是死路一條。最後，大明的政事烏煙瘴氣，而皇帝自己也絕了後，不到二十二歲就一命嗚呼了。他唯一的弟弟十六歲朱由檢成了新皇帝，在宮中生活的最初幾天，每天吃的是自己從家裡偷偷帶來的飯菜，宮中的美味佳餚不敢碰。人們都估計這個小皇帝堅持不了多久就會死在宦官魏氏的手裡，或者是成為魏氏的傀儡，但是後來發生的事出乎所有人的意料，雖然新皇帝對魏氏和客氏相當禮遇，但魏氏心裡並不踏實，他照樣送一些美女，當然還有「紅鉛丸」。新皇帝不怎麼好色，把春藥扔了，但對魏氏不動聲色，依然是褒獎不斷。就在魏氏以為自己安然無事的時候，新皇帝最後借機除掉了魏氏。樹倒猢猻散，魏氏餘黨很快都遭到清算。事後新皇帝贏得了一片恭維之詞，大臣們紛紛稱他為明君聖主，最後他自己也堅信自己就是一位英明果敢的君王。

由於長期的貪官污吏盛行，導致國庫空虛，加之陝北地區連年旱荒，農民紛起暴動。其中有個年僅二十一歲名叫李自成的驛卒，他的工作就是傳遞公文，護送過往官員和重要賓客，運送重要物資。這是一種苦差事，報酬卻很低，一天不過工銀三分。那個時候，十裡置鋪，六十裡置驛，但驛站這個公共設施卻成了官員謀利的工具，常常以此損公肥私，驛卒們本來就很低的工資，也常常被貪官們克扣得分文不剩。朝廷為了節省開支，裁撤數萬驛卒，一年多共省下六十八萬兩左右的白銀。但由於裁減驛卒，李自成成了一個無業者，憤而參加了農民起義軍。後來，他成了起義軍的領袖之一，自稱

「闖王」，經歷了多年的英勇奮戰，他率起義軍於河南殲滅明軍主力後，在陝西西安建立了大順政權，並準備進攻北京。

在這生死存亡的緊要關頭，這個平日裡極愛面子的崇禎皇帝，放下皇帝的尊嚴，哀求大臣和親戚們捐款，他想儘快募捐一百萬兩銀子作為軍餉。結果內閣首輔捐了五百兩；太監首富捐了一萬兩，皇帝的意思是「以三萬為上等」，但沒有一筆捐款達到此數，最高一筆也只有二萬兩，大多數的捐款數只不過是幾百幾十而已，只是敷衍了事。平日裡貪贓枉法的權貴們個個都在哭窮、耍賴、逃避，一時間什麼「新鮮」事都出來了：有點把自己家的鍋碗瓢盆拿到大街上叫賣，有的在豪宅門上貼出「此房急售」，這一切都是在告訴皇帝：我真的沒錢捐，看你能怎麼樣。

皇帝著急，於是想樹個榜樣，想來想去想到了自己的岳父周氏，皇帝知道周氏有錢，本以為國家大難臨頭，周身為國丈，與皇室休戚與共，怎麼也該有些擔當吧。於是皇上派了一個太監去拜訪周氏，先不提錢的事，上門先給周氏封侯，然後說：

「國難當頭，皇上希望你捐銀十萬兩作軍餉，給大家帶個頭。」

周氏一聽，馬上哭得死去活來，說到：

「我怎麼會有那麼多錢啊，不滿你說就連家裡的米發了黴，我還照樣吃著。」

皇上聽了太監的回覆，很鬱悶，也不好逼國丈太甚，於是把數額從十萬兩減到兩萬兩。周氏眼看糊弄不過去了，就進宮找女兒周皇后求援。倒是皇后深明大義，自己立馬拿出五千兩銀子，要求她父親為權貴們做個表率。周國丈拿了女兒的五千兩銀子，他只肯捐出三千兩，另外兩千兩還是私下藏了起來。

事實上這幫文武百官、皇親國戚有種普遍的心理：皇帝不缺錢，整個天下都是黃帝的，為什麼要出錢。再說這是朱家的天下，完了就完了，自己有錢，換個朝代一樣過自己的日子。至於守城的官兵，沒有軍餉，誰也不願賣命。僅僅是七天以後，李自成帶領的起義軍就攻陷了北京，在起義軍的酷刑下，那些曾在皇帝面前哭窮的人，紛紛交出了巨額的財富。皇帝要皇室大臣捐一百萬兩銀子打叛軍，大家哭窮，最後勉強湊到了二十萬兩，李自成進京後向他們追銀子，嚴刑拷打後竟捐出了七千萬兩。而崇禎的岳父周氏，當初哭著喊著只肯掏一萬兩銀子的守財奴，後被闖王軍抄出了無數珍奇異寶，拉了幾十車，光是現銀就足足有五十三萬兩之多，這當然是後話。

一六四四年的正月，這一段時間，京城始終是天色晦暗，塵土飛揚，北京城冥冥中似乎彌漫著一種不祥的氣氛，節日的喜慶早已被焦慮不安所取代。有錢的富戶開始挖地窖藏金銀財寶，官宦人家也開始暗中收拾細軟，做好了離京的準備。

勸降失敗以後，農民軍開始攻城了，一時之間火炮齊發，震耳欲聾。大順軍早已準備好了雲梯，那還聲中蜂擁而上，前排是幾隊架雲梯的，後排則是攜盾持刀的攻擊隊，他們前排到下，後排跟上，連續衝鋒。很快西直門、平直門、德勝門被一舉攻佔，有太監開彰義門投降。

此時崇禎登上了紫禁城的最高處，見北京外城烽火連天，起義軍攻城不止，卻看不到任何援軍的影子，感到大勢已去，大順軍進攻內城是早晚的事。他回到乾清宮，對張惶失措的皇后說道：

「大事去矣！」

然後崇禎開始安排後事，他先是令人將太子們換上便服，送到皇親們家去，以備東山再起。送走了太子，崇禎來到後宮，他命令皇后和妃子自殺，周皇后懸樑自盡，元貴妃自盡未果，崇禎揮刀砍去，接著他又連續砍傷了好幾個平時寵愛的嬪妃。可面對自己最喜歡的年僅十五歲的常平公主，崇禎還是有點心軟，他向她連砍了兩劍都砍偏了，長平公主失掉了一條胳膊，暈倒在地。接著，崇禎的小女兒昭仁公主被他一劍砍死，嘴裡說道：

「誰叫你不幸生在帝王家！」

到了拂曉時辰，往日莊嚴肅穆的紫禁城一片混亂，崇禎披散著頭髮，穿著藍色的衣服，左腳光著，只有右腳上穿著一隻紅鞋，和一個太監相互攙扶著爬上了紫禁城北邊的煤山，在一棵像歪脖子摸樣的槐樹上，拿出隨從帶的繩子，在樹上上吊自殺了。

這一年，先是明朝的崇禎皇帝自殺，接著起義軍領袖「闖王」李自成攻佔紫禁城。同年，多爾袞帶著清兵又佔據了北京，從此，紫禁城便是成了清王朝的皇宮。

宮女、烈女和纏足

昨夜風開露井桃，未央前殿月輪高。
平陽歌舞新承寵，簾外春寒賜錦袍。

未央宮是西漢帝國的大朝正殿，建於漢高祖七年（西元前二百年），在秦咸陽宮（建於西元前三百五十年）的一處章台的基礎上修建而成，坐落於漢長安城地勢最高的西北角龍首原上，因在長安城安門大街之西，又稱西宮。未央宮占地約五平方公里，是中國古代規模最大的宮殿建築群之一。在這個帝宮中，已經先後經歷了漢高祖、漢文帝、漢景帝、漢武帝，直到西元前七十四年，昭帝於未央宮暴病而崩，年僅二十一歲。自古皇帝短命的多，後宮佳麗三千，天天驕奢淫逸，縱欲無度，難免青春年少時，就一命嗚呼了。只是那些陪葬的宮女倒了楣，昭帝一死，緊接著宮裡的太監便選出幾十個和昭帝年齡相仿的宮女準備殉葬。由於事發突然，昭帝的陵墓才動工沒幾年，於是，只能加緊施工。到了昭帝入殮下葬的當天，太監先讓那些被選定殉葬的宮女們在後殿外用餐，待她們吃完後，就被帶到殿內，隨著太監一聲「賜諸位自縊殉葬」的宣讀聲後，宮女們頓時哭聲震天，她們知道自己馬上將被縊死。太監們事先在殿內房間中放好了與殉葬人數同等數量的凳子，凳子上方是繞在梁上的七尺白綾，膽大一點的宮女一咬牙站到凳上便將頭伸向了白綾結成的套扣內，然後一腳踢開下方的凳子，幾分鐘便沒了性命。膽小一點的宮女，太監會強行將這些嚇得半死的宮女扶上凳子，把宮女的頸部套入套扣內，然後再移掉凳子，很快也就一命嗚呼了。幾十個鮮活的生命，頃刻間便變成了一具具屍體，接著就和死去的昭帝一同下葬。除了幾個殉葬嬪妃以外，其他那些陪葬的宮女平時連皇上的面都從來沒有見過。

西元前三十六年，漢元帝昭示天下，遍選秀女。有個名叫王昭君的女孩為南郡首選。不久，漢元帝又下詔，命所有被選女子擇吉日進京。王昭君之父哀求道：「小女年紀尚幼，難以應命。」無奈聖命難違，到了春節過後，王昭君淚別父母鄉親，登上雕花龍鳳官船，順著香溪而下，入長江、逆漢水、過秦嶺，歷時三月之久，於同年初夏到達京城長安，為掖庭（漢朝時期的後宮宮殿）待詔。所有待選入宮的女孩，她們平均年齡十二三歲，總人數五千左右，一同集結於長安城的，然後由專門的太監挑選，先將高、矮、肥、瘦的淘汰；第二次再選，檢查耳、目、口、鼻、發、膚、領、肩、背等，有一處不周正的就淘汰；然後再尺子量她們的手足、再讓她們行走數十步，觀其「豐度」，去其腕稍短、趾稍巨、除舉止輕躁者；最後將剩下的引入宮中密室，探其乳、嗅其腋、捫其肌理，合格之後才可以在宮中生活一個多月後，又根據她們的性情、言行以及帝王的喜好，選出上百個嬪妃候選人。皇帝則通過宮廷畫師呈現的宮女畫樣隨意挑選，被選上的就成了嬪妃，沒有被選上的就繼續留在後宮，遙遙無期地等待著。

在這些新選入的宮女中，只有王昭君留名青史。雖然她天生麗質，但漢元帝卻從來沒有見過這個宮女，其實她在宮中已經等待了好幾年了，她終日鬱鬱寡歡，直到北方的匈奴單於呼韓邪入朝求后妃，漢元帝賜他五名宮女，在告別那天，元帝令五名宮女出來舉行送別儀式，待王昭君一出來，漢元帝怦然心動，他立刻想把王昭君留下，但又怕失信友邦，損害了「和親」的國策，最後只好忍痛割愛。事後漢元帝遷怒畫師，沒有把這絕世美人的樣貌畫出來，使他不幸錯失了這段鴛鴦情，元帝令人斬殺了畫師，但還是不能消解元帝的心中之怨。

再說王昭君出塞到了西域之後，雖然衣食無憂，單於呼韓邪對她寵愛有加，可畢竟游牧民族的生活習慣和中原地區的生活習性差異很大，加之對故土的眷戀，她的內心時常惆悵無比。不久她就和呼韓邪先後生育了兩個孩子，她的地位猶如「皇后」。到了呼韓邪死後，他的長子復株累若鞮繼位單於，依照胡人習俗，要娶王昭君為妻。王昭君上書給漢朝廷，希望回國，遭到拒絕，繼位的漢成帝要求她遵從胡人的生活習俗。於是她不得不再嫁給自己的繼子，後來又生了孩子。到了她的繼子丈夫死後，王昭君便和其他遺產一樣又被新繼位的單於繼承。後人有詩云：

群山萬壑赴荊門，生長明妃尚有村。
一去紫台連朔漠，獨留青塚向黃昏。
畫圖省識春風面，環珮空歸月夜魂。
千載琵琶作胡語，分明怨恨曲中論。

聽說過許多千奇百怪有關「烈女」的故事，大概從明朝開始，「男女授受不親」的戒條愈演愈烈。據說崇禎年間，有一年的冬天有土匪四處作亂，有個小婦人柴氏和她的丈夫一起躲進山裡避難，結果還是被盜匪擋住了去路。見小婦人長得漂亮，匪首頓起邪念，他立刻叫人把柴氏的丈夫綁解到山下，自己就開始輕薄起柴氏。柴氏激烈反抗，她被捆綁起來帶進一個山洞。為了自己的節操，由於首匪才摸過她的手，柴氏就一口咬下手上的肉，血淋淋吐在匪首的臉上。匪首有點氣急敗壞，就令人把她綁在了座椅上開始撫摸她的乳房，接著柴氏就又一口咬掉了自己乳房上的一塊肉，她血流滿身。最後匪首惱羞成怒，就用大刀把柴氏小婦人活活砍死。

明朝有個姓陳的女子，從小熟讀《三字經》、《烈女傳》等教育女子的書籍。她年紀輕輕就守寡了，她立志守節，就一人獨居在房屋的二樓，從此與所有的男人隔絕，為了打發寂寞無聊的夜晚，她就每晚天一黑，就把手中的一百枚銅板撒落一地，然後就黑燈瞎火地跪爬在地上一顆一顆地尋找，等到找完了一百枚銅板，她也已經是筋疲力盡了，然後倒下就睡。年復一年，銅錢上的字幾乎都被磨平，而且很光滑。她，這樣整整過了三十多年。平時有病也不瞧大夫，因為醫生是男人，而其時醫生診病須觸碰病人的手進行「號脈」。直到她死前，彌留之際對她的婢女最後的叮囑就是「我死了，千萬不要找男人來抬我的屍體。」

清朝道光十一年，沿江地區洪水氾濫，安徽桐城有一獨身女子李氏被洪水所困，眼見湍急的河水已過腰部，看見她驚慌失措的樣子，一男子伸手救援，抓住她的左手臂將她救起，當該女子上岸後回過神來，她沒有感激別人的救命之恩，而是失聲痛哭道；「我幾十年的貞潔，怎麼能讓陌生男子汙了我的左臂。」說吧，她搶下逃難人的一把菜刀，硬生生地將自己的左臂砍下。後來水災過後，當地官府的人就為這個獨臂女李氏立了一塊「貞節牌坊」。

至於對那些所謂「不貞」的女人，從宋朝開始，為了專門懲處那些勾結姦夫謀害親夫的女人則使用一種叫「騎木驢」的酷刑。木驢的制做是用一面長型的木板，下面安裝有四條支撐的驢腿或滾輪，如同一條長凳，不過其表面呈現一定的弧形，類似驢背的形狀；另外在長木板中間，安裝一根約二寸粗、一尺餘長的圓木橛子向上直豎，形同陽具。凡定罪以後被判死罪的女犯，臨刑時先將她的衣褲全部剝光，衙役們把女犯捆綁後，將她雙腿分開，陰戶對準那根木驢背上的木陽具直插進去，接著，再用鐵釘把女犯的兩條大腿釘在木驢上，防止其因劇痛而掙扎。隨後又由四名大漢抬著木驢上的女犯遊街。在遊街的過程中，隊伍前安排衙役和兵丁敲著破舊的鑼鼓開道，並有兵丁使用帶刺的荊條不斷地抽打女犯的背後，並令其高喊：「淫婦某某，通姦殺夫，罪有應得。」最後將其押到刑場，斬首示眾。

據說至宋朝以來，凡是富貴人家的小女孩，從四五歲起，大人們就要強迫她們開始纏足。一個女子的長相、身材再好，如果不是一雙小腳，就會被人恥笑，並且嫁不出去。當時的人，不論男性或女性，都以女子足小為美，而且，男人們相信，裹腳的女人容易待在家中不出門，更有利與保持她們的貞操。當然對男性來說，女人的小腳具有性的吸引力。古人用「三寸金蓮」一詞讚美女性的小腳，四寸之內的則稱為「銀蓮」，大於四寸的稱為「鐵蓮」。清代有一本書叫《香蓮品藻》，據說和唐代陸羽的《茶經》一樣受許多文人的追捧。在《香蓮品藻》中，把女人的小腳，從形狀、尺寸、裝飾、氣味等方面作分類品評，又有「香蓮四忌」說，「行忌翹趾，立忌企踵，坐忌蕩裙，臥忌顫足。」據說，由於女人纏足後行走困難，恰好鍛鍊了陰道周圍的肌肉，防止陰道鬆弛，就連婚後的女子也可以像處女般的緊縮狀態。女性平時絕不裸足，對男性而言可窺其私密之處，令人迷戀。由於小腳「香豔欲絕」，玩弄起來足以使人「魂銷千古」，玩弄的方法包括：聞、吸、添、咬、搔、捏、推等無奇不有。在中國古代，一向視女人的腳為除了陰部及乳房以外的第三「性器管」。這樣的習俗一直延續著，到了清初，入關的滿人很是弄不明白漢人為什麼要讓女人纏足，皇帝就想廢掉這種漢人的惡習，還命朝中為官的漢人帶頭做起，沒想到漢人不從，皇帝就以罷官威脅，結果漢人官員哭啼道「臣的腦袋可以掉，『三綱五常』的祖訓不能改。」

最後滿清皇帝無奈，只得作罷。

清末民初首屈一指的大師辜鴻銘，學貫中西，不僅古文造詣深厚，同時還精通英、法、德、拉丁、希臘、馬來西亞等九種語言，一生獲得過十三個博士學位。這位大師對女人的小腳可謂情有獨鍾，還特別嗜好小腳裡發出的異味。在他動手寫書的時候，需要嗅聞女人小腳的臭味才會產生敏捷的思路，否則就會文思枯竭萎，搜腸刮肚也寫不出好文章來。每當她寫作的時候，他就讓自己的小腳太太淑姑坐在他的身邊，一邊撫摸她的小腳，一邊思考寫作，還時不時地把她的小腳捧起了，嗅一下，然後奮筆疾書，據說許多的好文章就是這樣寫出來的。他還總結出女人上品的小腳必須具備小、尖、彎、香、軟、正、瘦七個標準，和明末清朝的文學家、戲曲家李漁在其《閒情偶寄》中的對女人小腳的品味可謂異曲同工。中國的中上層男人，平日裡品著茶，抽著大煙，同時把弄著女人的小腳，悠哉悠哉地過著。

一直到了二十世紀初，入侵中國的「八國聯軍」退出北京城以後，逃難的慈禧太后回到北京後不久，她驚訝地看到了一個文明有序的北京城，她覺得洋人雖然兇殘，但治國理政還是有一套的，痛定思痛，她不得不又開始在積貧積弱的中國推行了一系列的改制，其中就包括強制廢除了女人裹腳的習俗。又過了幾年，清政府被推翻後，從此中國不再有宮女和太監，社會上也慢慢廢除了長達千年之久的女子纏腳的習俗。

陰門陣

一七七〇年，英國海上冒險家庫克船長髮現澳大利亞，一七八三年，美國的獨立導致英國將原本在北美流放的犯人轉而就放在澳大利亞。一七八六年，第一船英國犯人來到澳大利亞，從此澳大利亞大陸成為英國的流放之地，澳大利亞也成為世界上為唯一一個流放犯人而建立的殖民地。一八五八年，英國在印度次大陸建立殖民統治區域，包括今印度共和國、孟加拉國、巴基斯坦以及緬甸。一八七七年，維多利亞女王正式加冕為印度女皇。

十八世紀末，正是歐洲資本主義發展上升為帝國主義時期，為了尋求海外市場，一七九三年，有一艘名為「獅子號」的炮艦，從英吉利海峽出發，在首領喬治-馬戛爾尼的帶領下，不遠萬里來到了中國，他們帶來了一些洋玩藝，以為皇上拜壽的名義，得到了當時清王朝乾隆皇帝的召見。皇帝以為那是外夷來我朝進貢，便威儀天下地接見了英國人。面見乾隆皇帝的英國人見到皇帝時被要求雙膝跪地向尊貴皇帝磕頭，卻遭到了英國人的拒絕，皇帝龍顏不悅，不過見到一個會說中國話的小洋人湯瑪斯，皇帝面有喜色，還賞賜了他。由於英國人沒有向皇帝陛下行下跪禮，最後皇帝不得不以英國人不懂禮數同意他們單膝下跪覲見。在清理他帶來的物品當中，有代表當時最先進的工業文明的產品，包括科學儀器天體運行儀、地球儀、望遠鏡、透鏡、氣壓計等和工業設備蒸汽機、棉紡機、梳理機和織布機等，還有軍事裝備榴彈炮、迫擊炮、步槍、連發槍等。為了回應這些自以為是的洋人，乾隆帝讓英國人參觀圓明園，他想用這座「萬園之園」，澈底擊破英國人的自大心理。圓明園是乾隆度過童年的地方，在這裡他第一次見到他的皇爺爺康熙皇帝，並給他的皇爺爺留下了好印象。在後來經過幾代皇帝的擴建，圓明園已是豪華大氣、應有盡有。為了顯示泱泱大國的慷慨和禮儀，回去的英國人帶回了滿船的絲綢、茶葉和陶瓷等物品，價值遠超英國人帶來的物品，這是歷來朝廷對外邦來朝進貢者的一貫禮儀。不過對於英國使者的禮品，乾隆感到震驚和不快，覺得他們有挑釁的意圖，卻被滿清大臣認為那些貢品純屬是奇技淫巧之物，並把那些他們看不懂的科學儀器統統收入倉庫。英國人的中國之行，使他們真正見識到了傳說中的東方的「文明古國」，他們看到了一個神權專制的古老帝國，人們生活在怕挨竹板的恐懼之中，男人拖著長辮，婦女裹腳，人們生活極度貧困，處於半飢餓狀態，以任何食物為食，就連腐爛的食物也不放過，英國人扔進江河裡的死豬、死雞，岸邊圍觀的百姓看見了，爭先恐後地往水裡跳，將死豬、死雞打撈起來醃在鹽裡。在圍觀的時候，有一艘小船因為擠的人太多翻了，船上的人掉進水裡，雖然周圍有不少船只在行駛，卻沒有一艘船去救援在水裡掙扎的人，岸邊的人也無動於衷。最後還是英國人開船過去救援。即便是這樣，其他的中國船隻也都不理不睬。街面上到處是乞丐，人們幾乎都不識字，衣衫襤褸甚至裸體，人們膽怯、骯髒但是麻木、殘酷。他們還看見中國的很多碼頭，苦力們幾乎個個背都駝得厲害，還是那麼拚命地幹活，絲毫沒有像西方的工人有的那種公民人身權利的意識。他們終於發現：「中華帝國只是一艘破敗不堪的舊船，它將像一個殘骸那樣到處漂流，然後在海岸上撞得粉碎。」英國人感歎道：「國家有此種下級社會作為基礎，真是統治者的幸運。」至於英國使者提出的派遣駐中國使節、進行港口貿易、對商品進行免稅減稅等要求，更是一概不許。老態龍鍾的乾隆皇帝，給馬戛爾尼下了一道聖旨：

「爾等小國太偏僻，朕救不派人往你那裡傳旨了，爾等代傳吧。」

他還以居高臨下的狀態問候了英國國王喬治三世：

「我天朝物產豐富，無所不有，原不借外夷貨物互通有無。但絲巾、瓷器、大黃乃爾國必須之物，故加以體恤，每年賞賜若干，不必算錢。爾國偏在海嶼，心向天朝。」

乾隆皇帝死後，時間到了嘉慶皇帝，這次英國人又來了，他們同樣帶來了許多禮品，在所有的禮品上，中國官員一律在上面插上了寫有「貢品」的小旗幟，以示「八方來朝」的貢品。他們想和清朝政府談商業和貿易，事後，嘉慶皇帝有些不耐煩了，在接見了使者（他們只肯向皇上行單膝下跪禮）後，給他們也下了一道聖旨：

「天朝富有四海，豈需小國之些許貨物哉？」

他擬文明確告知英國國王：

「你誠心向化，朕很高興；不過你的使臣無禮，所以朕就把他們趕走了。英國與中國萬里迢迢，你們來一回也不容易。以後呢，大可不必來得這麼勤，能傾心孝順就可以了。」

英國人回去了，而中國的產品卻源源不斷地輸入英國，幾年間形成了巨大的貿易順差。英國人本來來華開拓市場，沒想到中國的市場無法打開，卻被中國人占了大便宜，於是，英國人靈機一動，便向中國輸出大量的鴉片，以抵消他們的貿易逆差。從此，中國人開始大量吸食英國鴉片，而從英國幾乎每天都有裝有鴉片的商船駛入中國。時間一久清朝政府自然不高興了，到了道光年間時，派欽差大臣林則徐到廣東虎門進行大規模的禁煙運動，還從英國商船上繳獲了大量的鴉片進行銷毀，中國官員還肆意查扣英國商船，雙方發生了武力衝突，英國人的商業利益受到創傷，於是，遠在大西洋的大不列顛國會開始爭議要不要向中國開戰，維多利亞女皇也拿不定主意，結果，那個當年被乾隆賞賜的小孩湯瑪斯參加了國會是否向中國發動戰爭的諮詢，他在國會解釋道：

「中國人不懂商業語言，他們只承認炮火的威力。」

英國議會終於同意了向中國宣戰，大英帝國最終決心對中國「戰而後商」。

當時繼承英國國王的是年輕的維多利亞女王，據說英國人要想和中國人開戰，道光皇帝想要給蠻夷一點顏色看看，結果在臺灣那邊中國人被英國人打敗了，聽說清兵抓到了幾個英軍俘虜，道光立刻派人提審俘虜。在得知英吉利只不過是由三個小島組成的國家，人口還不足大清的二十分之一，道光很放心。又從俘虜的口中得知，英吉利國王是個二十二歲的年輕美女，道光按捺不住連續問了三個問題。一是，女王可結婚了？她的丈夫是幹什麼的？二是，一個二十二歲的女人，怎麼能當國王？三是，女王年輕漂亮，怎麼管理國家。當英國人告知中國人，他們的國家已經實現了「君主立憲制」，可惜沒有一個人聽得懂那是什麼蠻夷的治國把戲。

一八四〇年六月，一陣前所未有的炮聲，震徹了中國大地，炮聲來之英國海軍，清軍在廣東沿海抵禦。由於英軍炮火猛烈，守軍將領認為，英國人的火炮在海洋中就能打中陸地的守軍，必定是運用了邪術，中國人將火炮視作有靈性的雄性物，他們相信可用婦女陰部、月經、尿糞、衣褲等陰穢物來使槍炮的法術失靈，叫「陰門陣」。據說明朝末年農民起義軍為了使明軍的炮火失靈，就在附近的村落奸殺了幾百名女性後，將她們砍頭，把她們的屍體倒插在地上並暴露下體，他們相信可使官軍的火炮失靈。明朝的守軍慘不忍睹，碰巧的是火炮真的發生了故障，明朝守軍急忙應對，他們在陣地擺下了許多裝有女人糞便的馬桶，然後奇怪的是火炮回覆了正常威力。如今面對英軍的炮火，廣東守軍到處收集婦女用的馬桶堆放在陣地前沿，想要藉此破邪，最後當然慘敗。

英國遠征軍擁有一百多艘風帆戰艦和蒸汽明輪船，全部海陸軍不過一萬人，竟然縱橫中國東南沿海，直逼大沽口津京門戶，廣州、廈門、定海、上海失手，英軍最後進入長江，攻克鎮江，兵臨南京城下，清軍官兵的英勇，終究難敵英軍的堅船利炮，萬里海防線頃刻土崩瓦解，最終迫使中國投降，對外國貿易開放門戶。在英艦「康華麗」號船艙，簽署了不平等條約《南京條約》，中國向大英帝國割地賠款，並不得不開放許多港口，讓英國商人進行商貿活動，並把香港割讓給英國。一向採取鎖國禁海的中國政府，從此似乎有了海洋、海權和海軍的意識。

清政府以為條約可以永保太平，由於中國以自給自足的自然經濟為主，以至英國的商品大量滯銷，加之中國人固有的處事方法和英國人時有衝突，連法國傳教士也遭殺害。到了咸豐年間（一八五八年），英法聯軍遠征中國，他們沿著中英之戰的路線到達天津，當時清政府正在全力鎮壓「太平天國」（一個以「拜上帝教」名義發起的農民起義軍），清政府慌忙和聯軍談判，幾經談判失敗後，咸豐下諭與英法聯軍決戰，中國主將扣押了英國談判代表三十九人，在羈押中又將其十多人被虐之死。在八裡橋的決戰中，最後大約八千名英軍法聯軍在強大的炮火助力下，以死亡五人，幾十人受傷的代價戰勝了包括騎兵、步兵的數萬清軍，清軍傷亡兩萬餘人，他們在英法聯軍炮火中作戰無比英勇，也使聯軍肅然起敬。戰後，咸豐皇帝帶著皇后貴妃以狩獵為名逃亡承德避暑山莊。

一八六〇年十月十三日，英法聯軍從安定門攻入北京，在西北區近郊的皇家園林圓明園內，發現多具遭清軍虐殺的英法使節的屍骸，他們決心報復中國人的野蠻行為。十月十八日，英法聯軍放火，洗劫並放火燒毀了圓明園。圓明園大火持續了兩天兩夜，三百多名太監和宮女葬身火海。聯軍在北京城郊搶掠燒殺五十天，清漪園、靜明園、靜宜園、暢春園等均被付之一炬。當時擔任英國公使翻譯的龔半倫（他是清代近代思想家、詩人、文學家龔自珍之子）代表英國與恭親王談判，他百般刁難清政府，恭親王怒罵道：

「你等世受國恩，卻為虎作倀甘做漢奸。」

龔半倫早已恨透了腐朽無能且把百姓視作奴隸的清政府，便反唇相譏道：

「我本良民，上進之路被爾等堵死，還被貪官盤剝衣食不全，只得乞食外邦，今你罵我是漢奸，我卻看你是國賊。」

在被迫和英國、法國簽訂了賠款和通商的條約後，美國和俄國也相爭和中國簽訂了條約，俄國人要的不僅是商業利益，他們同時瓜分了中國的大片領土。

短命的咸豐皇帝死後，通過政變，最後清王朝的權力落入了慈禧太后的手中。由於列強勢力在華的不斷擴張，引起了以「義和團」為主的民間反抗力量，他們燒使館、殺洋人，就連中國的教徒和用洋貨的中國人也不放過。清政府更是縱容民間的這種抵抗洋人、洋貨的情緒，使得「義和團」的活動日益猖獗，團民沿途進入津京地區，他們個個頭裹紅巾，燒教堂、拆電線、毀鐵路，進攻天津租界，各國使館要求清廷取締「義和團」，但未獲回應。

一九〇〇年六月十六日起，一萬多名「義和團」成員開始進攻天津使館區內的西什庫教堂。當時，教堂內除了法國教士和在此避難的中外教徒，還有法國和義大利士兵約四十人，武器只有四十一條槍，即便如此防守薄弱的教堂，清軍和義和團合力卻久攻不下。於是有人發現了，西什庫教堂內的祕密。他們認為，教堂牆壁俱人皮粘貼，人血塗抹，又有無數洋女人赤身裸體手持穢物站於牆頭，故清軍和義和團的火力被邪穢所沖，不能克敵。朝廷中的朱理學大儒在散朝後演說道，法國教主割教婦陰戶列「陰門陣」以禦槍炮。朝廷大臣察覺了洋人的法術，覺得僅憑「義和團」的法力難以抵抗，便提議由佛門高僧參與戰鬥。義和團也說他們的法力都已失效，所以要進行反制，說家家戶戶都要把煙筒用糊紙蒙上，女人不能洗臉。但高僧擋不住洋人的槍彈，拳民被打得死的死，爬的爬，不堪一擊。西什庫教堂內的騾馬和戰馬被全部吃光後，人們開始食用院內的樹皮和野草。三萬「義和團」拳民和清軍，本以為幾天內可將使館區夷為平地，沒想到攻打了五十五天后，使館區仍安然無恙。好幾次差點失守，可最後還是沒有攻破。

八國聯軍的援兵終於到達津京地區，六月二十一日，慈禧獲悉洋人要她還政於光緒，光緒帝因維新變革失敗遭慈禧囚禁，她怒不可遏地向英、美、法、德、意、日、俄、西、比、荷、奧列強十一國宣戰。慈禧並不相信「義和團」刀槍不入的神話，至於洋兵的兇狠，她也早領教過了。一八六〇年，那時年方二十五歲的她和咸豐帝一起被英法聯軍趕出了圓明園，她逃得如此驚恐，連她最愛的一隻北京獅子小狗都做了聯軍的俘虜。這次八國聯軍打到北京，光緒帝向慈禧提出（她的兒子同治帝死後，由她任命她的胞妹和醇賢親王的兒子繼任皇位，年號光緒。）願意留下和洋人談判，慈禧不許，挾持光緒，帶著宮中數人準備出逃，此時，大家都換上了百姓布衣聚集在甯壽宮，慈禧忽發感觸，便讓人帶出囚禁中的珍妃，她覺得自己落得如此下場，珍妃心裡必定笑話自己，於是強詞帶走珍妃不便，留下又恐年輕惹出是非，即命太監將樂壽堂前的井蓋打開，要珍妃自盡，珍妃堅決不從，眾人遂令太監出手，太監連忙將珍妃頭朝下推入井中溺死。

在八國聯軍打到北京城之前，七月十四日，天津首先淪陷，八國聯軍進入天津時，居民爭向北門逃走，多被洋兵打死在街頭。洋兵大肆搶掠，首當其衝的是當鋪、金號、銀號，然後再搶其他商家和大戶人家。各衙署也都被搗毀。聯軍入城後縱兵大掠，死人如麻。城中有鼓樓一座，洋人率教民登樓，連放排槍，每一排必倒斃數十人，又連放開花炮，死者眾多。在爭逃的眾多人群中，又被打死炸死的，有失足倒地後被踐踏致死的。破城之日天津老城從鼓樓至北門外水閣，積屍數裡。商業中心地帶，如城北的估衣街、鍋店街、竹竿街、肉市口都遭洗劫。城東的宮南、宮北、小洋貨街一帶盡被搶光。西門被殺者不計其數，屍體堆積如山。海河上漂屍阻塞河流，三天不能清理。

八國聯軍佔領天津兩天后，聯軍指揮官開會協商回覆城市秩序，由當時派兵最多的英、日、俄三國委派代派三名軍官擔任委員，表組成一個臨時政府，取名為天津都統衙門。衙門是一個軍政府，為了維持聯軍在天津的統治。都統衙門成立以後，面臨著一個殘破的經過戰爭嚴酷破壞的天津，當時他們制定的任務大致有這麼幾項，一個就是要迅速恢復整個城市的秩序，因為它當時已經處於無政府狀態，建立了一支以外國軍隊為骨幹的巡邏隊，來負責維持秩序。天津首次出現了在街頭站崗維持治安的員警。政府財政最初由各國各墊款五千英鎊開始運行，還第一次建立了城市稅收制度，它利用這些稅收開始整理城市遭受嚴重破壞的街區，組成了工程局，專門負責道路的恢復和修繕。老城裡有一點石板路，其他都是泥路，到下雨時道路非常泥濘，所以他們修馬路，修排水系統。沒有排水系統，修下水道，還有一些倡導允許私人修建自來水事業，當時天津供水非常原始，非常落後，平民喝的是河水，河水裡到處是便秘和垃圾，人們喝了非常容易產生各種傳染病。

臨時政府成立後不久，便做出決議，建立公廁，成立專門清潔工隊伍，並明令城區禁止隨便便溺，違者罰洋錢一至二元。對於城市衛生的公共管理，它下了很大的力量，而且用了很嚴酷的手段。如果隨便大小便的話，那麼就要罰做苦力，就是去修公共場所。可是中國人，尤其是那些平民進城的，就沒有這個習慣，八國聯軍的士兵端著刺刀押著他們去公共廁所，逼著他們養成這種衛生習慣。到了十一月份，臨時政府做出決定，要求天津城區馬路兩側每隔一百步要安裝一盞路燈。有了路燈以後，夜晚燈盞齊明，如同白晝。臨時政府還拆除了天津城牆，在原址上天津第一輛有軌電車於一九〇一年出現。洋衙門對中國的反抗勢力進行無情鎮壓的同時，也開始對戰後混亂的私有財產進行整理登記工作，向能夠出示財產證書的人發放房產證，並頒佈了契約註冊辦法，保護天津居民的私人財產，就不允許再進行掠奪了。天津居民終於發現，在租界地民事糾紛可以通過法律訴訟解決，老百姓不用向官員磕頭，也不會遭受挨打和受連坐等處罰。八國聯軍佔領天津的時候不會想到，他們在無意中，已經將他們母國的契約精神和民權意識帶到了天津。

刺殺攝政王

鞏金甌，
承天幬，
民物欣鳧藻，
喜同胞，
清時幸遭。
真熙皞，
帝國蒼穹保，
天高高，
海滔滔。

清朝末年，革命黨人四處活動，在孫中山和黃興等人的策劃下，革命黨人連續組織了多次暴動，不過收效甚微，根本無法撼動大清王朝的根基，只可惜了那些跟在後面暴動的革命黨人，他們少則幾十上百，多則上千，每每慷慨赴死，命歸九泉，還落得個「逆賊」的名聲。在暴動無果的情形下，激進的革命黨人又策劃起一系列的刺殺活動，（一九〇七年，革命黨人徐錫麟在安慶刺殺安徽巡撫恩銘，一九一二年，皇族後裔陸軍將領良弼在家門口被革命黨人彭家珍炸死。）一九一一年，廣州將軍孚琦在廣東諮議局（清朝末年立憲運動中，於一九〇九年於各省成立的民意機構）附近被革命黨人溫才生刺殺。

這年革命黨人集中人力、財力準備在廣州起義。由於水師提督李准手握兵權，曾經屠殺過起義的革命黨人，為了減少起義的阻力，革命黨統籌部擬派人暗殺李准。三月，南洋同盟會會員溫才生回到國內準備參加起義，因路費不足，滯留廣州，做起了鐵路傭工。他怕走漏風聲，未與任何人協商，日夜懷揣手槍，尋找機會。四月八日，比利時人在廣州東門舉行飛機表演，因事屬新鮮，省府將有不少文武官吏前去觀看，廣州副都統孚琦前往查看地勢，隨便也去觀看。孚琦為滿人，時任駐防將軍，官位僅次於兩廣總督。

溫才生估計李准可能也去觀看，屆時他便守候在城東門外諮議局前的「悅來」茶館裡假裝品茶，此地為進城必經之路，直等到日落時，忽然聽到人聲吵雜，並有軍隊開來，前呼後擁這一座八抬大轎。有人喊了聲：「提督大人來了！」溫才生斷定是李准的坐轎到了，便快步從茶館中走出，沖到轎前，對著轎門就是一槍。左右的清軍護衛也驚慌逃竄，轎夫也扔轎逃跑，溫生才恐其不死，對著轎內又開三槍。轎內之人，挺臥而死，腳伸出轎外。而轎內被擊斃之人不是李准，而是孚琦。溫生才暗殺得手後，便向諮議局左側的一條小街跑去。槍響時，諮議局守衛聞聲出來巡視，看到溫生才逃跑，便尾隨其後，遇到站崗巡警，才鳴笛告警，與其他巡警、偵探一起將其逮捕。

被捕後在審訊時，他面無懼色，侃侃而談，痛斥滿清腐敗，大談革命主義，被問及同黨主謀時，他說：

「普天之漢人，皆為同黨。」

總督張鳴歧親自審訊，問道：

「何故暗殺？」

溫道：「是明殺」

張又問：「為何明殺？」

溫道：「滿清無道，日召外辱，皆此輩官吏為厲之階耳，殺一孚琦固無濟於事，但籍此以為天下先，此舉純為救民族起見，既非有私仇，更非有人主事。」

審訊後張鳴歧奏請朝廷將溫才生處死，清廷諭旨准奏處死。

刺殺孚琦事件發生後，總督張鳴歧，水師提督李准格外戒備，紛紛調兵入城，可新的起義已是箭在弦上，張鳴歧總督在恐慌中得知革命黨人即將舉事的情報，立即與水師提督李准會商，然後派出大批偵探，抽調防營進城，實行戒嚴。四月二十七日，下午五時左右，張鳴歧的總督府前突然槍聲大作，一百七十多名起義人士，他們臂纏白布，腳穿黑面膠鞋，手執槍械炸彈，開始攻打總督衙門。而正在此時，張鳴歧正在府內召集部下的文武，商議如何對付革命黨人，哪知道革命黨人已經到了。

都府很快被黃興等人率隊攻破，張鳴歧倉皇逃走，。革命黨人直入大堂，二堂、後堂遍搜不見張鳴歧，只在後堂搜出張鳴歧的父親及其一妻一妾，他們瑟縮戰慄，口叫饒命。革命黨人對他們說：

「不是你等之事，不必害怕。」

追問張在何處，說已逃出。原來張鳴歧登上樓頂，從瓦面流落街坊民居，再逃亡不遠處的水師衙門。隨後，立即指揮軍隊反撲，大肆捕殺革命黨人。有革命黨人退入一家米店，堆米袋據守，並拋擲炸彈，清兵不敢接近。張鳴歧下令縱火燒街，有不少起義者被俘。死難的烈士橫屍街頭，大都折臂斷腦，血肉模糊。由於天氣熱，那些遺體開始腐爛發臭，張鳴歧繼續搜捕革命黨人，使他們紛紛躲避各地，死者的親屬也不敢出來認屍。看到革命黨人的遺骸橫陳街頭，有人決定冒死前往安葬，並將墓地改名為「黃花崗」，用菊花來象徵死者的革命精神。

被俘者林覺民在獄中寫下了《與妻書》：

「吾今以此書與汝永別矣！吾作此書時，尚是世中一人；汝看此書時，吾已成為陰間一鬼……吾摯愛汝，即此愛汝一念，使吾勇於就死也。吾自遇汝以來，，常願天下有情人都成眷屬；然遍地腥雲，滿街狼犬，稱心快意，幾家能夠？……初婚三四個月，適冬之望日前後，窗外疏梅篩月影，依稀掩映；吾與汝並肩攜手，底底切切，何事不語？何情不訴？及今思之，空餘淚痕……吾誠願與汝相守以死，第以今日事勢觀之，天災可以死，盜賊可以死，瓜分之日可以死，奸官汙吏可以死，吾輩處今日之中國，國中無地無死不可以死……汝幸而偶我，又何不幸而生今日之中國……卒不忍獨善其身。嗟乎！巾短情長，所未盡者，尚有萬千……」

孫中山不懂軍事，但他看出來中國的軍事水準非常之低，自中國自一八四〇「鴉片戰爭」年以來的多次對外戰爭中，每次都是以慘敗告終。雖然從一八六〇年以後，改革派展開了所謂「洋務運動」，練兵、開礦、設廠、修鐵路、辦學堂，又從西方購置了大量的堅船利炮，擁有了當時亞洲最先進的艦船，然而經過了三十多年的努力，在一八九四年「中日海戰」中，還是那麼不堪一擊，還是沒有改變落後挨打的局面。他認識到了僅僅引進西方的器物是遠遠不夠的，必須改變制度，必須從社會制度上向西方學習。他認為如果有一次武裝水準高的話，不在於它的人數，如何一次暴動都可能成為結束滿清統治的致命一擊。他高舉汗人種族主義的旗幟，呼籲「驅除韃虜，恢復中華」，他希望用武力推翻滿清政府，再行民主建國。可他的革命主張並未得到各階層的回應，而康有為、梁啟超等改良派所鼓吹的「君主立憲」的思想普遍受到歡迎。言論領袖梁啟超告訴人們，改良要比革命的代價小得多，法國大革命，動亂八十年，血流成河，其他歐洲十五國，實行君主立憲，和平立國。梁給革命黨開出的公式是：革命、動亂、專制。自一九〇〇年至一九一一年四月，革命黨人策劃的恐怖活動多達二十多次，但都以失敗告終。梁在《新民叢報》上撰文嘲諷道：革命黨領袖是唆使別人送死，自己謀取名利的「遠距離革命家」。康有為、梁啟超所提出的變法只維持了一百〇三天就告失敗了，史稱「戊戌變法」。變法失敗後光緒皇帝遭軟禁，維新派譚嗣同等人被殺，康有為、梁啟超流亡日本。在日期間，梁啟超繼續不僅把政治、經濟、哲學、民主、憲法、組織等詞彙從日語引入中國，同時他呼喚講自由、有個性，具備獨立人格，有權利、守義務的一代新民，把中國傳統文化和西方文明接軌。他的那些關於革命黨領袖的文章一經面世，僑界一片譁然，孫中山創建的同盟會在南洋幾無立錐之地。這一切，讓革命派言論領袖汪精衛悲憤欲絕，他希望以一死來告訴梁啟超，革命派領袖並非唆使別人送死的卑鄙之輩，他們視死如歸，汪精衛在《革命之決心》一文中寫道：革命黨人的角色有二，一作為薪，為薪的人需要奉獻的毅力，甘心把自己當作柴薪，化自己為灰燼來煮成革命之飯；而作為釜，為釜的人需要堅韌的耐力，願意把自己作為鍋釜，煎熬自己來煮成革命之飯。汪精衛表示自己願意當革命的柴薪。臨行前，他給摯友胡漢民留下血書：我今為薪，兄當為釜，此行無論事之成否，皆必無生還之望，弟雖流血於菜市街頭（清朝時期對要犯殺頭示眾的地方），猶張目以望革命軍之入都門也。

汪精衛一行來到北京之後，以一家照相館為掩護，最初擬炸親王奕劻和從歐洲考察海陸軍歸來的貝勒載洵、載濤，但均未得手，最後汪選定了攝政王載灃。為了加大炸藥的威力，汪精衛在一家鐵鋪定造了一個可盛四五十磅炸藥的「鐵西瓜」，然後和同夥一起在空的農田裡做試驗，試驗時雖然聲音很響，但那裡地僻人稀，沒人注意，給大家堅強了信心。汪精衛之所以要選擇載灃，他是宣統皇帝溥儀（末代皇帝）的生父，他登上政治舞臺，源自於一九〇〇年的「義和團」之亂，盲目排外的拳亂讓大清幾乎亡國。後來朝廷逐漸意識到變法立憲是保住政權的唯一希望。立憲派紛紛上奏，慈禧太后最終拍板，取外國之長，去中國之短，開始實行「新政」。所謂新政，就是開國會、暢言論、廢科舉、行立憲。一九〇〇年的時候，談改革、談立憲這些都是大逆不道的，然後到一九〇五年的時候，基本上已經沒有人不談改革，沒有人不談立憲了，不談立憲就沒有立足之地了。那時候皇族，哪怕最保守的人，也不會公然地反對立憲了。立憲、憲法這種字眼，在清朝晚期的時候，在中國已經是深入人心了，凡是識字的人，都已經把它當真理了。為推行新政，慈禧決定啟用光緒的弟弟載灃，載灃一出現，人們把對光緒的一些懷念、一些期望都放到了他身上。但清政府的改革，卻引發了孫中山革命黨的不安，他們覺得立憲是可以救中國，可是只有漢人能立憲，滿人不能立憲，讓滿人實行君主立憲，那個君王可以傳世萬代，這個是革命黨絕對不能接受的。由於出國考察回來的人告訴慈禧，憲政可以使皇上世襲往替，慈禧最怕的就是滿清政權被推翻，行政權讓內閣去做，讓議會去管理國家，出了錯是他們的事，可以換議會、換內閣，皇上不用承擔責任。一九〇六年七月，清政府提出預備仿行立憲的改革，並將載灃推到台前，準備將他樹立為新一代領導核心。他雖然沒有行政的經驗，但是他聽話，他有一句名句是：「有書有富貴，無事小神仙。」慈禧也希望扶他上馬送一程，老太后沒想到諭旨第一天下，第二天她就死了。沒有人扶持載灃了，他沒有行政經驗和官場上的心狠手辣，這一套他都沒有。一九〇八年，光緒、慈禧先後辭世，年幼的溥儀登基，其父載灃順理成章地成為攝政王，但他說話沒人聽。

載灃上臺後，面臨的局面極其複雜，海外的革命黨和國內的立憲派都不滿清政府的新政，他們覺得滿人再也不能統治下去了。慈禧一死，滿族高層的控制力就弱了，他們已經缺乏了一個強有力的凝聚核心，能夠把滿人凝聚起來。朝廷失去了一個重心，這種重心很少有人能填補的。怎樣實現立憲，沒有人能夠做，於是決定九年實行立憲，對於全國上下的期望，是完全不符的。

一九一〇年開始，各省諮議局組織大規模的請願團，進京給中央政府施加壓力，要求儘快組織責任內閣，頒佈議院法和選舉法。從一九〇九年到一九一〇年以後，舉行了三次大規模的立憲請願運動，直接影響到北京，甚至到督察院來請願，請求提前召開國會。長沙教員徐特立（毛的老師，後來和毛一起參加了紅軍的「長征」）在湖南赴京請願送行會上，斷指寫下：「請開國會、斷指送行。」各代表團赴京後，分路前往載灃的府邸請願。有東北學生代表攔路高呼：「國家瓜分在即，非速開國會不能挽救，學生等與其亡國後死於異族之手，不如今日以死餞行，代表諸君之行。說著，當場切腹，被勸阻後，又揮刀從自己的胳膊和腿上割下肉來，將鮮血抹在請願書上疾呼：「中國萬歲，代表諸君萬歲。」各地又一天一個電報敦促，催促要趕快進行立憲，在這個過程中沒有把心態放下來，要對土壤和溫床進行慢慢地培育。晚清的整個改革，從慈禧太后一發動，就呈現一種加速度進行。中央非常願意改革，所有的人都擁護改革了，中央也在不斷地放權，可越放下一步就越難做，所有的好政策到底下都走樣，還有大量的群體性騷亂，大都多是由改革引發的。

一九一一年五月八日，清政府在壓力之下，倉促組成責任內閣，可內閣的十三人中，滿洲貴族有九人，其中皇族又占七人。這皇族內閣，立刻讓政府的公信力蕩然無存。從中國幾千年的君主專政制度的發展上講，當時更多的人認為君主立憲可能更適合中國的國情，而不是革命，可是清王朝由於沒有一個真正立憲的決心，也沒有這樣的信心，反而把支援君主立憲的人驅到了革命一邊，所以造成了清王朝的加速滅亡。

一九一一年四月，汪精衛等革命黨人看好了路線，將炸彈埋在載灃上朝的必經之路的一個橋下，但在布置過程中有人報了案，巡捕取出了炸彈，他們發現炸藥是外國製造的，但鐵罐上的螺絲釘卻是新做的，巡捕們立即到京城各鐵匠鋪核對，一個老闆剛好記起這個「大鐵桶」是一家照相館的人要他做的巡捕們於是順藤摸瓜，找到了那家照相館，並將汪精衛擒獲。汪被捕後，民政部尚書肅王親自審訊，汪在其供狀中草成洋洋萬餘字，字既娟秀文又淋漓痛快，肅王起憐才之念。汪精衛圖謀顛覆政府刺殺攝政王按律當誅，但肅親王說汪是未遂罪，加上人才難得，應從輕發落。攝政王載灃於是同意法外開恩，以「誤解朝廷政策」為由，判處汪精衛永遠監禁。

在獄中的毫不知情準備赴死的汪精衛寫下了：引刀成一快，不負少年頭的詩句，他還寫了一首絕句給同志、親友：

落葉宮廷夜籟微，
故人夢裡兩依依。
風蕭易水今猶昨，
魂度楓林是也非。

入地相逢雖不愧，
擘山無路欲何歸。
記從共灑新亭淚，
忍使啼痕又滿衣。

此詩傳到在香港的同盟會機關，胡漢民和黃興讀罷，泣不成聲。這時，肅王親自到獄中看望汪精衛，肅王對汪說到：

「汪先生在《民報》的篇篇大作我都拜讀過，目前，朝廷正在籌備預備立憲，建立國會，讓民眾參政議政，這些不正是先生所爭取的革命目標嗎？」

汪說：「我們革命黨人所主張的絕不是立憲，而是要推翻封建專制。」

「用和平的憲法方法來實現自己的主張，不是比用大量人命財產損壞的革命方式來實現自己的主張更好嗎？」

肅王以禮相待，談吐文雅，讓汪精衛十分吃驚。攝政王載灃、肅王善耆等滿清貴族官僚的開明，讓汪精衛感到意外，他在獄中開始反思，革命的手段是否正確，但，一切已不可逆轉。

就義

一九四九年剛剛過去，在數十年戰爭後留下的滿目瘡痍的城鎮和鄉村，到處是守城的解放軍，他們穿著退了色的舊式淡黃色軍裝，所有的政府機構都插上了新制的紅旗。從一九一一年前的清朝黃龍旗，到一九一二年後的民國的青天白日旗，如今到處飄揚著五星紅旗。為了鞏固建立的新政權，穩定社會秩序，當下「鎮壓反革命運動、土地改革運動和抗美援朝戰爭」三者同時進行，彼此協調，鎮壓物件以國民黨殘餘、特工、土匪勢力為主。在一九五〇年到一九五三年間的鎮壓反革命運動，共處決了幾百萬人。中國共產黨因此剷除了反對者，鞏固了新生政權，同時在土地改革運動中，為了得到廣大農民的擁護，實現「耕者有其田」，把從地主那裡繳獲的土地分給了當地農民，還殺死了兩百多萬「地主分子」。後來，再把曾經分給農民的土地，又在「消滅私有制」的口號下，剝奪了農民對土地的擁有權。期間，在史達林和金日成的策劃下，為了金日成的紅色政權，在朝鮮戰爭中，中國軍人在戰場上傷亡超過百萬。

此時在中國某地的一個小縣城裡，這裡曾是一個紅軍「長征」時的渡江口，如今早已物是人非，村莊裡沒有電力，百姓晚上靠的是煤油燈，飲用水是井水。村裡的絕大多數都不識字，為了掃盲，政府辦起了掃盲識字班，白天要幹農活，晚上聚在廟堂裡，在煤油燈下，有一個識字的人教大家認字，內容都是繁體字「毛主席萬歲！」「槍桿子裡面出政權！」「千萬不要忘記階級鬥爭」等革命口號。以前的私塾教人讀《四書五經》，宣揚的是「孔孟之道」，提倡的是「忠孝仁義」，十九世紀四十年代的「鴉片戰爭」後，隨著國門被西方列強用槍炮打開，知識份子才開始意識到中國文化的弊端，他們不再使用「陰門陣」的方法來對付洋人的炮火，開始大搞「洋務運動」，試圖「以夷之技制夷」。就連歷來師從中國的日本更是提出了「脫亞入歐」的口號。到了「八國聯軍」入侵中國以後，英美的傳教士也開始在中國辦學堂，推行西方文明，在知識界也開始宣揚提倡「科學與民主」的同時，隨著俄國的「十月革命」取得成功後，蘇俄向中國、日本、印度等國輸出革命，雖然日本的國門也是被西方的列強用槍炮打開，但是，他們抵禦住了「共產主義」思潮，中國的一些知識份子卻宣傳起馬列主義，並認為「將來的環球，必是赤旗的世界。」他們企圖以俄國為榜樣，建立一個以「勞苦大眾」為利益的新國體，並在俄國共產黨的說明下，建立了中國共產黨。在經歷了幾十年的國共內戰，上千萬顆人頭落地後，共產黨終於取得天下。現在宣揚的一律是「馬列主義和毛澤東思想」，歌頌的是「中國共產黨的光榮歷史」。老百姓還能在牆上看到馬克思、列寧和毛澤東的畫像，儘管那些舊畫像看上去有點走樣。從此，知識份子再也沒有了言論和學說的自由，一切要以馬克思的理論為指導思想。事實上毛澤東本人對馬列主義並沒有什麼研究，只是利用其中的「階級鬥爭」哲學搞政治運動而已。當年在紅軍創立「中央蘇維埃地區」時期，他遭到留蘇回來的「蘇俄派」的排擠，指責他是「山溝溝裡的馬列主義」，對於他慣用的遊擊戰術也被同僚看成是運用了《三國演義》和《孫子兵法》裡的辦法打仗。不過最後也是因為「蘇區」的最高指揮者一下子和共產國際聯繫的電臺遭到破壞，毛才得以澈底擺脫蘇俄的指揮，因而鞏固了自己的權威。毛更專注於像《資治通鑒》這樣的書，也喜好《紅樓夢》，一生寫有不少詩詞。按照馬克思主義的理論，人類社會的發展必然從奴隸社會、封建社會、資本主義社會、社會主義社會直至共產主義社會。

也就是推翻封建社會的一定是資產階級，推翻資本主義社會的一定是無產階級即工人階級。執政的共產黨又不好否認孫中山推翻帝制的歷史功績，同時又要反對蔣介石和國民黨，就索性把孫領導的革命定義為：資產階級領導的「舊民主主義革命」，而把共產黨自己的革命定義為：無產階級及其政黨領導的「新民主主義革命」。當然，孫先生當年主要依靠的並非資產階級，而是華僑和幫會，毛澤東依靠的也不是無產階級，主要依靠的是農民。現在一切按照蘇聯模式建設國家，稱其為「老大哥」，國家最主要的公派留學生也是去蘇聯留學。

不過在掃盲學校教書的人以前是國民黨軍隊的一個舊軍官，小時候也讀過私塾，後來投身於國民軍，國民黨敗退臺灣後，他就隱姓埋名，先是在鎮裡的一家中藥店裡當炊事員，後來就做起了掃盲老師。他和老婆還有兩個孩子生活在一起，比起以前的軍官生涯，現在的生活條件差多了，就連現在的老婆，也是他當年用一個駁殼槍套哄來的，他告訴她說，這東西很值錢。

八月的一天，村裡的農民忙了一天農活的村民收工以後，便集中在夜校的廟堂裡看公演歌劇《王蘭英》，女主人被認為是中國的卓婭（被宣傳成蘇聯女英雄，據說其實她是個精神病患者，因犯「縱火罪」被處決）。和歌劇不同，真實的故事內容大致是這樣的，一九四六年秋天，國民軍佔領了山西省的文水縣。當地中共黨員幹部被迫向呂梁山後方根據地轉移，王蘭英因為年齡小易於隱蔽，被留下來做地下工作。一九四六年的冬天，中共的一個區長帶領民兵將雲周西村村長殺害，王英蘭也有參與。雲周西村當地的農會秘書曾因包庇地主段二寡婦，受到過王蘭英的批評，後被撤銷職務，開除黨籍，所以懷恨在心，在共產黨的部隊撤離後，自衛隊隊長來調查謀殺案時，就把本村的地下黨員的名字說了出來。

到了第二年，國民軍的人把全村的人集中於村南的觀音廟前，這裡曾經是中國工農紅軍的一個指揮所，在紅軍曾在這裡宣傳標語寫道「你想有飯吃嗎？你想種地不交租嗎？你想睡地主的小老婆嗎？趕快參加紅軍。」後來，牆上的標語改成了「打倒蔣介石，解放全中國」，到了共產黨取得政權後，牆上的標語也改成了「毛主席萬歲！中國共產黨萬歲！」從村民中，國民軍很快抓出了王蘭英。一個軍官看她年紀小便對他說：

「只要你以後不再為共產黨辦事了，今天就可以活下來。」

「那可辦不到。」王蘭英回答道。

接著，國民軍當著王蘭英和村民的面，用鍘刀連鍘了六名共產黨人，有人勸王蘭英說：

「共產黨人殺了國民黨人，他們要抵命，當年你的姑姑秋菊為建立民國打到滿清政府而犧牲，她才是英雄，女中豪傑，而你現在在替共產黨殺害國民政府的人，那是犯罪，怎麼對得起你姑姑秋菊的英靈啊？」

「我姑姑秋菊是女中豪傑沒有錯，可我們共產黨人的理想是解放全人類，建立共產主義，是最先進的社會制度，為了共產主義事業而犧牲，那才是最光榮的。」

最後，被五花大綁的王蘭英坦然走上滿是血跡的鍘刀架上，躺在了鍘刀刀座上，劊子手用力一鍘，王蘭英的頭顱離開了她的身體，頓時，血柱噴湧，她的頭顱從鍘刀座上落下，在地上又滾了幾下，和前幾個被砍下的其中的一個頭顱滾到了一起，她的眼睛還睜開著，她彷彿看見了自己的身首異處，也看到了同黨的頭顱，圍觀的人吃驚地看著她的血淋淋的頭顱覆蓋著亂髮，隨後頭顱上的眼睛慢慢地閉上了。最後，所有被鍘下的頭顱一起被懸掛在城門上示眾，而她家的視窗是可以看見那個城牆的，她的母親得知消息後，幾乎昏死過去。

如今，當年的國民軍的舊軍官早已隱姓埋名起來，這天朱某帶著老婆和兩個孩子也在人群中一起觀看臺上演出的歌劇《王蘭英》，他當年是國民軍裡的一個營長，參與過審判王蘭英。突然，天上刮起了一陣陰風，就在此時，臺上正演到士兵鍘王蘭英的情景時，這個舊軍官不由的低聲道：

「哼，演得一點都不像。」

當戲演完了，大家就散場回家了。此刻，天上也打了幾個悶雷，下起了雨。朱某還悄悄地告訴他的妻子，當年王蘭英被殺的經過，他老婆聽了嚇了一大跳，戲裡演的可是革命黨人屠殺共產黨人，他是為了掩護革命群眾而光榮犧牲的，毛主席還為她的犧牲題詞：「生的偉大，死得光榮。」怎麼就變成了殺人抵命了呢？他的老婆叫他不許瞎說，現在到處都在揭發和鎮壓反革命，被抓的人是要被槍斃的。現在，到處有王蘭英就義的宣傳海報，她和她的事蹟早已是中國的老百姓家喻戶曉，在她的家鄉，還有她的塑像，除了毛主席的，就剩王蘭英了。當然，在中國的另一個城市浙江紹興，就有她姑姑秋菊的塑像，她被國父孫中山譽為「鑒湖女俠」。

說到秋菊，中國的絕大多數老百姓還不知道有這麼一個人物，那時文盲的人太多，只有知識份子才知道她。她二十歲那年嫁給了一個當地的一個開當鋪、錢莊和茶號王姓的兒子王財禮，時年她的丈夫才十六歲。秋菊並不瞭解王，她並不願嫁給這個比自己小四歲從未謀面的小男孩。她從小在一個私塾讀的是《三字經》、《百家姓》、《神童詩》這類女孩子的書，但她偏偏愛讀的卻是詩詞、明清小說和筆記傳奇。在很小的時候就寫下了這樣的詩句：「今古爭傳女狀頭，紅顏誰說不封候？」、「莫重男兒薄女兒，始信英雄亦有雌。」她從小不僅仰慕英雄豪傑，而且還立志要做「巾幗英雄」那樣的人。雖然她不想嫁給王氏，不過當時男女婚配全憑「父母之命，媒妁之言」，秋菊只得從命。那天婚宴過後，到了晚上她被一個侍女領到了新婚房裡等著，心中充滿了不安和疑惑，等到那個喝得有點醉醺醺的小男人來到她的床前，她被她的男人揭開了紅頭蓋，她這才看見了一個稚氣未脫的男人在燭光中晃來晃去，而這個男人就是自己的丈夫。

這王財禮雖然讀過書，但畢竟是公子哥兒的本性，也沒什麼志向。自從「戊戌變法」失敗後，隨著外國列強加劇對中國的侵略和掠奪，為了改變現狀，朝廷廢除了沿襲了千年的「科舉制度」也辦起了「新學」，企圖「師夷長技以制夷」。可讀書人幾乎一下子沒有了出路，不少人便花大量的銀子捐官，也有去日本留學的，回來也可以做官。二十一歲的王財禮花了上萬輛銀子，也捐了一個京官，這樣，秋菊和丈夫還有他們的兩個孩子，全家搬到了帝都北京城。中日「甲午戰爭」的慘敗和一九〇五年發生在中國東北的「日俄戰爭」，使她深感民族的屈辱，加之對婚姻的強烈不滿，在她二十九歲那年，她不顧家人的反對，毅然決定自費東渡日本留學，她變賣首飾籌集資金終於東渡日本。當時的日本東京，是中國革命黨黨人活動的重鎮，在革命黨人的影響下，秋菊加入了由孫中山在日本創立的同盟會（中國國民黨前身）。回國後，積極和革命黨人籌備起義活動，由於同黨徐氏刺殺安徽巡撫，事後，幾名士兵將徐氏反綁著押起來。他見了一個巡撫的隨從問道：

「大帥安否？」

隨從將腳一跺，說道：

「畜生，大帥待你何等恩厚，現在被你搶殺，還敢問安否？」

徐笑道：

「問大帥安否正是私誼也。」接著說：「槍殺巡撫，此乃正義也。」

第二天，徐氏被押解行刑，先是被活活破腹挖心取肝，用於炒菜，隨後又將其頭顱砍下，並碎屍萬段。隨著起義遂告失敗，有被捕者供詞牽連秋菊，但她拒絕離開自己的家鄉，認為「革命要流血才會成功」。當年在「戊戌變法」失敗後，維新派面對保皇派的追捕，同樣慷慨陳詞道：「各國變法無不從流血而成，今日中國未聞有因變法而流血者，此國之所以不昌也。」秋菊被捕後在供詞中這樣寫道：「秋風秋雨愁煞人」一詩句。其夫聞訊後從京城趕到紹興，哭泣懇請衙門讓其妻免於死罪，雖然秋菊早已棄家外出好幾年了。官府答應只要她交代出同黨，並不再革命，幸許可保一命，要她丈夫去獄中勸說。秋菊的丈夫王氏知道自己無法規勸其妻，便遣他的新婚妻子俞氏前去勸說，這俞氏本是秋菊嫁給她丈夫時帶過來的侍從丫頭，本來在家裡說明打雜，後來秋菊離家去日本後，王氏就把俞氏扶為正室。

當秋菊在牢房裡一眼看到俞氏時，她的眼神裡充滿了詫異和厭恨，看她滿身綢緞的衣著，她立刻就明白了怎麼回事。秋菊冷冷地看著她，心想，自己為了革命蹲監獄，不久就會被處死，她到好，背著主子和自己的男人好上了，還敢出現在自己的面前。

「太太，看到你成了這個樣子，我真的好難受？」俞氏哭道。

「難受？他不是待你很好嗎？」

「太太，你就招了吧，兩個孩子天天吵著要媽媽。」

這個連死都不怕的女人，此刻卻淚如泉湧，想到自己可能馬上就會被處決，想到兩個孩子哭鬧的情景，秋菊忽然間跪在了俞氏的面前，俞氏哪裡經得住這樣的場面，抱著以前的主子痛哭起來。

「招了吧，主子，讓我再伺候你。」

「我們今生有緣主僕一場，兩個孩子今後就全拜託你了。他，我也拜託你了。」

時間到了，獄警催俞氏離開，俞氏只得最後看了秋菊一眼，就傷心欲絕地離開了牢房。在七月的一個凌晨，秋菊被押送至在古軒亭口，由兩個劊子手一左一右隨她前行，最後，官府一聲令下，秋菊被他們從身後踢跪在地，一個劊子手高高舉起手中的屠刀，向著跪地的被五花大綁著的秋菊的頭上砍去，頓時血流滿地，秋女士就這樣就義了，享年三十一歲，而她的死亡間接促成帝制被完全推翻，並建立了亞洲第一個民主共和國，即一九一二年成立的中華民國。

朱某當年是民國的一個營級軍官，和許多的舊軍官一樣，早已隱姓埋名地轉移到了地方，並娶妻生子，過上了普通人的生活。雖然他心裡明白，如果他的身分暴露，就會被處決，所以就連他的老婆也不知道他過去的經歷。不過在看那場歌劇《王蘭英》時，使他勾起了那件往事，在她的印象中還真有一個這樣的女共產黨員被處決，不過記憶中她是一個謀殺案的從犯，本來可以不殺的，可她倔得很，後來就被斬了首。可是沒想到她竟是秋菊的外甥女。不過，就在朱某看戲時不小心的一句話，引起了別人的懷疑，全國正處在「鎮壓反革命」的風潮中，上級指示要「按人口千分之一的比例，先殺此數的一半，看情形再作決定。」

終於有人在調查朱某了，先是他的妻子在外面聽到了一些風聲，她頓時魂飛膽喪，她根本沒有想到過自己的男人曾是國民黨的一個軍官，按現在的說法就是潛伏下來的反革命，被檢舉出來是要被槍斃的。她準備好了農藥，如果真是那樣的話，就全家一起自殺算了。當她的男人從夜校教掃盲班回來時，他老婆就驚恐地問道：

「有人說你是國民黨潛伏下來的反革命，到底是怎麼回事？」

「你聽誰瞎說的？」他的心裡一顫，妻子怎麼會突然冒出這樣的話。

「現在有人在調查你，我是聽村支書的老婆說的，她不是掃盲學校的負責人嗎？」

「真的來了，老子也不想活了，這是什麼世道？」他也來了脾氣，他畢竟是個舊軍官。

「孩子他爹，這麼說這一切都是真的？」她的語氣幾乎絕望，「萬一你出了事，孩子怎麼辦，我該怎麼辦，不如大家一塊死了算了，我……」

「不要胡說，就算我出事了，你們也不會有事的。」他安慰她道。

他們天天提心吊膽地過著，生怕會出事，村裡已經被處決了不少人了，有的是當年和秋菊一樣的追隨孫中山的革命黨人，有的則是跟著蔣介石「北伐」的國民黨軍人，朱某當年也參加過「北伐」和「抗日」，當然後來也和共產黨的部隊打過「內戰」，他以為一切都過去了，從前的一切也隨之時間的過去而過去了，沒想到現在新政府開始算舊帳了。他自己也不明白自己到底做錯了什麼，難道自己革命錯了，現在自己又要被革命，自己是參與過處死王蘭英，可那是為了維護民國政府，難道她姑姑秋菊如果還活著，也要被革命，被無產階級革命？為了不連累家人，他決定去自首，他和老婆商議起來。

「不能去自首，你手上有共產黨人的血，被抓後就會被立即處決，而我們也成了『反革命家屬』，我和孩子一輩子都抬不起頭來做人。」

「有什麼抬不起頭的，我從前也是投身革命，追隨的是國父孫中山，難道他們也要革國父的命？」

「話是這麼說，可現在是毛主席當家，不是蔣介石當家，有本事你把我們帶到臺灣去，當初你什麼都瞞著我，我的命好苦啊。」

果然，幾天後，有兩個穿著舊軍裝的公安人員把朱某從掃盲學校帶走了，學校裡的人也紛紛議論開了，原來他是國民黨潛伏下來的臺灣特務。不久，朱某被押送到雲周西村當年王蘭英的就義地點，在那裡舉行了文水縣各界兩萬多人參加了公審、鎮壓大會，由於王蘭英的英雄形象早已深入人心，與會的群眾無不群情激昂，隨後朱某就被就地槍決了。朱某的妻子曾一度想過自殺，可又捨不得兩個年紀尚幼的孩子，於是她帶著兩個孩子，去異鄉投奔一個親戚去了……

哀鴻

中秋時節，北京的故宮裡還沉浸在節日的氣氛之中，大戲樓暢音閣更是夜夜燈火通明，鑼鼓聲音樂聲此起彼伏。慈禧太后帶著宮女嬪妃還有侍候的太監們此時正熱熱鬧鬧觀賞著有京劇名家李昱的戲班子演出的《戰太平》。由於慈禧忌諱多，唱戲的要格外小心。慈禧屬「羊」，看戲時最忌諱提到「羊」字，到宮裡給她唱戲的演員，不能唱《變羊記》、《牧羊圈》這一類名字的戲，如果戲詞裡有「羊」字就得改。比如玉堂春原詞：「蘇三此去好有一比，好比那羊入虎口有去無還。」為了避開「羊」字，只得改唱：「好比那魚兒落網有去無還。」有個著名武生在外邊跟人合夥開了個「羊肉鋪」，便犯忌了，慈禧從此再不賞他銀子。她吩咐下邊：「不許給賞錢，他天天剮我，我還賞他？」

《戰太平》的唱詞裡，其中有一句「大將難免陣頭亡」，祝壽戲若唱出「死」、「亡」等不吉利字眼難免闖禍，李昱靈機一動改唱為「大將臨陣也風光」，慈禧對這齣戲很熟，聽完當場打賞白銀一百兩。李昱的如意戲班至各地演出，從而積累了豐富的戲曲創作、演出經驗。他一生曾懷兩個願望，一是早生兒子，二是創辦家班。四十得子使他滿足了前一個願望，而後一願望仍然沒有影子。到了他四十六歲那年，他應朋友之邀，由北京前往陝西、甘肅遊歷，先後在臨汾、蘭州得到頗具藝術天賦的喬、王二姬。獨具藝韻的二姬的到來，再配以其他諸姬，一個初具規模的李氏家班就組建起來了。對戲曲一直情有獨鍾的李昱，他自任家班的教習和導演，上演自己創作和改變的劇本。他以芥子園為根據地，帶著他的如意戲班四出遊曆，演劇。由於喬、王二姬的出色表演以及李昱這樣的好編劇，好導演，如意戲班紅遍了大江南北，也不由得慈禧太后也時常惦念著這個戲班子。此時，慈禧正看得入迷，當晚八時許，皇親載瀾飛馳入宮，說聯軍已攻到東華門了，慈禧聽了心裡一震，然後就有太監扶她出去。戲臺上也不知道發生了什麼事，還繼續演唱著，直到有人大聲叫停，李昱才帶著他的戲班人馬趕快撤離。此刻，慈禧早已被人擁著出宮，她神色慌張，哭鬧著要跳水自殺，而載瀾拉著她的衣服，說道：「不如且避之，徐為後計。」此時眾人在少數軍人的保護下，形成了一支千餘人的隊伍，由景山西街出了地安門西行。

慈禧一行離開西直門時，天上突然飄下細雨，因為沒有雨具，千餘人全被淋濕，其狀蕭索淒苦。到了第二天，慈禧饑寒交迫，有百姓獻上紅薯，慈禧和光緒邊哭邊吃。一直煎熬到了晚上，氣溫很低，有村婦獻上洗完還沒幹透的被子，眾人更是就著豆大的油燈，相依而眠。一路風餐露宿，慈禧一行來到懷來縣，驚魂略定的慈禧，對前來迎接的知縣哭訴禍亂經過：「連日曆行數百里，不得飲食，既冷且餓，昨夜我與皇帝，僅得一板凳相與貼背而坐，仰望達旦。」當時皇上蓬頭垢面，衣著不整，憔悴已極。在懷來縣停了三日後，慈禧一行續向西北逃亡，經宣化、大同，再抵太原，沿途不斷勒索供應。

李昱帶著他的戲班子，也慌忙地離開了紫禁城，他不知道到底出了什麼事，不過在他這次進京演出的路上，他就看到了許多不尋常的景象。北京城城內外到處聚集著外鄉人，他們的裝扮也很怪異，頭上都裹著紅頭巾，有的還穿著紅褲子，他們到處搞破壞，卻沒有人來管他們，他們還殺人，見到洋人就殺，看到鐵軌就破壞，就連路上的電線杆也不放過。有時也打殺平民，說那些人跟洋人走得近，是「賣國賊」。可是現在洋人包圍了北京城，也不知道自己能不能逃出去，據說慈禧已經逃離北京城，皇宮裡已經沒有了皇上和太后，現在洋人掌管著一切。由於出不了城，如意戲班子的一群藝人只能在驛站附近借了一個旅店住宿，只有等洋人撤離，他們才可以出城。戲班子的人住下後，因為離城中心較遠，周圍沒有什麼軍人和成群結幫的號稱是「義和團」的匪徒。李昱知道這些匪徒的殘暴和洋人的野蠻，不許戲班子裡的女人出去亂跑，只能待在旅店裡練功吊嗓子。

這天清晨，李昱帶著馬夫和幾個隨從出去購物，只留著幾個女家眷和臺柱子喬、王二人在店，他們均年方十三四歲，生的出水芙蓉，而且唱功了得，是李昱最得意最喜歡的兩個女優。外國聯軍破城以後，指揮官特許軍隊公開搶劫，他們在城中為所欲為，想拿就拿，愛殺就殺，洋兵以捕拿義和團為名，三五成群，身跨洋槍，手持利刃，在各街巷挨戶踹門而入。臥室密室，無處不至，翻箱倒櫃，無處不搜。上午幾個洋兵突然從後院就闖入，見到女人立馬就強行抱住不肯鬆手，她們哪裡見過這種架勢，只是驚恐地亂跑，有的被洋兵一把拽住，女人掩面而泣，士兵像瘋了似的撕開女人的衣服強行凌辱。身材小巧玲瓏的喬氏也一把被一個洋兵拖拽到一邊，由於洋兵體型壯大，他就坐在一個石板凳上，抱弄著一個站著還比他矮一截的喬氏，玩弄了一會兒，喬氏也被那個士兵強暴了。只有機靈的王氏，一開始就藏匿在一個水缸裡，到了洋兵離去後，她也不敢出來。中午時分李昱匆匆趕回，見到其妻已和幾個女藝人全部服毒自殺，喬氏也投井自殺。李昱當時就昏厥過去，隨後馬夫在一個水缸裡找出了王氏。

戰後清政府和八國聯軍簽訂了《辛丑合約》，中國要付戰爭賠款四萬萬五千萬兩白銀，這是對目無上帝的異教徒四萬萬五千萬中國人的懲罰，每人罰銀一兩，這個數位相當於中國當時五年的收入。當只賠款不割地的消息傳到西安時，慈禧鳳顏大悅，她竟這樣說道：「量中華之物力，結與國之歡心。」僅僅是十年以後，到了一九一〇年末，風雨飄渺的清政府終於被推翻了，因而結束了幾千年的所謂封建統治。不過民國政府的成立，沒有給老百姓帶來任何好處，那些本來擁護革命的人開始懷念起以前的時代，由於地方的軍閥割據和連年的戰爭，百姓的賦稅更加重了，到處是流民和饑民，李昱的戲班子也因戰亂四處奔波，現在李昱體弱多病，戲班子也有本來的一個臺柱子王氏在掌管，如今，年歲二十四五的她在舞臺上更是風韻無比，她曾為李昱生過一個女兒，由於戰亂貧困，很小時就夭折了，現在除了王氏，還有戲班子裡的幾個年輕一點的男女藝人，雖然偶爾也有演出，不過已經不能靠演出維持戲班子裡七八個人的生計了。帝制被推翻以後，國家產生軍閥割據的局面，戲班子的藝人時不時要到他們的府邸去演出，不過李昱那時已經演不動了，只是硬撐著。戲班子四處漂泊，到處是戰火紛飛，軍閥之間的混戰足足持續了二十多年。

三〇年代日本人來了，為了防止共軍的不斷壯大，蔣介石堅持「攘外必先安內」的策略，他們很快就佔據了東北，並在那裡建立了滿洲國，由被廢黜的皇帝重新登基做傀儡皇帝。日本人在東北掠奪資源，並開了許多的工廠。聽說那裡需要許多的勞工，有人勸他們到那裡去謀生，李昱開始不願意戲班子裡的人去替日本人做事，而且又是女孩子居多，不過聽說滿洲國還是過去清王朝的人，以前去宮裡演出，有演出費又有賞錢，動不動就是上百兩白銀的賞錢，於是他們決定去看看。不久，戲班子裡的人就到了新的帝都長春。到了長春落腳後，李昱基本上在家裡排排戲從不出門，倒是王氏時常出去聯繫演出的地方，她雖已四十多歲，不過她稍稍裝扮後，容貌佼好似年輕女子，打扮得體，又有幾分少婦的風韻，十分引人注目。不過自從日本人來了以後，許多商家都跑了，也沒有人再有性子看戲，新的皇宮裡的皇上也不怎麼愛看戲，戲班子裡很快就覺得走投無路了。不久就有人上門來，說是有一家日本人的紡織廠招女工，每月有固定的收入，戲班子的人都是農家的孩子，也不知道工廠到底是什麼樣子，不過戲班子裡幾乎所有的女藝人都報了名。第二天她們被帶到一個寺廟，這個廟已經做了日軍的安慰所，看到站崗的日軍兇惡的樣子，女藝人也猜到了什麼，她們想離開，日本軍人端著帶有刺刀的長槍，把她們趕了進去，這一進去，她們全成了日軍的「安慰婦」。

她們被命令脫光衣服檢查身體，又分別給她們取了日本名字。那天一大早，日本兵就在門外排起了長隊，她們就被迫接了一個又一個日本士兵，每人分別要接幾十個，一天下來下體疼痛難忍。以後，他們每天的生活就是接客提供性服務，日本兵每天要排隊買票進入，但她們的伙食很差，而且數量少，就是一桶水都要輪流洗，有幾十個「安慰婦」輪流使用，到了最後已經髒的不行了。由於戲班子裡像王氏和尤氏這樣的女人容顏出眾，到了晚上她們也不得安寧，常常有軍官要求陪夜，就是來了月經，也不准休息。才十五六歲的尤氏即美又嫩，她是王氏收養的一個孩子，日本士兵知道她還年少，不會有性病，就不肯用避孕套，後來她就懷孕了。懷孕後，日子就更苦了，就想到了逃跑，結果被抓回來，本來她是要被破腹處死的，還是王氏求一個將軍救了她。風姿綽綽的王氏一開始就被一個叫藤野的將軍看上了，從此他就獨佔了王氏。過了一陣子，王氏回到戲班子原來的住所去看班主李昱，可一個演丑角的管家告訴她，就在她們被關進安慰婦所之後沒幾天，李昱就服毒自殺了，他們就一起去了他的墳地，王氏傷心不已，李昱不僅是戲班班主，他們還曾經有過一個夭折的孩子。

兩年以後，日本人佔據了大片中國的土地，隨著「太平洋戰爭」的爆發，藤野離開了原來的駐地，他就把王氏送給了一個下級軍官西山，西山是個文官，對王氏和她們戲班子的遭遇很同情，就這樣他們生活在了一起。不過局勢好像對日本人越來越不利，號稱「戰無不勝」的皇軍也開始節節敗退，尤其是到了一九四五年期間，美國在日本丟下了原子彈，蘇聯紅軍也大批進入東北和日本人開戰，日本人紛紛繳械，俄國人終於可以復仇了，四十年前，也就是一九〇五年，俄國人和日本人在中國東北因各自為了擴大自己的勢力範圍而爆發了「日俄戰爭」，在這場戰役中，這個曾戰勝過拿破崙帝國的老牌沙皇軍隊被新興的日本帝國打敗，而當時的清政府則保持「中立」。不久，蘇聯紅軍以解放者的名義全面進駐東北，並搶運滿洲國財產和接受日本北方島嶼。滿洲國也不復存在了，俄國人曾經為了自身的利益，第一個承認了「滿洲國」，此前俄軍已經瓜分波蘭並出兵芬蘭，還併吞了愛沙尼亞、拉脫維亞、立陶宛波羅的海三個小國，為了應對西面的德國，防止東面的日本一起對它形成東西夾攻的局面，俄國人和日本人簽訂了《蘇日互不侵犯條約》和承認「滿洲國」，以此來討好日本，作為回報，日本人也很快承認了由俄國人操縱下的「蒙古國」脫離中國。當下，日本人撤離了，俄國人來了，士兵們到處姦淫婦女，百姓們都不敢出門紛紛躲避，王氏還有戲班子裡的女人和其他幾個安慰婦做事的女人一起住到了一個日本人丟棄的地堡裡，她們平時很少出門，出門時就化妝成男人。

有一天，地堡的大門突然被打開了，蘇軍士兵闖了進來，他們手持衝鋒槍，頭頂上戴著蘇式軍帽，帽子上沒有帽簷，和日本軍帽上的一顆金星不同，上面有一顆印有鐮刀和錘子相交叉的紅星。俄國人比日本人高大得多，眼前那些被烈酒燒紅了面孔的士兵，燃燒著欲火的目光在驚恐萬分的女人的臉上掃來掃去，然後他們沖入人群，將藏匿在地堡裡的女人往外拖，女人們驚恐地叫著，當尤氏被一個士兵強行拉出去時，此時她只是淚流滿面地對著王氏叫著「媽媽，媽媽……」王氏也哭著祈求那個士兵，意思是自己願意跟他走，請求他放過尤氏。蘇軍聽不懂她的話，但從她的表情和手勢明白了她的意思，不過一切無濟於事。有五六個年輕女子被幾名士兵帶到僻靜處姦污後，就被送到軍營，她們被扣留在那些軍官身邊專供自己淫樂。有國軍代表和他們干涉，指責士兵的強暴行為，一個蘇軍長官這樣回答道：「士兵們在柏林就是這樣幹的。」直到軍隊撤離東北，她們才被放出來。

王氏帶著戲班子殘留下來的人，如意戲班子如今已經成了一個到處流浪的乞討藝人，想當年在京城的時候，他們有自己的專門的演出劇場，只有皇宮裡和達貴顯人們才能請他們外出演出，後來清王朝倒臺了，戲班子就開始了到處借劇場演出，再到後來，日本人來了，先是成了流浪劇團，再到女藝人被騙到安慰所，以後就沒有真正意義上的戲班子了。如今王氏也已年近六旬，尤氏也二十七八歲了，也有人跟著戲班子討口飯吃，他們大多數都是些孤兒，為了有一個穩定的生活，王氏打算聯合幾個藝人，包括琴師、會唱戲的民間藝人，再加上自己的班底，她想利用李昱的名聲，重組一個戲班子，如今日本人投降了，俄國人也撤了，雖然到處是凋敝的國土、處處是流民和乞丐，不過她期望著日子會慢慢地變得好起來，如意戲班子還可以靠演出生存下去。

天真的美國人調停失敗了，他們本以為隨著「二戰」的結束，在他們的主持下，中國可以建立一個民主的聯合政府。很快國共就開始打內戰，為了佔領東北的大城市長春，共軍圍困城市，為了消耗城內的糧食供應，共軍實行「久困長圍」方針，以拖垮國軍。軍方嚴禁城內百姓出城，只有帶武器的人才能放出。城裡的幾十萬平民的存糧只能勉強維持一個月左右，國民黨守軍希望平民離城，但饑民遭到共軍封鎖圍困。戲班子裡的人和其他一些平民，他們集中在一座被廢棄的房子裡，裡面的人吃的是草和樹葉，喝的是雨水，到了最後就連老鼠也被吃的光了。他們的身體開始變得浮腫，房子裡每天都有人被餓死，已是奄奄一息的尤氏躺在一個角落裡，依偎在她的養母王氏身上，斷斷續續地說道：

「媽媽，我們到底上輩子做了什麼孽，這輩子會活得這樣悲慘，自從我進了戲班子，先是被日本人，後來被俄國人凌辱，許多次想過自殺，卻還是忍辱活了下來，現在他們都跑了，以為可以過上太平的日子，沒想到自己人又打仗，還要把大傢伙活活餓死……」

「我的女兒，媽媽這輩子最對不起的就是你，本來以為跟著我，就有口飯吃，還能風風光光地做人，媽媽小時候的同齡人也是因為受了洋人的凌辱而自盡的，沒想到活下來的人命運更加悲慘，看來我們都活不成了，我不明白他們為什麼要對老百姓這樣狠，連一條生路也不給……」

幾天以後如意戲班子的人全部餓死，最後，國軍放下了武器，全城餓死了幾十萬人。

湖與淚

初夏時節，北方的天氣已經開始有些炎熱起來，在北京的皇家公園頤和園的昆明湖畔，卻還是有些涼意。湖面上靜靜的，天色也有些陰沉，此時，在十八孔橋下，有幾個人聚在那裡圍觀，橋底下飄浮著一具屍體，屍體面部朝下，卡在了一個離岸不遠的橋孔下，那人全身是黑衣服，身體瘦小，長長的頭髮散亂地漂在水面，讓人分不清是男人還是女人，有人猜測是男的，因為他著的是男裝，而且面料也不錯，有人猜她是個女人，頭髮很長，像是散開的辮子。最後有人報了警，不一會兒，來了幾個人把那人的屍體打撈了上來。

到了第二天，所有的報紙上都登了一條特大新聞，國學大師王國維昨日在頤和園投昆明湖自盡。消息一出，舉國震驚。他生前不肯剪掉辮子，那辮子是舊朝代清朝的象徵，早在一九一二年建立民國之初，國人就紛紛剪掉了留在頭上二百六十多年的辮子。當年滿人入關，就定下了「留頭不留髮，留髮不留頭」的「剃頭令」，雖然是剃髮，卻要在後腦勺留一條長辮，並強迫漢人變化髮型為滿人髮型並穿滿人的服飾，清廷把剃髮作為歸順的標誌之一。王國維這位國學大師可能是當時國人中最後一位留有這種髮型的漢人，他生前在清華大學講課時，由於他留在長長的辮子，加之他矮小的身材，又戴著一副厚厚的眼鏡，那樣子看起來著實有點滑稽。每當他一走進教室，課堂裡就會爆發出一陣哄堂大笑，他似乎早有心理準備，等學生的笑聲過後，他就冷不防地說一句：「我頭上的辮子是有形的，你們心裡的辮子是無形的。」話音剛落，講臺下頓時一片寂寞。

王國維早年遊學於日本和歐洲，對西方的政體和思想有了一定的瞭解，不過他總覺得「民主、科學、平等、自由」等概念是「洋玩藝」，一回到中國，他就把那些他本來也看成現代人類文明進步東西全部棄之腦後，他覺得憋屈，那些「洋玩藝」在中國根本行不通，西方之所以能夠實行共和社會是因為有它的工商文明為基礎，他覺得孫中山創立的共和體制充其量只是一個沒有靈魂的驅殼，在中國這樣的農村社會，絕大多數人都不識字，而且經濟落後，思想保守，就連皇上上廁也習慣蹲著，有馬桶也不用，擦屁股時也不用洋人造的手紙，而是殺一頭鵝，用鵝頸部擦，更不用說普通百姓，有廁所也不會去用，習慣到處大小便。日本人就文明多了，他們可以搞「君主立憲制」，因為在日本早已實現了國民小學義務制教育，建立憲政之前做了不少準備工作。在中國孔孟之道教化了二千多年的社會裡，立憲不成搞共和就是脫離實際的空想，而且對社會有極大的破壞作用。中國人就應該繼續行使「三綱五常」和「三從四德」等禮教。他著有《人間詞》、《紅樓夢評論》、《宋元戲曲史》、《殷周制度論》等。有趣的是在大學他教授「英美比較文學」，卻經常給學生灌輸傳統的倫理道德和社會風俗。比如講到婚姻制度，洋人實行一夫一妻制，他提倡一夫多妻制，理由是一個茶壺配四個茶杯。他喜歡裹小腳女人，覺得那是女人最性感的部位，把玩一下女人的小腳，使他獲得最大的滿足。他覺得中國的百姓見了當官的就得下跪，大官見了皇上更要跪，這是起碼的「禮儀」。當然「杖責」也是如此，對於不聽話的下屬，就得在大庭廣眾下用棍子打屁股，這樣才會悔過長記性。講到中醫，他會說西醫治標不治本，中醫應用陰陽五行的原理對人體做系統調理。比如對治療像「瘟疫」這樣的感染性疾病，中醫的療效就明顯好過西醫。所以，當激進的知識份子紛紛抨擊中國傳統文化中的「保守」、「專制」和「迷信」時，他覺得那是輕浮的不屑一顧的。

一九一二年二月十二日袁世凱逼迫清廷退位，小皇帝溥儀遜位以後，新政府承諾清帝尊號不變。比起前朝南宋的末代皇帝投海自盡和明末皇帝在樹上上吊自盡，清末的皇帝算是「善終」了。民國政府待以外國君主之禮，並支付清帝歲用四百萬兩，清帝仍居紫禁城，侍衛人等照常留用，王公世爵仍其舊。當時的京城既有在紫禁城內的清朝小皇帝，又有在中南海的中華民國大總統。在這個小朝廷裡依然稱孤道寡，封官賜謚，一派地位氣派，那些忠於前朝的人，進宮仍行跪拜大禮，宮內依然保有內務府、宗人府和慎刑司等機構，故臣贈謚，不改衣冠，觸犯王法著慎刑司處之，紫禁城成為「國中之國」。

隨著帝制的被推翻，直接導致了國家的解體，西藏與外蒙相繼脫離，在和袁世凱為首的北京的北洋政府交戰失利後，由於國民黨黨內意見不合，孫中山堅定的認為是黨內的機制問題，必須重組黨務，與當年創立同盟會那樣，在日本再次改組政黨，把原來的同盟會、國民黨改組為中華革命黨，並要求全體黨員按手印向他效忠。孫以蘇俄為師，以列寧的建黨原則為原則，把對領袖的絕對服從作為建黨準則，企圖效仿蘇俄，使革命取得成功。這樣，革命黨內部的人心更加渙散。孫中山開始了他的所謂革命轉型，而此時的中華大地，剛剛經歷了從帝制到共和，然後到了一九一五年，袁世凱又恢復了帝制，不過復辟鬧劇僅維持了一百〇二天，到了袁世凱死後，到處是軍閥割據和混戰，加之連年的災荒，全國到處是流民、饑民，徘徊在荒蕪的田野和破敗的城鎮之中，從知識份子到普通大眾，人們開始懷念起從前的年代，他們從擁護革命到開始痛恨革命。

一九一五年國學大師梁啟超在《大中華》發刊詞中慨歎道：「我國民積年所希望所夢想，今殆已一空而無複餘。二十年來朝野上下所昌言之新學新政，其結果乃至為全社會所厭倦所厭惡：言練兵耶，而盜賊日益滋，秩序日益擾；言理財耶，而帑藏日益空，破產日益迫；言教育耶，而馴至全國不復識字；言實業耶，而馴至全國人不復得食。其他百端，則皆若是。」

同年在中國掀起的新文化運動代表北大教授陳獨秀在《舊思想與國體問題》指出：「如今要鞏固共和，非先將國民腦子裡所有反對共和的舊思想，一一洗刷乾淨不可。因為民主共和的國家組織、社會制度、倫理觀念和君主專制的國家組織、社會制度、倫理觀念全然相反，一個是重在平等精神，一個重在尊卑階級，萬萬不能調和的。若是一面要行共和政治，一面要保存君主時代的舊思想，那是萬萬不成。而且此種『腳踏兩隻船』的辦法，必須非驢非馬，既不共和，又不專制，國家無組織，社會無制度，一塌糊塗而後已。」他推崇資產階級民主：法蘭西的平等人權、英國的憲政、美國的民主自由，尤其他獨鐘法蘭西近代文明，在《法蘭西與近代文明》一文中指出：「此近世三大文明皆法蘭西人所賜。世界而無法蘭西，今日之黑暗不識仍居何等。」他創辦了《新青年》雜誌，高舉「民主」和「科學」的旗幟，他認定「民主」和「科學」可以救治中國政治上、道德上、學術上、思想上一切的黑暗。為此，一切政府的壓迫，社會的攻擊笑罵，就是斷頭流血，都不推遲。向幾千年陳腐朽敗的一切封建舊思想、舊道德禮教迷信及一切舊傳統猛攻，並向「孔孟之道」宣戰。為了改造國民性，有利於對民眾的思想傳播，他極力主張取消文言文，代之通俗易懂的白話文。

發生在一九一四年至一九一八年的第一次世界大戰，給世界人民帶來了極其深重的災難，那是同盟國和協約國為重新瓜分世界而進行的非正義戰爭，在戰爭中，人類創造的無數財富被毀滅，傷亡總人數超過二千八百多萬。由於經歷了這樣一場戰爭，梁啟超在《歐游心影錄》中指出，在西方世界中，許多人感到「西方文明已經破產了」。「全社會人心都陷入懷疑、沉悶、畏懼之中，好像失去了羅針的海船遇著霧，不知前途怎生是好」。李大釗指出：「此次戰爭，使歐洲文明之權威大生疑念。歐人自己亦對於其文明之真價，不得不加以反省。」這樣，中國人是否還應當繼續走西方人的道路就成問題了。俄國的「十月革命」正好發生在中國學習西方、走資本主義道路的嘗試遭到嚴重挫折，中國的先進知識分子陷於極度的彷徨和苦悶時。帝制過時了，共和的道路又走不通，就在這個時候，十月革命爆發了。它使中國人看到了民族解放的新希望。北大教授李大釗指出，十月革命所開始的，「是世界革命的新紀元，是人類覺醒的新紀元。我們在這黑暗的中國，死寂的北京，也彷彿分得那曙光的一線，好比在沉沉深夜中得一個小小的明星，照見新人生的路。」

由於近百年來中國人飽受帝國主義列強摧殘和凌辱，忽然聽到俄國人要「顛覆世界的資本主義」、「顛覆世界的帝國主義」，使中國人感到無比興奮。一九一九年七月，蘇維埃俄國政府公開發表對華宣言，宣布廢除「沙皇政府從中國攫取的滿洲和其他地區」，「廢棄俄國人在中國的一切特權」。得知宣言內容之後，中國人感到無比歡欣，並認為這是新俄國憲法的「要剷除資本主義侵略的精神」。十月革命中俄國工人、農民和士兵群眾的廣泛發動並由此贏得歷史性勝利的事實，也給中國的知識份子以新的革命方式的啟示。

一九一九年的「巴黎和會」上，傳來和會拒絕中國作為戰勝國的要求，背著中國把德國在山東的權益轉給日本，作為前沿知識份子的陳獨秀像是被一把利劍深深地刺痛了，他指責國內外資產階級爭權奪利不顧正義公理，他在文章中進一步指出：「我們相信世界上的軍國主義和金利主義，已經造了無窮罪惡，現在是應該拋棄了。」他看到帝國主義金融資本憑藉炮艦征服殖民地，落後國人民陷入水深火熱之中，他最後拋棄信仰資產階級共和，選擇了社會主義的新道路。《新青年》開創以來宣傳西方資產階級文化，現在開始轉向宣傳馬克思主義了，並在一九二〇年五月成立了馬克思主義研究會，並進一步宣傳共產主義知識份子與工人運動相結合，到了八月，他在上海成立第一個共產黨組織，一九二一年七月二十三日，在共產國際的說明下，在上海召開了中國共產黨第一次全國代表大會，出席代表大會的各地代表十三人，代表者全國五十多名黨員。並制定了黨章和黨綱，規定本黨的綱領是「以無產階級革命軍隊推翻資產階級，由勞動階級重建國家，直至消滅階級差別；採用無產階級專政，以達到階級鬥爭的目的——消滅階級；廢除資本私有制，沒收一起生產資料，如機器、土地、廠房、半成品等，歸社會所有；聯合第三國際」。後來這次會議被稱作為開創了「人類歷史上的新紀元」。

在一次又一次的失敗和奮起抗爭的過程中，一九二四年，在俄國十月革命和中國共產黨的影響下，孫中山認識到真正的革命力量在廣大群眾之中，他接受了共產國際的建議，毅然改組國民黨，實行「聯俄、容共、扶助工農」的所謂「新三民主義」，「舊三民主義」是指「民族、民權、民生」。並大量吸收共產黨人為國民黨，並一起組織北伐，企圖重新統一被軍閥割據的中國大陸。同年，軍閥馮玉祥在北京發動政變，推翻了北洋政府，囚禁了總統曹錕。同時，馮玉祥還廢除帝號，清室逼迫遷出紫禁城。

一九二七年，共產黨發動群眾在「蘇區」農村開始進行「土地革命」，他們提出了「打土豪、分土地」的口號，廣大農民在「工作組」的帶領下，對地主、鄉紳進行了所有財富的掠奪，並把地主的土地分給沒有土地的貧民，還組織地痞等無業遊民等對「地主分子」進行鎮壓，許多工作組成員是有文化的知識份子，他們同樣出生在「地主階級」家庭裡，不過在階級鬥爭的理念下，他們也參與了鎮壓。無數的地主、鄉紳被遊街示眾、槍決。王國維看到整個「土地革命」的過程，像是幾十年前的「義和團」暴民行動，從爭取共和開始的世紀，將轉變成共產革命的世紀，中國的文化傳承沒有毀於異族，將毀於自身。他再一次緬懷紫禁城裡的過去，他想為失去的一切同歸於盡，再也不願看到將來所要發生在中華土地上的空前的世紀災難，於是，這位國學大師像兩千前的愛國詩人屈原一樣，在絕望中投湖自盡。

共產黨的武裝力量在全國到處是災難和內戰的混亂的土地上，通過用「土地革命」和遊擊戰的方法慢慢地壯大起來，此時蔣介石為首的國民黨中央政府開始忙於清理地方的各種勢力，等他感到共產黨帶來的威脅再回過頭來清理時，共產黨已經在好幾處建立了根據地，並通過打遊擊的方法保存了自己的武裝力量，加之分到土地的農民的支援，使根據地不斷壯大，最後蔣介石政府不得不調動全國的精兵悍將來圍打根據地，由於對地方軍閥並沒有實際的控制權，所以軍事行動處處受挫，原因是地方軍閥防蔣的國民政府軍勝於防共，對共產黨的逃離部隊時常網開一面，不過蔣介石的部隊最終還是幾乎把共產黨領導的紅軍剿滅乾淨。就在緊要關頭，日本人打進來了，全國輿論一邊倒，蔣介石迫於壓力，不得不聯共抗日，所謂的「第二次國共合作」。「第一次國共合作」當然就是孫中山聯俄聯共的「北伐」。歷史就是這樣，當年孫中山為了壯大自己的力量，開始了以俄國為師，並在蘇俄的說明下，開始了獨裁式的建黨，昔日的盟友紛紛離開了他，畢竟當初是為了推翻帝制建立共和的共同理想而走到一起的。如今蔣介石也以這種方式行事，把熱愛民主的知識份子推向了號稱民主的共產黨，只有少數精英知識份子心存疑慮，當然，王國維已經離世，可活著的國學大師紛紛逃亡日本等國，可還有沒來得及出走的，像大師陳寅恪，早年留學日本，遊學歐洲，他著有《隋唐制度淵源略論稿》、《唐代政治史述論稿》、《元白詩箋證稿》、《金明館叢稿初編》等。基於他的學術地位，英國劍橋大學聘請他為終身教授，可是時值中日戰爭爆發，他只能滯留在戰火紛飛的中國大陸。

有知識份子清醒的認識到，中國文化也許有這種那種的弊端，可用蘇俄的共產思想在治理和清洗傳統文化，這對於一個民主無疑是一場災難，可惜，那些充滿激情的文藝革命家，他們對未來充滿了自信與狂妄，這種革命的後果令陳寅恪不寒而慄，他想離開這個地方，但以為時已晚，他只能忍受著，默默地注視著變化的一切。不過現在一切處在抗日救亡的時期，由於蔣介石政府堅持「攘外必先安內」政策，國土在一天天地被吞噬，陳寅恪的父親在日本人逼近京津地區時，為了不做亡國奴，他卻絕食自殺了。不過國內的形勢有了明顯的變化，國民黨政府開始和殘留的共產黨部隊合作，一起抗擊日本兵，這也是史達林的指示。為了讓中國軍人在後方拖住日本人，以解除他的後顧之憂，同時，汪精衛成立了親日派政府，這樣，在檯面上就有兩個看起來勢不兩立的政府，而共產黨的部隊只是國民黨部隊裡的一小部分。經歷了八年的所謂持久戰，抗戰最後在有利的國際形勢的推動下取得了勝利，留下的卻是不可避免的國共內戰。共產黨是非打不可，他的部隊已經從邊臨滅絕的幾萬人馬發展成了一百多萬正規軍，國民黨還沉浸在勝利的喜悅之中，就處在一種不得不打的境地了。共產黨的口號當然還是要反對蔣介石的獨裁統治，他宣傳的是民主與平等，從建立共和就提出的口號，現在也成了內戰的口號，結果當然就是共產黨最後在廣大群眾的擁護下，作為共產黨部隊的大後方，最後奪取了政權。

新建立的政權是不穩固的，在這片土地上又開始了轟轟烈烈的土地革命。在這場運功中首先在農村劃分階級成份，即地主、富農、中農和貧農，地主和所謂的富農是鬥爭的對象，那些有土地財富的和有些土地和有雇工的統統劃為「剝削階級」，當然，中農和貧農被視為「被剝削階級」，在黨的領導下，後者對前者進行掠奪並重新分配他們的財富，當年紅軍在蘇區時就進行過土地革命，「打土豪，分田地」，那些當年分到土地的，現在不少也變成為了富農，屬於剝削階級，成了被專政的物件。陳寅恪有兩個在農村的舅舅，他們以前分別繼承了前輩的土地與家產，不過，大舅是個勤奮的莊稼人，經營有方，成了當地的一個鄉紳，每當有天災人禍，他就開倉救濟窮人；二舅是個好吃懶做的人，還是個賭徒，是鄉裡有名的一個無賴，人見人躲。如今，革命的隊伍來了，二舅居然仗著共產黨的勢力，到處鬥地主和富農，並以革命的名義處決了自己的兄長。要說共產黨的許多高級領導人，也是出身在「地主階級」家庭，當他們站到了革命的隊伍裡，他們便自稱「背叛了自己出身的階級」。土地革命把原來維繫農村的一切禮俗、鄉規、社會秩序和倫理道德統統摧毀，一切有黨政機關說了算，農民只要一心跟黨走，好像就有了所謂的幸福生活。當然事實並非如此，後來又搞了農村集體化，到了鬧饑荒的時候，地方政府不許老百姓出去逃荒，自然成千上萬的人就被活活地餓死了，有的地方還出現了交換孩子的屍體用來充饑。

對黨尤其是對毛的歌功頌德成了媒體的主旋律，對於政府所犯下的錯誤卻不能有任何的懷疑和指責，不然就是反黨反社會主義的反革命分子，是專政和改造的對象，毛要求知識份子改造思想和脫胎換骨，文藝要為無產階級政治服務，無論是哲學、歷史還是文藝，必須以馬克思列寧主義、毛澤東思想為指導方針。離開了這個前提，就是資產階級的東西。會遭受澈底的批判。毛曾經非常喜愛國學大師梁啟超的文章，尤其是他的政論文章，在那個時代，要推行政治改革，首先要啟開民智，讓人們有思想，有自己的獨立人格，現在毛卻要知識份子閉嘴和用馬克思主義改造思想，陳寅恪提出學術自由，他拒絕用馬克思主義來指導一切學術，他先是遭到了左派上層的批判，不久就被關押起來，知識界噤若寒蟬，只有歌頌光明的所謂文藝作品才可以上演。出獄後被下放農村進行進一步的思想改造，全國上下到處以階級鬥爭為綱，每當村裡需要開一個批鬥會，村裡就把形成的「右派分子」拉出去陪鬥，在極端的痛苦中，他開始不再研究學術，開始了寫他的長篇小說《柳如是別傳》，大師描述了一個風塵女子的不屈性格來鞭撻那些自覺願意被改造的文人。就是這樣的非人生活，到了毛和左派發動的「文化革命」時期，他被抄家，被強制帶到大學等機關進行批鬥，可憐那些以前在所謂的「反右」時期對大師進行過整肅的文藝家左派領導人，在「文化革命」當中，也一個個先後遭到了批鬥和關押。

一九六六年「文化革命」在全國聲勢浩大的瘋狂展開，以大中學生「紅衛兵」為主力進行破除「舊思想、舊文化、舊風俗、舊習慣」的「破四舊」社會運動，與其伴隨的是樹立「新思想、新文化、新風俗、新習慣」的「立四新」運動。他們在革命與破舊立新的口號下，對傳統文化進行了大規模的洗劫，把所有的寺廟與神像統統推到，包括孔子倫理學說和孔廟，以無產階級先進文化的名義澈底摧毀舊世界。無數的人被打成「反革命」，被批鬥、遊街示眾、坐牢，其中就包括前國家主席、元帥等大批高級領導人，而他們之前是共產黨組織中各種清除異己的政治運動的直接參與者。這場波及全國全民族的聲勢浩大的文化運動所帶來的破壞與殘害，再一次在這個大地上展示了清朝末年「義和團」的精神特徵，陳寅恪整天以淚洗面，他想到了王國維投湖的場景，他不知道自己到底為什麼還活著，他的眼睛幾乎哭瞎了，他的生命也快到了盡頭，他流著淚，沉思著這個民族的苦難與不幸，這個世紀終於以共和開始，將以共產結束，孫中山的墓早被稱作了「皇陵」，掌握最高權力的毛澤東像皇上一樣被人們高呼「萬歲」。在他彌留之際，他夢見自己到了紫禁城，看到了坐在不遠的慈禧太后，她著裝怪異，伸出長長的指甲，只是對著他一陣陣的狂笑，從他身邊走過的有孫中山、蔣介石、毛澤東，還有梁啟超、陳獨秀、王國維等人……

爬雪山、過草地

剛剛在敵軍的炮火下渡過了大渡河，中央主力紅軍又繼續突破了兩道防線。從離開根據地開始，僅僅歷時幾個月的時間，在敵軍的重重炮火之下，歷盡數次戰鬥，紅軍的傷亡人數已過大半，人數從八萬多銳減至二萬多。他們還是天天被敵軍追擊和圍剿，沒有重型武器，連糧草也不足，官兵們的士氣普遍低落。此時，他們唯一的期望就是和駐紮在藏南地區的另一支部隊紅四軍會合，可眼前的一座叫夾金山的雪山擋住了他們的去路。這裡的地形屬於四川盆地，面對陡然升起的青藏高原和高原上連綿的雪山，紅軍猶豫了，他們連過山的棉衣都沒有，加之山上氣溫極低，氧氣不足，時常有暴風雪。在他們的東側，雖有比較好走的大路，但川軍已經在那裡佈防。紅軍已別無選擇，只得翻越雪山。不過部隊到了雪山下結集，他們忽然發現後面幾乎沒有了追兵，這讓疲憊不堪的紅軍松了一口氣。國軍斷定，紅軍缺衣少糧，根本翻不過這一連串的皚皚雪山，他們的隊伍只要守在山口外面，等紅軍一出山口，就可以輕而易舉地消滅他們。

在南京的總統府，蔣介石幾乎天天忙著看軍事地圖，觀察紅軍的行動方向，聽紅軍傷亡數位的彙報。他很滿意，先前的幾個戰役中，紅軍都有較大的傷亡，現在紅軍傷亡的數位少了，是因為紅軍的總人數少了很多。紅軍狼狽地跑到了偏遠地區的山腳下，他們自然不敢走大路，要想北上和另一支部隊會師，就要翻越連綿的雪山，到時，缺衣少糧的紅軍不是被凍死就是逃跑。蔣介石心裡正盤算著，突然想起了他的夫人，他想和她聊聊。雖然將時常給她講戰況，不過夫人並不是太感興趣，她喜歡高雅的生活和有藝術的氛圍。此刻，唱機裡正播放著優雅而略帶傷感的小提琴協奏曲，看到蔣進來，她希望他也一起欣賞這個曲子。此時她正沉浸在樂曲之中，蔣在她身邊坐下，過了一會，蔣夫人問道：

「聽說紅軍敗得很慘，僅湘江一戰，紅軍就有上萬具屍體漂浮在江面上。」

「是的，夫人，他們現在的情況更慘，如果要跳出包圍圈，他們就得翻越雪山，那是自殺式的行動，只有毛澤東他們才做得出來。」蔣告訴他的夫人。

「有時我到覺得他們不像是逃跑，更像是當年猶太人出走埃及。」

「他們不是猶太人，摩西帶領猶太人出走，一路雖然經歷了千難萬險，摩西創立了猶太教，使猶太人有了共同的信仰。」

「可他們不是信仰共產主義嗎？」

在音樂聲中，蔣夫人歎息從前清政府學英國君主立憲不成，經過多少革命黨人流血犧牲，好不容易走上了美國式的憲政政體，現在又要革命，共產黨要學蘇俄的共產革命，而且信徒還不少。她希望蔣看在上帝的份上暫時不要圍剿他們，他們目前連生存下去都很艱難，士兵們也是百姓的子弟，其中不少還是娃娃兵，雖然他們是共產主義的信徒。

夾金山的主峰海拔有四千九百五十米之高，而且終年積雪，山上氣溫低，氣候惡劣，空氣稀薄，連呼吸都很困難。當地的藏族人視它為是一座「連鳥兒也難以飛過」的神山。隊伍中的官兵大多出生在南方，從來沒有見過雪，不知道什麼是極地的寒冷。更何況經過了數月的被各方勢力的追擊，這支只剩下兩萬多人馬的隊伍中，他們幾乎個個衣著單薄襤褸，身背土制的槍，手裡也幾乎沒有什麼子彈，有少些像樣的武器也是從死去的敵人和俘虜那裡繳獲的，此時他們還餓著肚子。戰士的年齡多數在十四到十八歲之間，師團長在二十歲左右，軍級將領的平均年齡也只有二十五歲左右。有當地的知情者告訴他們，早上不能上山過早，下午不能下山太遲，不能在山上停留，要穿上棉衣，帶點烈酒和辣椒，還要用棍子當拐棍。

一九三五年六月十二日，天還沒有亮，先遣部隊向山上出發，剛爬山不久，士兵都開始流汗了，一直爬到雪線，士兵覺得身上涼快，不過一過雪線，氣溫就到了零度以下，而且腳埋在雪裡行走相當費力。由於身上的衣服過於單薄，士兵們的四肢很快就被凍得麻木了。雖然做了充分的準備，出發前找了木棍，還喝了烈酒和吃了辣椒，他們利用刺刀、鐵鏟在雪地上挖著踏腳孔，這樣後面的人就可以沿著前面的人闖出來的蜿蜒曲折的小路往上爬，越往上爬，空氣越稀薄，呼吸越困難，有人頭暈目眩，一步一停、一步一喘、互相攙扶著，幾乎都是拼著全身的力氣在同殘酷無情的大自然搏鬥。路上的雪被前面的人踩了，後面的人在上面走，雖然阻力少了，卻非常容易滑倒。許多人沒有鞋子穿，打滿血泡的腳上纏著幹樹皮，路上處處可見血跡。他們身上穿的是破爛的單衣，還要扛著槍。由於長期的飢餓，造成體質的嚴重不良，山上氣溫零下二三十度，時陰時雨，忽而狂風大作，忽而冰雹驟降，在缺氧的情況下，他們的體力消耗殆盡，導致意識模糊，有的戰士實在走不動了，坐下的就再也沒能站起了。沿路出現了一些條形的雪堆，那是戰士的屍體。有人在白茫茫的大雪中，突然失盲，什麼都看不見，一腳踩在冰上滑倒後，直接就墜下冰崖，沒了蹤影。指揮員下令，誰也不准坐下。擔架員和炊事員負荷最重，擔架員不能放下手中的傷患，還有炊事員不能丟掉糧食和炊具，他們的傷亡最大。部隊在十分艱難地前行，一路上不斷有掉隊而死亡的人，最後有人先到了山頂，由於風雪大，寒風吹得人站不穩，前方的人根本不知道後面的情況，不過還是有人群連續地跟上，其中有個女兵實在支撐不住了，朦朧間看見前面有一塊大石頭，就把包袱放下，想坐了下來歇一會，剛一坐下，大石頭就到了，原來那是一具已經僵硬的屍體。當官的看見了就沖上來一把把她攥起，並說道：

「坐下來你就沒命了，再也見不到你的爹娘了。」

她摸了摸自己從破草鞋露出的腳趾，發現有一隻腳趾頭已經脫落了，不過她也無所謂，站起來後繼續跟著部隊前進。山上有許多被凍僵的遺體被埋在雪裡，其中有一隻胳膊伸出雪堆，拳頭緊握，有人把它掰開手一看，發現裡面是一張黨證和黨費。幾乎每走幾步，就能看到戰士的屍體，如同一座座橫七豎八的雪雕。隊伍在風雪交加中繼續艱難地前進，幾乎每一分鐘都有因耗盡最後一口氣而倒下的戰士，倒下的身體被風雪慢慢覆蓋，然後形成雪堆。誰也顧不上誰，求生的唯一途徑就是意志。經歷了生與死的考驗，部隊終於過了山頂開始下山，因為下山的路很難走而且沒有了體力，許多戰士們順著冰面滑下去，但是，不是所有的冰面都滑向山腳，有的戰士直接沖下了萬丈深淵。僅僅在翻越夾金山這座雪山中，紅軍戰士中的三千多人，他們永遠地停留在了雪山上。連鳥兒也飛不過去的大雪山，缺糧少衣的紅軍戰士，還是奇跡般地翻越了過去。

在先頭部隊迅速下山后，在山腳處有一條深溝擋住了他們的去路，在尋找過溝道路時，對面突然傳來槍聲，他們趕緊隱蔽，在望遠鏡裡看見，對面是一個藏族人的小村莊，裡面有部隊的人影，不過難以判斷到底是什麼人，但軍裝和川軍不同，吹號聯繫對方也不明白，於是三個偵察員先上，後面的部隊慢慢接近，對面有人喊話，但聽不清楚，等再靠近一些時，才聽見對方喊道：「我們是紅軍。」偵察員不信，大部隊在他們身後，正在疑惑時，偵察員終於發現他們是紅四軍。偵察員終於發現了救命稻草，這樣，後來的部隊陸續下山，紅四軍的官兵簡直不敢相信自己的眼睛，雖然他們通過電報聯繫，知道中央紅軍的人打了敗仗不得不從雪山上爬過來，令他們萬萬沒想到的是此時的中央紅軍衣衫襤褸，大多是病懨懨的樣子，這哪像是一支蘇維埃的部隊，簡直就是一幫傷弱病殘的乞丐兵。

隨著下山的人數不斷增加，幾天以後，這座雪域小鎮立刻人滿為患，他們不斷的徵集糧食和鹽巴，所有的牲畜幾乎都被宰殺了，為了安撫藏民的不滿，紅軍拿出了一些銀元和槍枝作為補償。小鎮變得熱鬧起來，此時毛澤東則心情沉重，雖然兩軍會師，中央紅軍的一萬多人馬加上紅四軍的大約八萬人馬，總共加起來有近十萬人馬，加之紅四軍的糧草和武器，這規模和幾個月前離開中央蘇區的人馬差不多，蔣的部隊和地方勢力並不容易對付他們。可是，一想到指揮權的歸屬問題，毛就不安起來，想當年在上海建黨之初，張國燾已是黨內負責人之一，資歷要比毛深，而現在毛剛剛獲得中央紅軍的軍事指揮權，自己的少數人馬，又是敗兵殘將，張怎麼可能服從名義上是中央紅軍的指揮呢。

兩軍會師後不久，果然張就提出了部隊的指揮權問題，張的態度很明確，中央紅軍已經潰不成軍，部隊的最高指揮權應該歸他。毛等中央高層對張的要求也早有了思想準備，他們早就決定，黨的總書記的位置和紅軍總司令的位置都不能讓出來，只同意把紅軍總政委的位置讓給張，張雖然不服氣，但還是接受了這個位置。會議決定，為了避免敵軍包圍，全部紅軍北上，通過松潘大草原，去甘肅南部的偏遠地區建立新的根據地。紅一軍和紅四軍混編為左、右兩路軍。張等人指揮左路軍，共約五萬人，毛等隨右路軍，共約四萬人。

坐鎮南京的蔣介石聽說紅軍翻越了雪山，他仰天長歎，朱德、毛澤東居然能帶出這樣的部隊，他隱隱感到如果不盡快消滅他們，將來亂天下者必此二人。於是，蔣介石加緊部署兵力，把紅軍的去路圍個水泄不通。

由於藏民區地廣人稀，要為一支近十萬人的部隊籌集多日的糧食極為困難，最後他們只籌到少量的糧食。左路軍經阿壩過草地，右路軍經班佑過草地，他們計畫過草地之後，兩路部隊到甘肅的巴西回合。松潘大草原實際上是一片很大的沼澤地，陳年水草盤根錯節，結絡成片片草甸，覆蓋在沼澤之上，正值鮮花盛開的季節，大自然的景色雖然很好，但花草下面處處是危險，一不小心陷入沼澤，幾分鐘的時間就會把人吞噬，大草地的天氣也極為惡劣，時而烈日炎炎，時而雷閃雷鳴、狂風暴雨，而當時正值雨季。紅軍別無他路，只能橫跨大草原地北上陜甘。毛自然明白這過草地和爬雪山一樣部隊凶多吉少，他們派了先頭部隊探路，在一個藏族老人的帶領下，摸清了大致的情況。

張的左路軍在大草地只行走了兩天，由於缺水少糧，還不斷有人失蹤和掉入泥潭中死亡。張開始拒絕繼續進入大草原。張想，毛他們要逃命，自己為什麼要跟著他們，而且路上肯定會死很多的人，太不值了。不如讓自己的部隊折回原處，在偏遠一偶和國軍對峙，然後繼續擴大武裝力量，為什麼要聽別人的，把自己的人馬交給那些剛愎自用的敗兵殘將。於是，他命令左路軍折返，並電告右路軍也一起折返。由於右路軍是由原中央紅軍和張的四方面軍混合組成，現在他們在執行誰的命令上出現了嚴重的分歧，毛感到了來自張的威脅，就在右路軍剛剛走出草地時，毛就帶領自己的人馬悄悄地離開了右路軍北上。聽說紅軍會合後又鬧分裂，蔣介石終於松了一口氣，他知道紅軍頑強的意志並非養尊處優的國軍可比，現在他們自己內部鬧分裂，猶如當年的太平軍，正是天助人也。

毛帶領紅軍進入草地後，只見一望無際的大草地，像綠色的大海，草和天連成一片，有到處是紅色、黃色、白色還有紫色的花朵，看起來很美，不過路上處處是軟泥和濕地，腐草於泥漿混成的地表十分鬆軟，人在上面行走撲哧撲哧作響，一旦有人陷入泥潭，有時非常難以營救，有的在泥潭中的戰士在泥潭中只露出頭，便祝其他戰士好運後就即刻全身陷入淤泥之中，也有不少生命垂危的戰士，為了不給收容隊增加負擔，就將草蓋在自己的臉上裝死。有四名擔架員，為了抬一名重傷患，三人先後因極度的饑渴與疲勞死去。有的戰士的屍體赤裸，身邊堆著自己的衣物留給活著的人。草地的行軍，起初是沿著路標行進，隨後就是沿著戰友的遺體，再後來，就是以前行的戰士的堆堆白骨做路標了。有個士兵的父親在山下上不來，得知自己的父親上不來，他就再下山去拉。好不容易趕到父親身邊，他見父親已經奄奄一息，看到自己的兒子，便說道：

「孩子啊，你回來幹什麼？我是不行了，你走吧。」

「不爸爸，我背你走。」兒子說道。

本來就肚子空空沒有勁，他背不動自己的父親，拉也拉不上來，絕望中他自己也倒下了。

「孩子，本來以為參加紅軍有口飯吃，沒想到會是這個樣子，天天餓肚子行軍打仗……你走吧，爸爸……不……想……你……死……」

最後他們父子一起在山下相擁而死。到了過河的時候，水面上一會兒就漂著一個死人，有的一堆一堆的，二三個、四五個的都有。那些戰士的遺體，最後成了老鷹與野狗的食物。路上很少有幹地，部隊只有在幹地上才能休息，到了晚上，天氣突然轉冷，戰士用木材燒火堆，大家圍著火堆放下鋪蓋擠在一起睡覺。不過遇到了下大雨的時候，戰士只能背靠背地坐在雨中，沒有什麼擋雨的東西，一直到天亮時繼續前進。有個女兵月經來臨，她照樣在風雨中行軍，有時還得涉水過河，休息時就背靠著樹，不管是颱風還是下雨。

幾天後，戰士的口糧陸續吃完了，他們開始挖野菜吃，有的野菜有毒，吃了就沒命了。到了實在沒有東西吃了，就把牛皮做的腰帶和槍皮帶在火上烤了再吃。到了實在沒辦法時，從人和馬留下的糞便中，找出沒有被消化的青稞、麥粒直接就吃下去了。雖然草地有水，沼澤遍佈，可水質非常惡劣不能飲用，到了乾草地，根本就找不到水。士兵們開始喝馬尿，到了後來，連馬尿也沒有了。到了快要走出大草地時，終於發現了一條不大的河流，戰士們撲到水裡，喝個沒完，離開時還把鋪蓋浸泡在水裡再帶走。有人走不動掉隊了，就會有宣傳隊的人為他們鼓氣，還帶領他們一起唱《國際歌》。指揮官聽說班佑河那邊，還有七八百人沒有過來，就派了一個營返回去接他們過河，當接引的人趕到那裡時，發現這幾百個戰士都靜靜地背靠著背坐著，一動不動，他們全部因飢餓和傷病而死。大約用了七天的時間部隊陸續走出了大草地，一看見莊稼地，他們就搖搖晃晃地走過去，一頭鑽進地裡，摘了莊稼就往嘴裡塞。此時的戰士已經不成人樣，衣服破爛、臉又黑又瘦，兩眼凹陷，像個十足的野人，部隊已經沒有了任何的戰鬥力。

最後走出草地的右路軍和其他方面也陸續走出草地的紅軍總人數只剩三萬多，敵軍已經在紅軍的出口處重兵把守，他們唯一的出路只有繼續戰鬥。為了頌揚這史無前例的壯舉，毛和以往一樣，面對敵人的重重圍困，他又賦詩一首《長征》：

紅軍不怕遠征難，
萬水千山只等閒。
五嶺逶迤騰細浪，

烏蒙磅礴走泥丸。
金沙水拍雲崖暖，
大渡橋橫鐵索寒。
更喜岷江千里雪，
三軍過後盡歡顏。

逮捕令

自從康生從莫斯科回到有中國的「紅色之都」之稱的延安後，他認識到，所謂革命的基本任務有兩類，一種叫武裝革命，還有一種就是整肅反革命。武裝革命基本上是對外的，而整肅反革命，尤其是潛伏黨內的反革命，是在體制內部的。他回到延安時，正是史達林在蘇共內黨內「大清洗」時代，他清醒地認識到，回到延安後，他所面臨的工作是什麼。毛澤東在黨內剛剛建立起他的個人威望，黨內還有不少的「託派」（托洛斯基派，托洛斯基是蘇聯紅軍的主要締造者之一，因反對史達林的獨裁，後遭史達林清除），要像史達林一樣為領袖樹立絕對的權威，是他的職責。如果毛澤東是中國的列寧，而他必將成為中國的捷爾任斯基（蘇聯十月革命後肅反機關「契卡」的首任領導人）。

在抗戰全面爆發後，毛打著抗日的旗號，借機發展壯大自己的力量，他時刻不忘打到蔣介石和國民黨，除了軍事上、政治上、經濟上採取了許多措施外，在思想上，一方面，毛苦心竭慮為中共奪權製造了一整套「革命理論」，另一方面，毛在延安發動整風內鬥，清除異己。毛還任命康生擔任中央社會部部長兼情報部部長、敵區工作委員會副主任。康生成了中共情報和政治保衛工作的最高負責人，他很快將延安的保衛機構分門別類建立和完善起來。社會部開始在延安各機關、學校祕密布置情報偵察網，吸收可靠黨員擔任「網員」。中央社會部在延安「工作人員培訓班」的基礎上，又創辦了一個培育情報人員和肅反幹部的祕密學校，對外稱「西北公學」，康是該校校長。康生敬仰列寧和史達林的暴力革命，也崇尚「法國大革命」，對英國的「光榮革命」，他覺得那是不屑一顧的，那種保守的改良，既不「光榮」，也不「革命」。他對雅各賓派的羅伯斯庇爾讚賞有加，尤其是有關他的革命理論：為了實現共和國的理想，必須消滅革命的反對者。如果說在和平時期政府的根基是美德，那麼在革命時期就是美德和恐怖，沒有恐怖的美德是有害的，沒有美德的恐怖是無力的，恐怖就是嚴厲不可動搖的正義，它是美德的源泉，恐怖不僅僅是一個原則，它是民主原則的結果。在康生看來，羅伯斯庇爾關於革命與手段的理論尤為經典：任何人，只要是阻礙了革命目標，除了死亡，沒有其他選擇。人類文明最偉大的進步無需顧忌什麼犧牲和代價。而此時的蘇聯，在蘇共十七大後的「大清洗」運動中，在一千六百六十五名的代表代表，有一千一百〇八人被逮捕；中央委員、候補中央委員一百一十八名中有一百〇二名被處決。與此同時進行的就是對蘇聯軍方的處決，圖哈切夫斯基元帥，所謂「紅軍拿破崙」，戰略軍事家、元帥被槍斃；蘇聯紅軍政委加瑪律尼克元帥被處決；總參謀長葉戈羅夫元帥被處決；蘇聯遠東特別集團軍司令布柳赫爾元帥被處決；蘇聯彼得格勒衛戍區司令亞基爾元帥被處決；蘇聯陸軍的最高指揮官，四名當中的三名被處決；蘇聯一級集團軍司令員，十二名當中的十二名全部被處決；蘇聯的九十七名軍長中的七十九名被處決；二十六名政委當中二十二名政委被處決；六十四名師長中的六十四名全部被處決；七十九名旅長中的七十九名全部被處決；四百五十六名團長中的四百〇一名被處決；共有三萬五千位軍官被判刑和處決。同時那些在俄國避難、受訓、工作的其他所謂社會主義兄弟黨的那些頭頭們也大批被處決，其中就有遭康生在俄期間整肅陷害的在蘇中國共產黨人。

一九四二年春，中共在延安展開全黨整風運動，中共中央政治局設立中央總學習委員會，毛任主任，康任副主任。不久，康生在中央大禮堂召開的幹部大會上，作了「搶救失足者」的報告，號召「無論青年人、老年人，無論男人、女人，無論是自覺地為敵人服務，還是不自覺地為敵人服務，我們共產黨中央號召你們趕快覺醒吧，號召你們不要再為敵人（指國民黨）服務了……不要放鬆一秒鐘的時間，失掉這個寶貴的時機。」會後，從延安到各共產黨的根據地，從黨政軍民學團體到市民群眾，從城鎮到農村，直至到監獄內，由此開始了全線進攻，大搞坦白檢舉。窯洞內大搞車輪戰，都在公開案情、分析、規勸。徹夜的揭發、分析、規勸，不達目的，規勸不止，逼著大家交代問題。有時還押著被關押的人去參加機關的搶救大會，有時組織被關押的頑固分子到群眾大會上去坦白交代。使用手段就是通過主觀臆斷、欺騙恐嚇、刑訊逼供。

有一個從淪陷區到延安的進步青年（延安當時被認為是革命聖地），當時只有十九歲，由於她的親中有一人是漢奸，她就被懷疑是日本特務，將她逮捕關押。審訊她時，三天三夜不給她睡覺，並且威脅她說，如果再不承認是特務，就放兩條大蛇到她的窯洞裡，她被嚇得按照小說裡的情節胡編了一套假口供。在搶救運動中，為了逼出口供，對被審訊人員施以各種各樣的肉刑或變相肉刑、甚至把人打死。刑訊人員採用過車輪戰、壓杠子、打耳光、舉空摔地等二十四種肉刑。延安青年劇院為了逼一個趕大車的人承認自己是特務，捆綁吊打，活活折磨致死，僅延安一地自殺身亡者就有五、六十人。遭受迫害的不僅有青年知識份子，也有一些是黨內的幹部。在延安的一個師範學校，有一百六十多人覺悟悔改，在大會上自動坦白者二百八十餘人，被揭發者一百九十餘人。一個十四歲的小女孩走上臺，個子只比桌子高一點，坦白她參加了「復興社」。還有一個十六歲的小男孩，手裡提著一大包石頭，坦白他是「石頭隊」的負責人，說這包石頭是他在特務組織指使下，謀殺人用的武器。師範學校控訴會一直開了九天，在這些十幾歲的小孩中，最後竟挖出了二百三十個特務，占該校人數的百分之七十三。

搶救運動中，延安地區各縣共挖出二千四百六十三個特務，軍委電訊學校兩百多人中，竟挖出一百七十個特務，在中央秘書處六十餘人中，也挖出了十幾個特務。西北公學五百多人，只有二十個人沒有被搶救，百分之九十六的人是特務。搶救運動使正常的工作秩序被打亂，造成大批錯假冤案，有些人經受不住冤枉折磨而自殺。運動造成人們互相猜忌、人人自危、在精神上留下了深重的創傷。

通過這場整風肅反運動，在劉少奇、康生、彭真等人為了自身的利益把毛澤東在黨內的地位推到了絕對的權威，同時還為毛建立政權以後控制國家、幹部和人民積累了豐富的經驗，如控制傳媒，鉗制民眾思想；控制幹部，使之服從領袖；建立完整的政治運動模式等一系列措施。一九四九年十月一日，中國共產黨以暴力推翻了在中國大陸上的中華民國政府，建立了中華人民共和國。毛澤東在天安門城樓上宣布「中華人民共和國中央人民政府成了了！」中國共產黨從反政府力量變成了執政黨，然而這在以後的幾十年裡，「以解放無產階級為己任」的中國共產黨在毛澤東的領導之下從來沒有停止過「鬥爭」，整個中國一直處於各種各樣的運動之中。一九五〇年使，中華人民共和國剛剛成立，戰場上的硝煙尚未散去，中共中央已經指示各地準備實行「土地改革」，接著就有「鎮壓反革命運動」、「三反五反運動」、「肅反運動」、「反右運動」、「四清運動」、直至「文化大革命」運動期間還有多次各種政治和思想、文化運動和以後的若干運動。

毛在建立政權後的社會主義改造中的「農業合作化」的運動和工業「大躍進」運動中遭受了嚴重的挫折，全國出現了大饑荒，餓死了上千萬人，這引起了人們的不滿和質疑，面對惡劣的形勢，時任國家主席的劉少奇也採取了一系列的補救措施，包括「包產到戶」，劉還列舉了列寧當年從「戰時共產主義經濟」的失利調整為「新經濟政策」的舉措，劉認為如果不能一下子進入社會主義的公有制，就先要允許一定程度上的資本主義經濟，等社會條件成熟了，在過度到社會主義的農村合作化經濟。毛沒有從失敗中總結經驗教訓，他堅持認為農業合作化的失敗是人們的「私心雜念」和那些還有「資產階級思想」的官員的工作指導錯誤，這些直接影響了社會主義進程的改造，他相信史達林的「農業集體化」，並看到蘇聯在工業化的過程中創造了令帝國主義國家都無法比擬的成就。毛設想的人民公社裡人們不僅一起在田間勞動，公社還要有自己的學校、工廠、醫院甚至有自己的鐵路，人們在公共食堂吃飯，像部隊裡的戰士一樣不需交錢。毛想著制度的改造還要有「新人」的配合，他要發動一場文化革命，首先要掃除「走資本主義道路的當權派」，像國家主席劉少奇、北京市委書記彭真等人，這些在「延安整風」中毛的得力幹將。其次要有革命思想的新人來領導這個新社會，於是，他利用紅衛兵造反，在全國範圍內實行了「文化大革命」。一九六六年文革開始，也就是延安整風二十四年後的康生，擔任了「中央文革小組」的顧問，毛的夫人江青擔任了該小組的副組長。康生覺得自己的機會再次來到，他的目票很明確，他要清楚毛的政敵、他自己的政敵還有江青的政敵。他先是利用責權，首先指使造反派打倒中央調查部部長孔原。孔原在三十年代曾在莫斯科列寧學院學習，最瞭解康生在共產國際工作時期竟跟當時的中共駐莫斯科代表王明，在敵區幹部訓練班的幹部作報告時，帶頭呼喊「我們黨的天才領袖王明同志萬歲」。在孔原下臺後，康生又直接把矛頭指向主持日常工作的副部長鄒大鵬，他同樣知道康在莫斯科工作追隨王明的一些底細，康生認為他是心腹之患，以莫須有的罪名，並指使造反派對鄒進行大會批鬥，康又親自在深夜打電話給鄒，追問他的「歷史問題」，追問他同「反革命叛徒集團」的關係。鄒不堪忍受康加給他的奇恥大辱，在巨大的政治壓力下，夫婦雙雙自殺身亡。不久，康生如願以償，他實際主管了中央調查部的工作。有關調查部的業務、運動、幹部任免等重大問題都必須向他請示彙報。康生還給江青一封親筆信，信中寫道：「送上你要的名單。」江青首先想到的是對她過去歷史有所瞭解的知情者，還有當時中共機關裡反對毛和她結婚的中央幹部。當年毛澤東已是中共最高領袖，而江青是一個在上海攤鬧得滿城風雨的影星，在上海江曾經被捕並寫有「悔過書」，加上和名人的先後二次婚戀，大報、小報紛紛登載，滿城風雨，招來眾多意見，是由於康生的相助，使江青度過了這一關，而毛澤東和他的第二任妻子賀子珍並未辦離婚手續，因此，江和毛戀愛的消息傳出，反對者大有人在。有人認為，賀子珍是優秀的，有鬥爭歷史，又經過「長征」，多次負傷，應該受到尊重。同時有人向中央負責人反映了江青當年在上海的複雜歷史情況，並認為毛作為黨的領袖，與這樣的女人結婚不合適，並有書名反對者共同署名，而且一一摁了指印，表示鄭重其事。現在，是江青和他們算舊帳的時候了，在文革中，他們一一被康生下令逮捕，有的被迫害致死，有的遭長期關押。對於毛澤東的政敵，江青、康生等文革小組對他們進行立案、抄家，並通過所謂的證人口供先後對國家主席劉少奇、中央書記處書記鄧小平、北京市委書記彭真等分別以「叛徒」、「特務」、「托洛斯基斯基分子」、「修正主義分子」等罪名進行關押和迫害，而在權吏改受牽連的幹部群眾不計其數，僅中央委員、中央候補委員遭誣陷、迫害的就占了總人數的百分之七十左右。康生在「文化大革命」中，羅織罪名，直接點名由他批准逮捕的國家領導人三十三人，中央委員、候補委員一百二十人，各省市自治區、解放軍高級幹部二百多人。從文革開始，康生就任中共中央常委，在他的支援下，江青也成了中共中央政治局委員，數年後康擔任了中共中央副主席，同時以江青為首的文革中派上臺的「左派」人物，在中央委員會占了絕大多數。整個文革中，在四千三百件規模武鬥事件中死亡十二萬三千七百多人；二百五十萬幹部被批鬥，三十萬二千七百多名幹部被非法關押，十一萬五千五百多名幹部非正常死亡；城市有四百八十一萬各界人士被打成歷史反革命、現行反革命、階級異己分子、反革命修正主義分子、反動學術權威，非正常死亡六十八萬三千多人；農村有五百二十萬地主、富農家屬被迫害，有一百二十萬地主、富農及其家屬非正常死亡；有一億一千三百多萬人受到不同程度的政治打擊，五十五萬七千多人失蹤。恩格斯曾經滿懷信心地說過：「沒有哪一次巨大的歷史災難不是以歷史的進步為補償的。」事實上，馬克思所創立的共產主義社會的理論，是人類歷史上最大的烏托邦，加之他的信徒們對他的扭曲乃至背叛。

無獨有偶，從一九七五年春之一九七八年底，波爾布特執政僅三年又八個月，就以各種形式屠殺了二百多萬人，占全國人數的三分之一左右。波爾布特在他的實踐中發揚了在中國文革時期學到的「無產階級專政下繼續革命」的理論，在執政時期，波爾布特進行了九次大清洗。除了舊政府的官員和軍人遭到大規模屠殺外，商人、僧侶和知識份子都以「不易改造且對新社會有害」為由一律肉體消滅。隨後，波爾布特又從黨內嗅到了不詳的氣息，一九七六年他在黨的會議上憂心忡忡地指出「黨的軀體已經生病了」。接著，一大批曾經和他一起戰鬥過的「兄弟們」，從巴黎的馬列小組同學到叢林中的同志，都遭到血腥的清洗。中央高層領導幾乎被處決殆盡，連柬共兩位主要的創始人、波爾布特的親密自由符甯和胡榮在內都沒有逃脫被從肉體上消滅的命運。軍隊方面，柬埔寨革命軍總參謀部人員，除總長宋成以外全部被捕殺，即使宋成最終也難逃一劫，波爾布特終於在幾十年後的一九九七年以反叛罪將其全家十一口成員全部殺光。波爾布特為他的屠殺冠名為「清理階級隊伍」。

早在一九六五年底和一九六六年初，波爾布特先後二次到中國取經，當時康生接見了他，從康生這裡，波爾布特學到了不少「黨內清洗」的理論實踐知識和寶貴經驗。後來的事實證明，波爾布特遠超康生，紅色高棉的血腥，從「民主柬埔寨」的國歌中可見一斑，攻下金邊的四月十七日被定為新高棉日曆

「元年一日」，國歌歌詞唱道：

「紅色、紅色的血
灑遍了柬埔寨祖國的城市和平原
這是工人和農民的血
這是革命的男女戰鬥員的血
這血以巨大的憤怒和堅決的鬥爭要求而噴出
四月十七日，在革命的旗幟下
血，決定了把我們從奴隸制下解放出來。」

毛曾盛讚波爾布特：「你們做到了我們想做而沒有做到的事情」，波爾布特因此而驕傲地宣稱：「全世界的革命都可以從柬埔寨學到很多經驗。」對於波爾布特為了儘快實現澈底的「共產主義」試驗田所做的消滅城鄉差別；消滅私有制包括消滅私有財產、消滅貨幣、消滅商品；消滅階級差別；消滅文化；黨內大清洗等，毛是認可的。由於長期的軍旅生涯，毛覺得部隊中的同一指揮和絕對服從，加之優秀的統帥就可以戰無不勝，他認為搞社會主義經濟也是如此，政府可以集中資源，把工業財產和土地收歸國有，在計畫經濟的統籌下，經濟發展突飛猛進。雖然美國造出了第一顆原子彈，可蘇聯卻在短短的幾十年的社會主義建設中，首先把人造衛星送上了天。他認為「東風可以壓倒西風」，並提出了「十五年超英趕美」的口號，毛喜歡具有「軍事共產主義」色彩的供給制，對於波爾布特的所言所行，毛欣慰地說道：「吾道不孤也。」不過到了一九七六年毛澤東一去世，江青就被毛的繼承人下令逮捕，後來她在獄中自殺。由於康生比毛早一年去見馬克思，他被以前遭受過他迫害，後又重新掌權的中央領導人開除黨籍、撤銷原悼詞，其骨灰盒也被從八寶山（中共高級領導人死後放置骨灰的場所）中移走。當年的悼詞最後這樣寫道：

「中國人民的偉大的無產階級革命家，光榮的反修戰士康生同志和我們永別了。我們要化悲痛為力量，在以毛主席為首的黨中央領導下，以階級鬥爭為綱，認真學習無產階級專政的理論，堅持黨的基本路線，堅持無產階級專政下繼續革命，為鞏固無產階級專政，反修防修，為把我國建設成為社會主義的現代化強國，為共產主義事業的勝利而奮鬥。

康生同志永垂不朽！」

元帥之死

天安門城樓上，依次出現的是中國人民的偉大領袖毛澤東和作為毛的接班人林彪，接著是政府總理周恩來等黨和國家領導人，他們個個身著著鮮豔的軍裝，除了軍帽上的紅五星和紅領徽，緊跟著領袖出場的所有城樓上的人，他們個個手裡持著一本「紅寶書」，那是毛的語錄。毛向著城樓下激動的人群揮舞著手臂，其他的人都不斷地揮舞著手中的那本紅語錄本。這次沒有人通過高音喇叭發言，領導們只是在城樓上過過場，城樓下是成千上萬的遊行人群，他們等待著這個令他們一生中最為激動的時刻，他們終於可以見到人們心中的紅太陽，口號聲此起彼伏，人們不停地高呼著「萬歲」，他們激動地高呼著，跳動著，眼睛裡充滿了淚水。

離天安門城樓十幾裡外的西北處，這裡坐落著一座典型的中國式舊居，淺灰的瓦牆是中式鏽紅色的門窗，地上鋪的是青磚，牆角邊放有幾盆盆栽。在僻靜的門面裡，這裡住的便是有元帥軍銜的林氏，脫下軍裝後，看起來他只是一位有點沉默寡言、身材中等的普通老人。不過這裡戒備森嚴，時常有軍方高級將領進進出出，除了參加會議，林元帥一般在家讀報看書，很少出門，秘書送來的檔，基本上在他這裡只是過過場，他早已沒有興趣看這些東西了。不過他的老婆葉氏並不甘心這種平靜的生活，她要四處活動，更重要的是她要為她和林元帥的唯一的兒子的前程操心，當然還有她兒子的婚事，他也已經二十四歲了，是到了結婚生子的年齡了。和普通老百姓不一樣，她兒子的婚事在葉氏心目中可是國家大事，她心裡清楚，主席的兒子死在了朝鮮戰場上，當年噩耗傳到北京，舉國上下一片悲哀，可都是在她的內心生出卻產生了一種異樣的感覺，雖然當時她的兒子才六七歲的樣子，她是個精明的女人，對歷史也瞭解一些，打天下時，毛和他的手下那些將領是「共天下」，打下天下後便是毛的「家天下」了，這也是當初毛面對世界第一號強敵美國的朝鮮戰爭中，毛執意要那個彭元帥帶他的兒子一起去朝鮮戰場的原因。她心裡明白，毛這是為培養「儲君」。現在「儲君」沒有了，總理周恩來無嗣子，將來最有希望成為中國頭號人物的就是自己的兒子「老虎」了。葉在心裡暗暗盤算過自己作為「第二夫人」未來的前景，雖然「第一夫人」江氏眼前很得勢，人人都懼怕她，讓她三分，她還作為革命文藝的旗手在文藝界到處插手，她指匯出來的戲，尤其是所謂的現代京劇「革命樣板戲」，竭盡全力歌頌她的男人，讓人感到既幼稚又可笑，而且她心裡並看不起這個曾經是上海灘上的二三流電影演員，認為她只是他丈夫手上的一枚棋子，就像從前的漢朝，漢高祖劉邦利用呂後誅殺大將韓信那樣，她還堅定地認為，毛是當代三國時期的曹操，而自己的男人則是當代三國時期的司馬懿，司馬懿的兒子後來當了皇帝，將來中國的天下必定是林家的。

為了兒子的婚事，葉氏正張羅著為她的兒子「選妃」，不過她知道自己的這種行經在林那裡肯定通不過，所以她不得不借機向林說道：

「我們的地位接觸面小，又不好直接出面，哪去找首長要求的條件，我看還是請一些人幫忙吧。首長有不少老部下，他們有兒女，讓人去看看，有合適的就挑一個吧。」

林說：「兒女的事有孩子們自己戀愛，你不要去麻煩人家。」

葉說：「老虎老實害羞，這種事他從來不主動，人家都抱上孫子了啦，等孩子自由戀愛我們都老啦。這件事我們不想法，等到毛找給你把我們捏在他手上呀。」

林點頭同意，他曾在錦州地區打過仗，還有印象，那裡的女性模樣不錯，他的一些部下也留置在那裡，就信口說了一句：

「錦州的女人長得不錯。」

這次談話後，林再未過問選人之事，直到葉發展擴大到全國範圍選美，並有幾個女孩子帶給林看，他還以為是老部下幫忙介紹的。林身邊的工作人員騙林的口氣十分隨便輕鬆，在葉的榜樣作用和威逼下，以及錯綜複雜的政治關係中，秘書們已磨練得遊刃有餘，甚至有恃無恐。他們知道，對林說謊不構成罪名，相反，誰要違背了夫人的意思，才會大禍臨頭。葉怕秘書在林面前說漏了嘴，又覺得秘書們都是男的，不懂審美，便召見了幾位總參謀長、副總參謀長的夫人，向她們訴苦，第二夫人開口請幫忙的事，誰也不好退卻，為了成人之美，幾位夫人的丈夫分管海陸空三軍，她們又都是其夫的辦公室主任，過問起這件事，一張網撒下去廣及三軍，加上親朋好友老部下，大網拉開撒向京城到二十八個省市自治區，「選美」就此拉開序幕。

候選人四面八方一個接一個送往北京，陸軍總參謀長夫人從家鄉西安選送了一個省委幹部的女兒，讚譽她是「楊貴妃第二」，空軍司令夫人從軍隊藝術學院選了一個揚州籍女孩，讚譽她是「西施再現」，海軍副司令夫人從哈爾濱選到一個女子，誇她是「當代貂蟬」。可這三位人選，到了葉夫人那裡，她只是說了句：「老虎不同意」便打發掉了。那一位「楊貴妃」曾作為重點物件安置在陸軍總參謀長夫人的家，以最好的膳食款待，這又是葉夫人的主意。不到半個月她果然發胖，葉說：

「她這麼快就胖得像個冬瓜，到我家來吃我的伙食不得更胖啦。送回去吧。」

經過了上上下下、來來回回的多次折騰，葉終於選定了一個部隊裡的文藝女兵，她的兒子老虎也開始沉迷於她，這件事就算搞了一個段落。不過中央鬥爭的形勢在加劇，這次就連二號人物林氏也和毛產生了分歧，林似乎受夠了這些年來「以階級鬥爭為綱」的政治路線，他看到政治鬥爭整垮了絕大多數的中央領導幹部，而他們對革命都是有貢獻的，這樣下去國家會越搞越糟，可毛並不認可，他熱衷與搞「階級鬥爭」，搞掉所有他容不下的人，哪怕是一點點的不順心，除非向毛「低頭認罪」爭取毛的「寬大處理」，否則就被整肅。就連總理周氏也不例外，他曾是毛的上級，後來成了毛的臣子，現在已是毛的一個忠實的奴僕，就連「第一夫人」也敢對他無端指責，而他居然在公開場合高呼「江青萬歲」，這是全國人民對領袖的高呼。林是副統帥，也高呼領袖萬歲的口號，不過他還算有點骨氣，這個在戰爭年代立下赫赫戰功的大將軍，他被蔣介石稱作「戰爭魔鬼」，被史達林譽為「無敵元帥」的軍人，把毛奉為「偉大的導師、偉大的領袖、偉大的統帥、偉大的舵手」的無敵元帥終於和毛產生了分歧，毛一貫強勢，戰爭年代他有打敗所有敵人的勇氣，建立政權後，他有把握清除所有的政敵和持不同政見者。

在形勢不利於林的情況下，林的夫人在不斷地向第一夫人服軟，這使她感到有點得意，再威風的人，到了自己面前也得乖乖臣服，雖然林元帥曾經當面斥責過第一夫人，他老婆的態度多少也反映出她背後的男人，倒是林元帥的兒子，這位才被升為空軍少將的少壯派人物，他絕不甘心自己家裡的首長會同其他靠邊站的帥元一樣，或是被免職，或是被批鬥，他甚至覺得毛等人正在把中國的國家機器變成一種互相殘殺、互相傾軋的絞肉機，把黨和國家政治生活變成封建專制獨裁式家長制生活。他不否定毛在統一中國的歷史作用，正因如此，多少革命者在歷史上曾給過他應有的地位和支持。不過林少將清醒地認識到，毛現在正在濫用中國人民給他的信任和地位，他已成為當代的秦始皇，他不是一個真正的馬列主義者，而是一個行孔孟之道借馬列主義之皮、執秦始皇之法的中國歷史上最大的封建暴君。在林少將看來，毛利用封建帝王的統治權術，不僅挑動幹部鬥幹部，群眾鬥群眾，而且挑動軍隊鬥軍隊，黨員鬥黨員，是中國武鬥的最大宣導者。毛在他們內部製造矛盾，製造分裂，以達到對他們分而治之，各個擊破，以鞏固維持毛的絕對統治地位。毛今天拉那個打這個，明天拉這個打那個；每個時期都拉一股力量，打另一股力量。今天甜言蜜語被拉攏的人，明天就以莫須有的罪名置於死地；今天是他的座上賓，明天就成了他的階下囚。林少將從回顧幾十年的歷史看，他父親周圍的領導幹部，每一個人開始被他捧起來的，到後來大都都被判處政治上的死刑。他過去的秘書，自殺的自殺，關押的關押，就是在大元帥中，幾乎個個被他整肅。

林少將認識到，毛是一個懷疑狂、虐待狂，他的整人哲學是一不做、二不休。他每整一個人都要把他置於死地而後快，一旦得罪就得罪到底，而且把全部壞事嫁禍於人。在他手下一個個像走馬燈式垮臺的人物，其實都是他的替罪羊。他越來越感到毛將要對他的父親下手，於是他開始展開反擊，他開始聯絡自己的親信和那些同樣對毛懷有怨恨的人，並組織自己的「小艦隊」和武裝政變方案。他還堅定地認為自己的行為如同戰國時期「荊軻刺秦王」，無論成敗都將是可歌可泣的英雄行為，可惜他的行動得不到林元帥的支持。趁著毛帶著他年輕的女秘書外出視察，林少將布置了三套刺殺毛的方案：

第一，是用火焰噴射器，零四火箭筒打毛的專用列車。

第二，是用一零零高射炮平射，打毛坐的火車。

第三，趁毛接見手下時，帶上手槍在車上動手。

不過以上三條計畫最後都被否決，因為這樣的行動非同小可，必須萬無一失，否則後果難以想像。

有人提出採取炸鐵路的辦法，可也有人認為不妥，這時又有人提出炸油庫，因為曾經發生過一次油庫燃燒事件，油庫燒起來威力很大，他們可以趁亂動手，他們畫了一張從油庫到毛的專列停靠位置的地圖，不過最後由於種種意外，政變計畫洩露，林家人不得不帶了幾名手下工作人員，連夜乘機外逃，最後飛機毀於蒙古的溫都爾汗。在出逃的過程中，林元帥遲遲不肯行動，雖然他和彭一樣，敢當面頂撞毛，可他並不想「弒君」。他的兒子和夫人不得不向他攤牌他們的行動計畫已遭毛的察覺，他們才不得不一起離開，林元帥也是傷心欲絕，既怪兒子的衝動魯莽，又怨毛的昏庸殘忍，他一個堂堂大元帥此刻竟落到如此下場，他是公認的無敵將軍，早在紅軍初創的「長征」時期，年僅二十四歲的他已經是紅軍主力的一、三兩個軍團的第一軍軍團長。當時任第三軍團長的彭元帥，幾年前因不合毛的心意，早已被趕下臺，他的妻子也因此離開了他，這個曾在朝鮮戰場上令不可一世的麥克亞瑟將軍氣餒的人物就這樣被孤零零軟禁起來。這兩個軍團長使當年的紅軍從弱到強，並在奪取政權的戰爭中，他們各自指揮了人類歷史上最大的內戰，國共雙方共投入總兵力六七百萬人，最後死傷近一半，為毛爭天下打下了大半個中國。革命初期林的理想是為了平等、公道、安全打天下，打下天下後，才知道，世界上哪有這些東西，很可笑。

早在五〇年代初，在是否入朝參戰的問題上，只有彭元帥一個人支援毛出兵朝鮮的主張，當時林則對毛說：「主席啊，蘇聯為什麼不出兵？蘇聯老大哥建國幾十年了，我們才建國幾個月，需要休養生息。為拯救一個幾百萬人的朝鮮，而打爛一個五億人口的中國有點划不來。」毛最後還是出兵了，把「支援軍」改成「志願軍。」當時蔣介石則期望隨著戰事的擴大，爆發第三次世界大戰，蔣借機返攻大陸，奪回他失去的天下，這是他後來一生未實現的願望。毛不怕爆發第三次世界大戰，他認為，第一次世界大戰打出了一個蘇聯社會主義國家，第二次世界大戰打出了一個社會主義陣營，第三次世界大戰可以在全世界都可以實現社會主義國家。他的這個想法始終沒變，後來他甚至鼓動當時的蘇共總書記赫魯曉夫和美國開戰，打第三次世界大戰，把美軍主力引到中國戰場，再用原子彈消滅他們，中國人多，死一半也無所謂。當時中國還沒有原子彈，當年廣島第一棵原子彈爆炸後，雖然殺傷力巨大，不過毛以他特有的氣魄認為原子彈沒有什麼了不起，戰場上起決定因素的是人，而不是武器。他自己的就經歷就是如此，在武器不如對方的情況下，他打了許多勝仗，最後取得了政權。不過後來一個法國科學家告訴他，要不懼怕核武必須自己擁有，那個人是居里夫人的女婿，他是法國共產黨人。毛後來動用了全國的力量，在蘇聯專家提供的有限資料裡，有中國幾十個頂級科學家帶領下屬單位的幾十萬人，在沒有電腦的情況下，提供算盤、卡尺等落後的工具，花了大約七年時間終於在一九六四年成功試爆了第一顆原子彈。在領軍的科學家中，他們早年都有美國的留學背景。

被譽為副統帥的林氏出事了，沒有人敢相信那是事實。在大街小巷的許多宣傳標語裡，還張貼著他的語錄和人們對他的頌揚之詞，毛被呼作「萬歲、萬萬歲」，林則被稱作「永遠健康」，毛希望林對自己絕對忠誠，林沒有扶持毛的親信反而是讓自己的兒子出頭，加之林不屈服的個性，像被整倒的任何一個政治局委員裡的人那樣，悲劇再次重演。

當有人把林元帥一家機毀人亡的消息報告給總理周氏時，他竟當著眾人的面失聲大哭起來，因為他心裡清楚，自從毛沒能傳位於自己的兒子後，第一夫人為了搶班奪權，林是她最大的政敵，接下來他自己就是首當其衝的目標，他心裡預感到，自己的存在將是他們奪權的絆腳石，自己很有可能被他們以種種理由打倒……

當時被囚禁多年並已身患重病的彭元帥聽到林元帥機毀人亡的消息後，他的心裡充滿了恐懼和憤怒，他想起了早在紅軍「長征」時期那個還臉上還有些稚氣的年輕軍團長，如今卻落到如此下場，他還想到托洛斯基，「十月革命」的第二領袖蘇聯紅軍締造者流亡墨西哥後在家裡被人用斧子活活砍死的事件，還有被譽為「紅色拿破崙」的圖哈切夫斯基等第一批元帥一一被處決的事例，他開始思考為什麼社會主義國家都是這個樣子？難道是社會制度出了問題還是領袖的個人問題？從前從唱《國際歌》開始就一直立志為共產主義事業而奮鬥難道現實就是這個局面？彭元帥始終想不明白，不久他鬱鬱而死，他的屍體火化時連個姓名也沒有。

戚夫人

中南海永遠是最神祕的地方，這裡是中國的權力中心，而毛澤東的住處豐澤園更是權力中心的中心。中南海是由元、明、清三朝逐漸擴大建成的一座皇家園林，這裡人工所造的山水湖泊，亭臺樓閣，在陽光下，水面波光粼粼，樹木鬱鬱蔥蔥，樓宇古色古香，如同古代延傳至今的西子湖畔，具有獨特的東方園林的趣味，在春夏秋冬不同的季節，也同樣可以感受到像蘇堤春曉、曲院風荷、平湖秋月、斷橋殘雪等詩畫般的意境。古往今來，這些湖光山色的景致不僅體現了一種人與自然渾然一體的意境，而且這種地理環境更被古代文人作為歸隱之處，尤其是那些早年為了獲取功名，晚年棄甲歸田的士大夫們，或是官場失意者，他們自詡閒雲野鶴，或是醉心詩畫，或是一葉扁舟在江中垂釣，甚至有看破紅塵遁入空門者。中國元朝畫家黃公望的《富春山居圖》，正是由於他處在宋朝遭到外族的滅亡之後，終因鬱鬱不得志，後來成為了道士，便寄情於山水，用畫筆抒發情志所創作的最佳典範。在詩詞方面，後人不得不推崇唐代詩人張若虛的《春江花月夜》了，在音樂的里程碑上，要數王朝末年阿丙的二胡曲《二泉映月》了。毛澤東同樣是個詩人，在他青年時期，當時國內正處在內憂外患的時期，面對奔流的湘江水，他心潮澎湃，激揚文字，滿懷激情地在他的詩詞《沁園春-雪》中，他寫下了「數風流人物，還看今朝。」的豪言壯語。至於他後來接受了馬列主義的思想，並以此來改造中華文化和他最終所遭受的挫折感，那是後話。

在南海與中海之間，有一座汗白玉橋，向北，眼前的一座大宅院便是豐澤園。院內的頤年堂是毛澤東晚年會見中外政要的地方。園內東側的菊香書屋，就是毛澤東平日生活起居的地方，臥室被屏風圍著，靠窗是一張雙人床，在床頭的方桌上，有一盞檯燈，還有煙灰缸、香煙、鉛筆、檔等東西。毛澤東喜歡讀書，素來手不釋卷，在他碩大的床側，便是一大堆書籍。他熟讀古代的詩、文、史。室內光線昏暗，和室外的明媚的陽光形成了鮮明的對照。如今，他患了眼疾，是白內障，需要動手術。由於看不清東西，他不能看書讀報，他的脾氣變得暴躁起來，他又不肯聽醫生的話做手術，他始終認為醫生的話十句中只能信三句，他相信自身的抵抗力，直到後來連放大鏡都不起作用了，於是他的機要秘書張玉鳳不得不報告中央，請他們聯繫眼科專家為毛澤東治療。

這機要秘書姓張名玉鳳，名義上是毛的機要秘書，其實還是他的生活護理，早在一九五〇年代末，那是張還是一名鐵路局的餐車服務員，由於她說話時聲音優美，所以還擔任列車的廣播員。後來她又出任毛澤東專列的服務員，毛看上她時，那年她才剛好十八歲，斯文的外表長得眉清目秀，而且舉止得體。毛看上她後，知道她的名字姓張名玉鳳，雖然毛一直欣賞知書達理的女性，不過他相信自己是「真龍天子」，這個小女人的名字和自己是「龍鳳配」，就像紫禁城裡的柱子所雕刻的龍鳳呈祥的圖案那樣。他開始練書法，寫的就是「張玉鳳」這三個字。警衛局長汪東興得知後，就立刻把張調到毛的身邊做秘書，這個文化程度並不高的女人，從此就成了毛身邊的女人。警衛局長汪東興，也是毛最信任的人之一，毛相信汪東興與這個名字對他有利，東興這兩個字可以「興東」，有興旺自己的暗喻。就是他的住處豐澤園，「豐澤」這兩個字和自己名字也是某種內在的巧合。

眼下最重要的事是為毛醫治他的眼疾，為此中央政治局已經召開過多次會議，作為非黨員的眼科專家也列席會議，共同商討治療方案，當時，這被視為國家的最高機密。為了獲得第一手資料，被指定的醫生已經跟蹤調查了好幾個月，不過一直沒有得到毛本人做手術治療的許可。就這樣一拖再拖，到了毛實在看不清任何東西了，有天中午，毛正在用餐時，張玉鳳就帶著趕來的眼科醫生，悄悄地進入了毛的房間。毛聽到有動靜，就問道：

「是誰來了呀？」

「是張大夫。」張玉鳳細聲細語地對毛說道。

毛知道這個張醫生，以前他勸過毛幾次，要他做眼科手術，毛就是不願意。這次毛隨口說道：

「吃飯也要看？」

毛的飯菜很簡單，一段武昌魚尾、一盤素菜、幾片白切肉，還有一碟辣椒醬。

醫生走到了毛的身旁，此時正好毛剛放下碗筷，醫生就趁機在毛的身邊蹲了下來，小心地托住毛的大手，將它握成拳頭，慢聲細語地說道：

「主席啊，這只握著的拳頭好比是一個眼球，眼球前面中央最外面黑色眼珠，叫做角膜，已經渾濁的晶體就在它後面的這個位置。」

「啊，原來是這個問題。」毛歎了一口氣。

接著醫生用一個手指頭按住拳頭的另一個位置，繼續說道：

「主席啊，做針拔時，這裡就是進針的地方。」

毛認真地聽著，好像在猶豫著什麼。這醫生倒也機靈，又順口背了一首唐代詩人白居易寫的一首與治療眼病有關的詩：

「案上漫鋪龍樹論，盒中虛貯決明丸，人間方藥應無益，爭得金蓖試刮看。」

毛聽後，他的表情有些鬆動，醫生認為，毛同意給他做手術治療了。在住進中南海的幾個月來，醫生看到毛晝夜不分，無論是吃飯睡覺還是讀書見人，沒有作息的規律。在決定手術前，醫療小組為毛進行十天的術前準備，並把毛的一間書屋整理出來作為臨時手術室，大家只等毛的「一聲號令」了，眼科醫生每天做著沖洗眼囊和三天一次的結膜囊培養、滴眼藥水等，但毛一直沒有讓醫生做手術的表示。整整過了十天，這是手術前準備的最後一天，整個白天，醫療小組全體人員嚴陣以待，卻沒有接到毛的任何指令。一直等到晚上十點，毛的屋裡還是靜悄悄的，有人等不及了，只能讓眼科醫生去遊說一下毛。

醫生先見了張玉鳳，張隨後就把醫生帶到了毛的身邊，此時毛正靠在床頭，好像在等人，醫生進入毛的臥室，俯下身體，輕聲地問道：

「主席啊，今天感覺好嗎？」

毛微微地轉過頭，他已經看不清是誰了，不過他熟悉醫生的聲音。

「你來了，我還好。」

「主席啊，手術前的準備工作已經有十天了，您看，我們做不做啊？」

「都準備好了？」毛反問了一句。

「是的，主席。」

「沒有問題了？」毛又問道。

「昨天在給您沖洗淚道的時候，我知道您有些疼，是麻醉沒有弄好。」

毛聽了，笑了笑，揮揮手，說道：

「做！」

隨後，張玉鳳和醫生就把毛攙扶起來，走進了隔壁的臨時手術室。此時，被通知趕到的周恩來、鄧小平等中央主要領導人在窗外觀望著手術過程。

手術前做，毛叫張玉鳳為她準備好岳飛的《滿江紅》彈詞，毛非常喜歡這首詩。隨著音樂聲響起，開始了《滿江紅》的彈詞：

「怒髮衝冠，憑欄處，瀟瀟雨歇。抬眼望，仰天長嘯，壯懷激烈。三十功名塵與土，八千里路雲和月。莫等閒、白了少年頭，空悲切！

靖康恥，猶未雪。臣子恨，何時滅！駕長車，踏破賀蘭山缺。壯士饑餐胡虜肉，笑談渴飲匈奴血。待從頭、收拾舊山河，朝天闕。」

每次聽到這首詩，毛在心裡就會回憶起他的崢嶸歲月，這是他最為艱辛的年代，也是他醉心於此的時光，從他青年是立志革命，拯救中國人民於苦難之中。如今是他已是大權在握的最高領袖，就連美國總統尼克森幾年前也千里迢迢從華盛頓來到北京，就在這個房間和他會面。尼克森雖然不贊同共產主義，但是毛的魁偉的巨人形象卻給他留下了深深地印象。尼克森同樣敬佩毛把一個一窮二白的落後的農業國，改變成了當時世界上只有極少數國家才擁有的核武器國家。雖然革命早已成功，如今毛已經是老驥伏櫪，他常常懷念那馳騁疆場的歲月，他還是有許多未盡人意之事，譬如澈底改造社會、澈底解決臺灣問題，還有至關重要的自己的繼承人問題等大事等還都有待於解決。

手術時，毛一聲不吭也不動，很快手術就順利完成，當醫生告訴毛手術已經做完，毛還有點意外：「已經好了？我還當沒有開始做呢。」

當毛的視力恢復以後，他的妻子江青想來探望一下毛澤東。其實毛和江早已是名存實亡的夫妻，江平時要見到毛也很不容易，在政治上，毛是信任她的，在情感上，年逾八旬的毛早就投入到年僅三十多歲的張玉鳳身上了，江青最怕的就是自己成為「賀子珍第二」，當年毛看上她時，就把他的第二任妻子賀子珍弄到蘇聯去養病了。為了有機會接近毛，這個平時目中無人，甚至有點驕橫跋扈的她不得不放下自己的身段，千方百計地去討好張玉鳳，她有空就找張玉鳳聊天、拍照、吃飯以及打電話，經常送衣服等東西給張玉鳳。得知江青要來，毛不同意見她，張玉鳳便向毛求情道：

「幹什麼老不見人家啊，老太太怪可憐的。」

「你就見她可憐了，你還沒有見到她可恨的時候呢。」毛說道。

「喔，那你看看我身上這條真絲圍巾漂亮嘛？」張指了指圍在她脖子上的真絲圍巾問道。

毛打量了一下，說道：

「好看，好看，誰給你的？」毛以為張在測試他的視力恢復得如何。

「這是江青同志才送給我的。」張回答道。

「快把它摘下來，一點都不好看，以後不要她的小恩小惠。」毛馬上把臉沉了下來，又道：

「讓她快點離開這裡，然後給我讀一首陳亮的《念奴嬌-登多景樓》。

張玉鳳走到門外十幾米處的一個崗哨外，對江青說道：

「主席讓你回去，他的視力還沒有完全恢復，還是過一陣再來探訪他老人家吧。」

江青聽了，自覺沒趣，就只好自行離開。其實，她早就習慣了毛這樣對她，畢竟張現在年輕漂亮，自己已是年近六旬，好在毛在政治上還要依靠她，她想等毛百年之後，自己就是當今當之無愧的呂太后，到時候，自己也能像毛一樣一言九鼎，那個張玉鳳又算得了什麼，誰想讓自己成為「賀子珍第二」，將來就讓她成為「戚夫人第二」。

戚夫人的故事至今已經過去了二千多年，不過有關她的故事流傳至今，聽了令人毛骨悚然。她是漢高祖劉邦的寵妃，他不僅年輕漂亮，能歌善舞跟隨劉邦在爭奪王位的戰爭中，逐漸得到劉邦的寵愛。尤其是在她為劉邦生了一個兒子劉如意後，劉邦看到兒子長得很像他，而且聰明乖巧，劉邦十分喜愛，於是她有了非分之想，憑藉著劉邦對她的寵愛和兒子的優勢，她要求劉邦改立太子，欲從呂後手中奪取她兒子的繼承權。呂後得知後，頓時覺得天崩地裂，最後在謀士張良的暗助下，才擺脫了危機。從此，呂後對戚夫人懷恨在心，在劉邦駕崩後，呂後大權在握，隨即把戚夫人囚於牢房。不久，呂後又設計毒殺了戚夫人的兒子，又把關在牢獄中的戚夫人，使人剃光她的頭髮、挖去她的雙眼、割掉她的耳朵並致聾、又灌藥致啞、削掉她的鼻子，再砍去她的雙腿和雙臂，然後把剩下的一段身體連著像骷髏般的頭顱裝入一個大缸裡棄在一所茅廁裡，命名為「人彘」，即如豬之人，讓人觀看。對於這段帝王身邊女人爭鬥的歷史，毛當然心知肚明，加之他瞭解江青睚眥必報的性格，毛對於將來她們的命運，已經有了部署。

張玉鳳回到毛的身邊，像以往那樣，找出了那首宋詞，坐到了毛的身邊，為他朗讀起來：

「危樓還望，歎此意、今古幾人曾會？鬼設神施，渾認作、天限南疆北界。一水橫陳，連崗三面，做出爭雄勢。六朝何事，只成門戶私計！

因笑王謝諸人，登高懷遠，也學英雄涕。憑卻長江，管不到，河洛腥膻無際。正好長驅，不須反顧，尋取中流誓。小兒破賊，勢成甯問強對！」

張玉鳳一字一句地讀完了，毛坐在沙發上聽著，他好像陷入沉思，又好像在追憶往事，他的表情凝重，略帶傷感。張玉鳳注意到，此時他的眼淚正掛在他的臉頰上。他知道，毛自己就是一個詩人，容易動情，剛中有柔，只是現在他上了年紀了，由於他權高位重，沒有人可以輕易的接近他，他的內心也很苦悶，所以他只能在古詩中得到一點點慰藉，尤其是這類借古喻今的作品。

張看見後，就起身離開他一會兒，又準備了熱毛巾為他擦洗了一下臉部，隨後問道：

「主席，要不要在床上躺一會兒？」

毛聽了，點了點頭，於是，張玉鳳就把他扶到了床上，又幫他脫了外衣。毛躺下後，看到張玉鳳正要離開，他又叫住了她：

「玉鳳，你回來。」

張玉鳳聽後，就又回到了毛的身旁。

「去把門關上，我們躺在一起，我有話要對你說。」

張玉鳳脫了外衣，就和毛鑽進了一個被窩裡。

「我年紀大了，不久就要去見馬克思了，我想交權給江青，可又不放心你，所以我在圈出的五個常委後，有添加了汪東興和你。」

「我可不想當什麼常委，也沒有這個本事，我只想天天為你倒茶送飯，像現在這個樣子就好了。」

「我死後，她不會放過你的，現在她對你好，是想利用你。將來她一定會迫害你的，我可不想讓你變成當代的戚夫人。」

「那你為什麼還要把權交給她，交給別人也行啊。」

「不行，別人我信不過，以前史達林把權交給了他最信任的赫魯曉夫，你看看，後來怎麼樣，公開反對史達林，中國也有像赫魯曉夫這樣的人，所以，在政治上，她還是靠得住的，雖然華國鋒排名第一，不過他為人過於老實，可是老實也就是沒用，他上位的好處是中間派，既不會左，也不會右，也容易被各方面接受。所以讓你也進常委，和她平起平坐，加之汪東興保護你，這樣你就安全了。」

張玉鳳聽了，淚流滿面，她怎麼也沒有想到，毛會這樣安排她的未來，隨後，張玉鳳又問道：

「那將來我們的毛毛怎麼辦？」張指的是她為毛生的那個兒子，他現在還只是一個孩子，為掩人耳目，他被寄養在她姐姐的家裡。

「他還小，將來再說。我和你說的事不要和江青他們講，也不要讓華知道。」

張玉鳳聽了，連連點頭，她輕輕地抱住毛，想讓他再睡一會兒，她還是不敢想像自己有一天能當上中央政治局常委這樣的大官。

僅僅過了三個月後，毛就去世了，由於事發突然，新的政治局常委的名單還沒有在中央最後落實，張玉鳳和她的孩子就成了孤兒寡母。毛死後，江青以為自己終於成了皇太后，她對毛的繼任者華國鋒態度傲慢，華的內心對江極為不滿，不久，他就暗中竄連了幾個中央高層和中央警衛局的負責人汪東興等人，把毛的遺孀江青等人被逮捕入獄。

在江青等人所謂的「反黨集團」被判刑以後，張玉鳳以為，江青成了罪犯，自己理所當然的就會被承認為毛澤東夫人，趁此機會，正好要求黨中央為自己和孩子正名。她先後給中央打了幾次報告，並要求中央負責人接見她。最後，中共中央辦公廳姓馮的人來到張玉鳳的住處找她個別談話。姓馮的對張本來就好奇，一見到她，就產生了憐香惜玉之心。張玉鳳雖然年近四十，她膚色潔白，眼睛明亮，風韻猶存。就是這個牡丹江女子，在長達十八年的日子裡，毛對她不厭不棄，在她身上，一定有她的特殊的魅力。

張玉鳳含著淚花，抱著一副無依無靠、哀戚動人的嬌態，向中央派來的辦公廳主任吐露自己的滿腹酸楚時，她哭成了淚人兒，馮已經陷入了對這個奇女子的極其的渴望之中，他想極力克制自己的欲望，他早在年輕時就知道毛的這個寵妃，還曾多次在新聞中看見她伴隨毛澤東接見外賓。如今她就在自己的眼前，而且傷心欲絕地有求於他，他實在無法控制自己，開始只想乘機擁抱她一下，以此安撫她的情緒。他為她擦拭眼淚，撫動她的秀髮，這是毛澤東生前擁有的權利，自己也擁有了，令他感到無上的榮耀與亢奮。他想和她進一步的親熱，像毛那樣對她，此時她深知自己已經無依無靠，便無奈地委身於他，希望他能解決自己的問題。馮事後答應她，給她副部級的政治待遇和生活待遇，雖然她的孩子是毛的親骨肉，不過中央也有中央的難處，希望她顧全大局，為毛的聲望考慮。

事後，張玉鳳癡癡地在馮為她安排的警衛森嚴的中央辦公廳的招待所裡，一等就是三個月，馮不再露面，開始還能通電話，後來電話也打不通了。張玉鳳曉得自己上當受騙了，激憤之下，她給中央紀律檢查委員會的首長寫了一封上訴信，指名道姓地檢舉馮利用個別談話的機會，玩弄了她。迫於壓力，馮被撤職，後來又被調任中央黨校做負責人。張玉鳳最後還是嫁人生子，過上了隱居的生活。她最終沒有當上政治局常委委員，也沒有落得像戚夫人那樣的悲劇，而是成了一介平民。

當年毛太祖要不是擔心張玉鳳成為戚夫人的下場，也許他真的就把最高權力直接傳給了江青，中國的政壇就會繼續由「左派」掌控，當然也就不會由所謂的右派人物鄧小平主張的「改革開放」的國策了。毛死前最擔心的所謂「赫魯雪夫式的人物」還是在中國出現了，鄧小平公開批判了毛搞「個人崇拜」和「黨內清洗」等錯誤，他得到了大多數中國人的擁護。

財厚將軍

財厚將軍的財富猶如他的名字那樣財產豐厚，他每天要做的一項重要事情就是要去他的地下祕密儲藏室巡視一番，看看那些黃金美鈔，古董字畫，還有堆積如山的人民幣，這樣他才會感到一種心理安慰，當然，他也最擔心有人來盜竊或是發生火災什麼的，使自己多年經營財寶遭受損失，雖然他到處裝有監控，還有士兵日夜站崗，還特地布置了許多防盜和防火措施，這樣，他才會感到安心，除非有公務外出，每天到這裡來巡查一番，似乎已經成了他的生活習慣和心理需求。他除了把自己的老家的房子修繕一番以外，平時他絕不對外顯露自己的財富，也沒有什麼名貴的外衣，他平時穿著一套上將的制服，這氣勢已經是威風凜凜了，雖然手腕上戴著一塊名表，不過這也不算奢侈，無論如何也要配得上這套軍服，這軍服就是他的人生的一切，包括金錢、美女和榮譽。只要有了這套軍服，無論他出現在什麼場合，就會有掌聲、歡呼聲，還有拍馬屁的下屬和投懷送抱的年輕女子。

所有的軍區司令都是他的手下，還有什麼中將、少將、大校、上校等都是他的下屬，他總是覺得自己一人高高在上，呼風喚雨，人事由他一個人說了算。財厚將軍除了斂財，他最大的興趣自然就是美女了，他平時喜好收集美女的照片，在他的花名冊裡，已有成千上百的美女照，什麼電影明星、歌星，舞蹈演員，美女運動員，都是他的心儀對象，他只是恨不得像皇上那樣建立後宮，廣羅天下美女，經常有不同的美女陪伴在一起，日日歌舞昇平。那天財厚將軍早上起來，和以往一樣驅車來到他的密室，然後他獨自開門進入，對著牆周圍一排排高高矗立的像書架一樣的櫃子，透過玻璃櫥窗，掃視了一下裡面堆滿得整整齊齊疊放好的的美元、港幣、人民幣等，他伸手取了一疊錢，大概是五萬美鈔，然後裝進他的公事包裡，就心滿意足地離開了。司機把他送到了一處別墅，這是他經常和女人約會的地方，室內的裝修自然是氣派而又豪華，內牆處處是豪華的大型玉雕，室內好似玉雕展廳。財厚將軍看了看表，離約會的時間還有一個多小時，他便脫去軍裝，在他的浴室裡先洗個澡。洗完後，他披上浴衣，然後對著鏡子又打量一下自己，中國人升官發財講究面相，他不能確定自己的這張臉是不是有貴人相，還是自己的命理有貴人相助，不過他確信自己就是貴人，多少人因為他的關係升官的升官、發財的發財，還有那些個美女，開銷大的驚人，要不是他的長期供養，她們哪有別墅住，哪有花不完的金錢。財厚將軍照著鏡子，用力拔掉了幾個長出鼻孔的鼻毛，然後從一個櫃子了拿出壯陽藥，吞了一片後，再回到客廳，再沏了一杯龍井茶，坐在沙發上，一邊看報紙，一邊等那個當下紅極一時的部隊歌唱明星的到來。她本是個民歌歌手，因為唱紅了，財厚將軍自然不會放過她，就把她調到部隊裡當文藝兵，因為背景大，所以沒多久就有了少將的軍銜。每當她在電視螢幕上一出現，她那張經過精心化妝，使本來就有些妖嬈的面孔顯得更加狐媚花哨，加之絢麗的舞臺造型，美奐美倫的唱腔，使她幾乎成了家喻戶曉的歌唱明星。正當此時，財厚將軍的電話鈴響了，他以為她到了，一看顯示幕，來電的是另外一個女人，是他最近才包養的一個影視明星。

「乾爹，今天下午我們見個面好嗎？」那女人嗲聲嗲氣地問道。

「在電話裡要叫『首長』，不許叫其他的稱呼。」財厚將軍說到。

「那我叫你『乾爹首長』，行嗎？啊哼⋯⋯」她笑道。

聽了她酥骨的聲音，他又問道：

「寶貝，什麼事？」

「人家就想要和你見個面嗎。」

「白天不行，軍委要開會，晚上我打電話給你再約時間見面。」

「首長，乾爹，我喜歡上了一款跑車，你幫我弄一輛行不行？」

「跑車，要多少錢？」

「大概三百多萬。」

「三百多萬，那麼貴？」

「我真的好喜歡那輛車的車型，求你啦，乾爹。」

「好了，好了，晚上見面再說，我要去開會了。」

剛掛了電話，財厚將軍身體有些發熱，那是藥物的反應，他忽然想起了袁世凱，這位中國近代史上的名人，中華民國首任總統，他很是羨慕他有老婆和姨太太共十個女人養在家裡，可自己和女人幽會，多少要偷偷摸摸的，唉，到底是時代不同了，這一百多年來鬧民主，鬧來鬧去還是鬧了個假民主真專制，可能這樣的體制比較合適中國，如果沒有毛澤東領導建立這樣的共產黨專政體制，哪有自己今天的一切。財厚真想得出神，突然他的門鈴響了，是那個姓湯的女人來了，一見到這個風姿綽綽的美人，財厚將軍就拉著她的手問寒問暖。

「這件呢大衣很漂亮啊，還有只雙靴子，比平時穿制服更漂亮啊。」財厚將軍說道。

「穿制服威風，肩上有三顆星就更威風了。」湯氏說道。

「哎，女孩子要那麼多星幹什麼，有個靠山不是比什麼多強，當然，不管什麼級別，要想晉升就得花錢，這年頭，和從前一樣，花錢捐個官做做也是常事。」

「那做個上將要花多少錢？」

「哪有花錢買皇帝寶座的？我這身軍服是我奮鬥了整整二十年才有的，寶貝，咱們進裡屋再說吧。」財厚將軍撩了撩她的呢大衣，看到了她腰下的緊身褲，整個大腿和臀部的曲線一覽無餘，便笑眯眯地說道：「還是主席說得好，『天生一個仙人洞，無限風光在險處。』」

財厚將軍很快和湯氏雲雨了一番，望著她雪白的肌膚，在她的光溜溜的屁股上摸了親，親了又摸，又歎道：

「更喜美人白如雪，將軍摸後盡歡顏。」

「更喜岷山千里雪，三軍過後盡歡顏。」湯氏躺在床上，輕輕吟唱起毛的詩句。

到了「八一」建軍節，除了照例有許多紀念活動，還有思想教育工作。電視臺也要重點播放軍事題材的故事片和記錄片，重頭戲照樣還是抗日劇和共產黨戰勝國民黨的所謂戰爭片、諜戰片。在文藝紀念晚會上，軍政要人都會出席，包括軍委主席、兩位副主席等軍方最高層一同出席觀看演出，財厚將軍總會眯著眼睛，聚精會神地觀賞著歌舞表演，尤其是看到他的情人在臺上，在華麗的舞臺上表演歌舞時，他期望自己像從前的帝王將相一樣，時常在美女簇擁下飲酒作樂，他甚至想像明末農民起義軍領袖張獻忠那樣，命令家裡的侍女全部穿「開襠褲」，以供他隨時行樂。他看著舞臺上，心裡卻回味這和那些女人魚水情的場景，他甚至覺得下體也跟著一起萌動，財厚將軍心裡盤算著晚上要把哪一個臺上的女人召回他的寓所。同在台下的那些將軍們和部隊幹部，幾乎個個都賄賂過他。他主管政工和軍機，當然人事也歸他管，所以部隊的將領和其他負責人的調動也基本上是他一個人說了算，許多在崗位上埋頭苦幹的人往往並不被重用甚至毫無理由地被調離，當然那些會鑽營拍馬的卻仕途順利。

有個大校李達在某部隊做師參謀已經多年，眼看離自己的退休年齡已經不遠了，在軍隊裡，許多曾經同級別的人不少升到了少將甚至中將，這使他感到非常地鬱悶和嫉恨，他知道自己生財無方，要送錢晉升到了他以上的級別沒有上千萬肯定不行，在走投無路的情況下，他忽然眉頭一皺計上心來，通過賄賂那個湯氏，他終於有機會和財厚將軍的勤務兵和管家有了聯繫，於是每每打聽到財厚將軍不在時，便去那裡用小恩小惠打點他們，不久李達參謀就和財厚將軍的那些家丁混熟了。到了中秋節那天，他打聽到財厚將軍要外出，他就特意招集了一幫旅團級幹部一起去財厚將軍家裡拜訪，那些家丁一看到李達參謀，個個都十分殷勤，別人一看就以為李達參謀和財厚將軍之間關係密切，連家傭都這麼熟，李達參謀乘機對那些旅長、團長炫耀說，財厚將軍馬上就要重用他了。這一招果然奏效，為了打點李達參謀，上千萬的禮金很快就湊齊了。於是，又在湯氏的安排下，禮金很快到了財厚將軍手裡，沒過幾個月，李達便升為少將並擔任軍參謀。

為了答謝財厚將軍，那天李達參謀特請財厚將軍到家挑選一些他精心準備的寶物，像百年人參、名貴酒、古董字畫等應有盡有。當財厚將軍快到時，李達參謀就出門恭候了。當他們一起進入客廳時，正好遇到李達的女兒李嬌嬌走過，她身上穿著睡衣，一看就是剛剛醒來，李達馬上叫女兒上前招呼，她只是乖巧叫了一聲「首長好」，就回自己的房間了。李達參謀吩咐傭人上點心後，就拿出了一些收藏的字畫，準備讓財厚將軍挑選，不過財厚將軍此時的心裡還惦記著李嬌嬌那睡眼腥松的樣子，又披著一件睡衣，心想：沒想到他的女兒居然如此花容月貌，好像整個軍營裡也難找到一個這樣的美女。傭人很快上了點心和水果，還有還有人蔘雞湯，財厚將軍什麼也不想吃，心裡又想著怎樣把李達參謀調出去為他站崗，當年軍委主席在部隊招待所和情人在房間裡雲雨時，就是時任軍長的他親自站的崗，後來他就步步高升了。

「我只想靜靜地喝一碗人蔘雞湯，思考一下部隊建設問題，叫傭人出去，你能不能親自站崗。」財厚將軍豁出去了。

李達參謀聽了一陣心慌，早知道財厚將軍是個貪官和色魔，沒想到連自己的女兒也不肯放過，便支支吾吾地說到：

「等一下我們去基層，有幾個新來的文藝兵，那騷勁勢不可擋。」

「我們都是軍人，服從命令吧，一個人飛黃騰達的時機一生只有一次。」

李達參謀想了想，就真的照辦了。

財厚將軍站起來後，就真的去找嬌嬌的房間了，房門是虛掩的，一看有人進來，她立刻慌張地從床上坐了起來，連身上的短背心帶也從她的左膀子滑落，頓時露出上半個乳房，同時還露出右側的半個乳房，嫩滑嫩滑的，財厚將軍在她身邊坐了下來，嬌嬌又慌忙道：

「我爸爸呢？」

「不要怕，孩子，你爸爸在外面站崗，你這麼漂亮這麼細皮嫩肉的，讓大將軍實在抵禦不住要棄城投降了。」

財厚將軍說著就伸出手對著嬌嬌的身體摸捏起來，這嫩勁，這酥軟勁使他從未體驗過的，嬌嬌知道他是中央首長，覺得是他父親特意安排的，也就順從了財厚將軍。財厚將軍匆忙脫下軍裝，便顯露出了他那肥大的肚子和身體上鬆弛的皮膚，因他事先沒有吃性藥，不知怎樣一亢奮下體就蓬勃了，他立馬和嬌嬌做了愛，事後財厚將軍興奮不已，說要重重地賞她。

回到客廳，財厚將軍美美地喝完了人參雞湯，又讓嬌嬌為他取來紙筆，便欣然寫下：「臣有功，少升中」六個字，然後就心滿意足地離開了。李達參謀雖然心中有所不悅，他覺得有點對不起自己的女兒，他轉眼想到從前漢高祖劉邦在他一次戰役中失敗逃跑時，為了加快逃跑的速度，他毅然把同在馬上的女兒推下了馬，獨自揚鞭而去的情節，便也想開了一些，再回房看見財厚將軍留下的紙條，心裡就踏實了許多，並想像著自己飛黃騰達的未來。財厚將軍在驅車離開的一路上，看到郊外路邊密密的叢林還有遠處層層的山巒，財厚將軍讓司機播放現代京戲《智取威虎山》光碟裡的唱段，又興致勃勃地一同放聲唱道：

「朔風吹，林濤吼，峽谷震盪。望飛雪漫天舞，巍巍重山披銀妝，好一派北國風光。山河壯麗，萬千氣象，怎容忍虎去狼來再受創傷。黨中央指引著前進方向，革命的烈焰勢不可擋。解放軍轉戰千里，肩負著人民的希望，要把紅旗插遍祖國四方……」

財厚將軍不僅對此類歌曲情有獨鍾，他還時常懷念領袖毛澤東，念念不忘東歐社會主義國家陣營時代，那時候美帝也不敢像現在這麼猖狂，他覺得像什麼地拉那、平壤、金邊、仰光、萬象從前聽慣的這些城市名字要比什麼華盛頓、倫敦、巴黎聽起來順耳多了，就是一個柏林還有什麼東柏林、西柏林之分，他甚至還懷念恩維爾-霍查、金日成、胡志明、尼古拉-齊奧塞斯庫等前社會主義國家領袖。其實財厚將軍在他的學生時代還是非常貧苦的，他在家鄉上小學的時候正是共和國成立不久，由於天災人禍，全國鬧起了大饑荒，他清楚地記得他父親那時瘦的兩條腿像稱杆，連走路都不行，只能趴在地裡種紅薯的情景。他上學時經常餓著肚子，記得有個女生時常會帶兩個窩窩頭送到他手裡，他會和那個女生一人一口地分著吃，那個女孩子後來就成了他現在的妻子，他曾無數次想過要是能把自己現在的錢隨便抓一把給從前的自己用，那該有多好。

財厚將軍出訪美國回來後，就又出訪北韓慶祝所謂的「太陽節」，在北韓他受到北韓方面的極高的禮遇，並和金正恩一起檢閱了遊行的隊伍，看到北韓軍人隊金正恩的絕對忠誠，使他羨慕不已。由於美日軍事同盟，中國對日本侵佔的釣魚島束手無策，同時南海的爭端也處於不利的形勢，為了抗衡美國，財厚將軍支援北韓擁核，並加強同俄羅斯的軍演。為了進一步加強部隊的思想教育，財厚將軍在一次軍隊高級軍官會議上，嚴厲指責部隊裡有「資產階級自由化」的傾向，他認為這是很危險的，還有人提出「軍隊國家化」也是解決不容許的，黨指揮槍，這是絕對不容改變的。雖然在公開場合他總是在軍委主席後面，不過在日常工作中，他並不聽命於現任的軍委主席，而是聽命於前任的，他是被前任軍委主席提拔和重用的，雖然現任軍委主席對他的獨斷行事和任人唯親很不滿，不過也奈何不得他，所以現任軍委主席只能忍聲吞氣，心裡卻盤算著等到來日自己選定繼任者後，再回過頭來收拾財厚將軍。

果然不假，李達參謀不久便升為中將，官職升至總後勤部副部長，這可是個肥差，他便利用職權勾結商人倒賣軍火，很快也發了大財。財厚將軍在軍中的明星情人，什麼燦燦、瀾瀾、晶晶也很快暗地裡對他投懷送抱，他還和好幾女人生有私生子，真所謂：一人得道，雞犬升天。

財厚將軍在兩會（全國人民代表大會、全國人民政治協商會議）期間，作為中央軍委副主席接受新華社採訪時，有記者說道：

「現在部隊的思想作風治理得相當好啊！」

「是啊，我一直用自己的言傳身教來教育全軍廣大幹部，只有廉潔的部隊才能是打勝仗的部隊。」財厚將軍侃侃說道。

「是啊，部隊幹部的作風通過您的指導，現在都十分過硬啊！」記者附和道。

「我最大的缺點就是廉潔。」財厚將軍微微笑道。

幾年後，經過了一輪又一輪的權力交鋒之後，新的最高領導班子終於出爐了，財厚將軍並不把他們放在眼裡，他自以為他和他的勢力集團根深蒂固，沒有人可以動搖他們。由於政治勢力的不平衡，甚至傳出了兵變的消息，不過後來財厚將軍也被牽連其中，變成了被打擊的物件。財厚將軍覺得冤枉，無論如何自己為黨和國家，尤其是軍隊建設作出了不少的貢獻，就算自己有什麼錯誤，作為官至上將任職軍委副主席的他，至少也要在政治局委員的會議上給他一個審辨的機會，他向負責隔離審查他的人提出請求，得到的回答是：「拋棄幻想，服罪交代。」他的貪腐和桃色新聞也不絕於耳，財厚將軍得癌症的消息不久也傳了出來，他提拔的手下也一個接著一個落馬，還有他的那些女人們，有的也牽連被抓，有的很快投入他人懷抱，財厚將軍悔恨交加，想來想去，他還是供出了所有賄賂過他的將領，被羈押在看守所還未等法庭（中央）宣判，財厚將軍就一命嗚呼了。

權鬥

一輛囚車駛過朝陽大道，後面緊更著一排警車。車上閃著警燈，這情景一看便讓人覺得員警又在押解一名重犯。自從新來的市委書記柏遷上任後，在市公安局長李軍的堅定配合下，一次大規模的打擊黑勢力的行動在全市大張旗鼓的展開了。現在，大街上每天都有來來往往呼嘯而過的警車，在押的犯人中，除了那些刑事犯外，還有不少昔企業的巨頭，他們的罪名幾乎如出一轍，那就是組織「具有黑社會性質」的犯罪團體。說來也怪，每當人們看到那些昔日裡風光無限的有頭有面的人物一旦被抓捕下獄，市民們總會感到歡欣鼓舞似的，好像平日裡過的那些令人抱怨的生活，只要把那些黑社會分子統統抓起來，社會的治安就會好起來，而且財富的分配也會得到改善。為了弘揚革命的傳統，在市委的帶領下，全市的民眾掀起了一股高唱「紅歌」的熱潮，主要是唱那些新中國成立以來的革命歌曲，像《沒有共產黨就沒有新中國》、《唱支山歌給黨聽》、《解放區的天》等等所謂世紀歌典。許多單位有組織地唱，從企業到部隊，從機關到學校，甚至在監獄裡也不例外。市裡還經常舉辦歌詠比賽，人們的歌唱熱情很高，他們一方面是懷舊，同時也是寄託著一種情懷。

此刻，囚車裡羈押的正是前公安局長，後來又升任為司法部部長的李軍。他曾是赫赫有名的「打黑」英雄，可如今下獄的罪名除了收受賄賂，還有就是參與和組織「具有黑社會性質」的犯罪團體。如今，打黑的英雄被打倒了，這下那些曾經對他咬牙切齒的人這下也算是出了一口惡氣。市委書記柏遷對立下赫赫戰功的前手下出重拳的原因令人感到迷惑，李軍不僅下獄，很快就被處決了。人們為他感到惋惜外，街坊紛紛議論起他被處決的緣由。

隨著昔日打黑英雄的隕落，全市的打黑風暴似乎也漸漸地平息了下來。只是市民們高唱「紅歌」的熱忱並沒有消退。廣播裡、電視節目中，人們幾乎幾乎天天聽到和看到歌唱的文藝節目，連過去那些唱通俗歌曲的歌手也也變這法子將那些「革命歌曲」唱出了搖滾味。不過，在那些歌唱演員中，年輕的軍旅歌手可謂風光無比了，無論是舞臺造型、道具還是排場可謂氣勢磅礴，加之一身帶有大校或是少將軍銜的軍裝，音樂一響起，這風光勁又有誰能匹比。不過人們也知道一些，能夠這樣地風光顯赫，她們有著神祕的後臺。這些對於市民來說都無關緊要，只要在公安機關的嚴打下，社會治安有所改善，人們就會感到心滿意足了，況且，市委書記還向市民許諾，還市民一個社會次序好，孩子有書讀，病人有醫治的美好明天。

柏遷書記本身就有著革命的紅色血統，他對父輩的賦有傳奇般的革命歷程充滿了敬仰之情，同時也對建國後那種充滿著暴力式鎮壓運動滿懷激情，當然，他自己平時也喜歡唱些革命歌曲，他甚至感到自己的嗓音渾厚，特別適合唱那些革命歌曲，不過，他從小到大，也沒唱過其他的什麼歌，除了年輕時唱過的那些來之前蘇聯的歌曲。他喜歡那種沉浸在哪種高歌嘹亮的氣氛之中，當然是以他為中心，大家手持小國旗，一起邊唱邊揮舞，每當此時，柏遷書記總會感到他似一名將軍，雖然不是指揮衝鋒陷陣，卻也能使萬眾一心。就連在他參加他父親的追悼會後，一走出會場，他就帶頭唱起了《國際歌》。還有那次他心血來潮去一所市監獄視察，監獄裡的犯人也不例外，他們被結合到一個空地上，烏壓壓一地的服刑人員，在典獄長的帶領下，一起唱起了《我們是共產主義接班人》的歌曲，那歌聲更是響徹雲霄。

在整個的打黑運動中，身為公安局長的李軍可謂和市委書記的身影形影不離，可是他們萬萬沒有想到，就在全市的打黑運動如荼如火之際，他們分別包養的倆個女人，在一次聯誼會之中，由於她倆在酒後的失態言語之後，竟若下了殺身之禍。那位李局長的情人，一個商界的女名人，早已投入了公安局長的懷抱，從此她在商界呼風喚雨。另一位是書記的情人，她先前只是一個普通的文藝女兵，自從跟了柏書記之後，她的軍銜變成了少將，還經常有機會出國演出，風頭無人可比。那次這兩個都要強的女人都喝酒喝過了頭，隨後就就彼此鬥起嘴來。

「要說我的男人，正統的『紅二代』，將來還要到中央做領導，你的男人，其實只是我男人的一個馬仔而已。」女將軍譏諷地說道。

「我的男人雖然官沒有你的男人做得大，可他濃眉大眼，又常常刮鬍子，可你的男人，要眉毛沒眉毛，又不長鬍子，倒像個太監。」帶著醉意的女商人也不示弱。

「什麼，你敢罵我的男人是太監，我會讓你的男人死無葬身之地。」女將軍大怒，摔杯而去。

「你的男人是個太監，哈哈哈哈……」女商人醉笑道。

在旁的幾個工作人員此時都啞然失色，他們不知道她們之間為何爭吵，不過他們感覺到，女商人會若下大禍的。

這女將軍自從跟上了市委書記以後，無論是軍界、文藝界還是商界，哪個不買她地帳，別人見了她，討好巴結都來不及，哪有敢頂撞她的，更何況還敢這樣侮辱她的男人，當今的市委書記和未來的政治明星。事後，女商人也感到酒後失言，生怕女將軍一告狀，她男人的地位不保，自己將來的商業利益也會大受影響。於是她主動向女將軍賠不是。

「大家姐妹一場，請將軍不要計較我酒後的胡言亂語。」女商人在電話裡賠罪道。

「怎麼，服輸了？害怕了？生意場上的人我見到多了，哪個不是削尖了腦門侍候我們軍界和政界的，你如果沖著自己有幾個錢，就不把我放在眼裡也就罷了，連柏書記你也敢罵，看來你真是活膩了。」女將軍怒氣未消。

「我心裡也是很敬仰柏書記的，在他的帶領下，我們的城市正在發生前所未有的變化，而且，將來還要領導全國人們一起搞建設，我們很快就會等到那一天的來到。」女商人說著，希望對方聽了能消消氣。

「少來這一套，常言道，酒後現真言，你就等著為你的男人收屍吧。」女將軍不依不饒。

女商人自知事態靠自己已難以收拾，不得不向自己的男人說了真相。李局長聽後大驚失色，知道她闖下了大禍，連連歎道：「這下完了，這下完了。」見她的男人如此恐慌，她不得不寬慰他道：「最多你也不要做這個官了，我們一起自己搞搞生意，一樣可以過的不錯。」

「你不懂啊，柏遷這個人，表面上看起來挺豪情仗義的，可他骨子裡雞腸鼠肚，睚眥必報，對於得罪過他的人，都是至於死地而後快啊。」李軍深感大事不妙。

「都是我不好，闖下了大禍，那現在我們該怎麼辦？」女商人不安地問道。

「過幾天他兒子要過生日，弄一輛名貴的跑車送給他兒子，順便讓這孩子為我們求求情？」李軍無奈的說道。

「那樣有用嗎，一輛名貴的跑車要花五六百萬呢。」女商人有點心疼。

「現在只有死馬當活馬醫了，如果他想除掉我，我也讓他不得好死，我手裡有些他老婆殺人滅口的證據，還有他指使手下的人迫害異己人士並活摘人體器官和販賣屍體等罪狀，你把這些東西保管好，一旦他對我動手，你就把這些資料在海外媒體公佈，到時來個魚死網破。」李局長信誓旦旦的說道。

就像李軍預料的那樣，雖然他們事後做了種種努力，一切還是無濟於事。眼下，上任不久的司法部長李軍已被逮捕。為了羅列他的罪證，公安人員開始審訊女商人。開始，從她的口中什麼問題也審不出來，為了儘快取得有價值的犯罪證據，審訊人員開始了針對她的心理戰。

「你只要澈底交代出他的問題，你才會有出路啊。」一個審訊人員說道。

「我真的沒有什麼好交代的，我是個做生意的，他是個當官的，大家就是關係比較好而已。」女商人道。

「看來你是不想配合我們的工作了，你和他混了這麼些年，會不知道他的那些底細？「另一個審訊人員說道。

「那麼你們到底要我說些什麼呢，說他收受賄賂，貪污腐化，還是謀財害命，他可是人們心目中的『打黑』英雄，是你們柏書記的紅人啊，也是你們過去的領導，不是嗎？」女商人說道。

「誰讓你說這些廢話了，老實告訴你，只要是你進來了，你想交代也得交代，不想交代也得交代，就是死在這裡，最多也是『畏罪自殺』，到時，我們照樣可以得到我們所需要的材料。」審訊人員大聲說道。

「不就是得罪了那個人嗎，要關關我好了，和李軍無關。我一人做事一人當。」女商人哭了起來。

「你還挺講義氣的，嗨，可惜啊，那姓李的可從來沒把你當一回事啊，你以為他真的會娶你，利用你斂財罷了，老實告訴你，他在外面還包養著其他女人呢。」審訊的開始了誘供。

「其他女人，哪個女人？我不相信，要不是出了這件事，我和他就快結婚了。」女商人繼續哭泣道。

「這樣吧，我們做個交易，我們拿出他在外面胡搞的證據給你看，你把他貪污受賄的事實交代出來，這樣總可以了吧。」審訊的說著，他們對看了一眼。

很快，他們就通過技術手段，把男女廝混的照片通過移花接木，換上了李軍的頭像。當審訊人員把這樣一疊照片向女商人展示時，她的情緒崩潰了，她以為李軍一直在玩弄她，她一口氣道出了許多有關李軍收受賄賂的事件。有了這些第一手資料，李軍很快就被法院判了死刑。

後來，女商人得知那些照片來歷的真相後，她後悔不已，她陷入了深深的自責之中，她決心要為他的男人報仇。大約在李軍被處決的一年後，柏遷正躊躇滿志地準備接任上一屆中央政治局常委時，由於他參與的一起政變陰謀被洩露，他遭到了政敵的無情打擊，女商人提供有關他的種種醜聞也因此被曝光，他的仕途就此終結，最後也被判刑入獄。那個曾風光無限的女將軍，更是像人間蒸發了一般，是死是活，沒有人知道她的下落……

落馬

前任的市長是工程院士出生，年輕時留學德國，是個治學嚴謹的科學家，自從被調任領導崗位，像所有懷有抱負的知識份子一樣，一心想著為民請命，做一個對得起天下白姓的父母官。市委書記卻整天想著自己的政績和個人的未來，他注重城市建設和投資專案，在他的心目中，只要經濟搞好了，就萬事大吉了。可市長卻有著自己的想法，借鑒國外的理念，他認為，要把一個城市治理好，首先要搞好人文建設，要維護社會的公平和正義，尤其要做好對弱勢群體的生活保障。由於出發點的不同，在人事安排方面也有著很大的差別。對市委書記來說，能力大小沒有關係，關鍵要聽話，要按照領導的意圖辦事，哪怕貪點小便宜撒點謊話也沒關係。市長喜歡那些有同情心和富有正義感的人，就是脾氣差一點也沒關係，不需奉承拍馬，但要有真才實幹。這樣一來，市委書記對市長越來越不滿，開始他只是在會議上不點名批評，可市長根本不理睬他，漸漸地矛盾越來越深，最後，市委書記到省裡告狀，省長到也俐落，一下子把兩個部下都調離，市委書記調到省裡，市長調去其他部門做領導。這樣一來，原來的馬副市長連跳兩級，做了代理市長才幾個月，就又被任命為市委書記。

馬書記大喜過望，沒想到自己這麼快就做上了堂堂的市委書記。他上任沒多久，就想著要建一幢豪華的辦公大樓。他曾去北京開過會，這天安門城樓的氣勢使他念念不忘，他想著自己為什麼不選一塊風水寶地，仿造天安門城樓那樣，在辦公大樓前，也建一個城樓，那該有多氣派。一想到此，馬書記就激動得睡不好覺，他整天想著，將來等新的辦公大樓建成了，自己每天進進出出感覺就像從前的皇上一樣，再招一群三宮六妾，這輩子才算沒有白活。

上任不久，馬書記就請來了一個風水大師，在城裡近郊的幾個依山傍水的地方選址，最後選好了一處風水寶地，就開始了他的建設規劃。風水大師還告訴他，他的官運並沒有止步，等這個宮廷一般的建築群建好後，還要在裡面建一個小「銅雀台」，雖然不能像從前的曹操那樣廣選天下美女，但必須「采處」，即只有破了一百個處女之身之後，他的官運才得以亨通。為了儘快完成辦公大樓，由於日夜操勞，一天馬書記突然感到胸口不太舒服，很快，他就住進了「高幹病房」。見到一個四十剛出頭的女護士為其打店滴，馬書記就立馬不安份起來，他左手輸著液，竟三下兩下就解開了那個護士的白大褂紐扣。在護士成了馬書記的情人後，便求他為其畢業後在家待業的女兒安排工作，她不慎把女兒送入了「虎口」，可憐的姑娘，一年之中兩次為其墮胎。為了平息情人護士，不久她就被調的有線電視臺當文藝部主任。

兩年以後，這個耗盡無數錢財的一個山寨版的天安門城樓和圍繞著城樓的一幢幢高樓建築群在半山腰上突兀而出，馬書記拜了山神之後，就急急忙忙地遷入了別具一格的辦公大樓，可是，在他的心裡還有還急需處理兩件事，其一是「采處」，這件事想起來就令他欣喜，既可以得到無數的男女之歡，又可以保佑自己官場通暢；還有一件縈繞在他心頭多年的事就是怎麼除掉「糟糠」這個累贅，由於她的存在，自己做什麼事都要偷偷摸摸，而且還要防止她的翻臉。他想好了，人生苦短，做什麼事就要抓緊時間，不能拖拖拉拉，於是，他一方面開始命令下級到處為他找處女帶進宮，另一方面，他開始策劃一起車禍，要除掉他的這個名存實亡的老婆。

說實話現在到外面找成年處女不好找，更何況還要找一百個，於是他的一個部下想到了去學校找，只要先打通學校的一個校長，這學生之中處女好找，校長肯出面，每次帶幾個女學生出去，一段時間下來這事就幹成了。雷區長很快找到了一個小學的劉校長，說明了來意，他們一拍即合，於是，每過一段時期，這幾個官員出生的成年人就堂而皇之的帶著幾個女學生模樣的孩子進入賓館開房。

殺妻需要製造一起嚴重的交通事故，而且要做得天衣無縫。為了這次行動，馬書記類比了幾個草案。他開始還有些思想鬥爭，可一見到他妻子老去的模樣，再看看自己身邊的女人，他感到他實在是受不了他妻子現在的這種「鬼樣」。為了說服手下，他說自己這樣做也是不得已，因為他妻子手裡掌握了他的許多材料，並揚言，如果他要離婚，她就去告他，所以，殺她也是萬不得已。當然，製造一起車禍是最好的一種選擇，但是必須一次成功，如果未遂，以後就很難再下手了。為了確保成功，他手下的人策劃好在她開的車底廂還要裝上一顆可以引爆的炸彈。

這天上午，暗殺的行動開始了。馬書記在他的山寨天安門城樓裡焦急不安中等待著消息。他回憶起和他妻子剛剛結婚的那個歲月，那時他才三十出頭，還是一個幾乎是一無所有的人，可是她並沒有嫌棄他，也沒有像其他女人那樣總喜歡和別人比，她只是認為憑自己的勞動，生活總會過得去的。他感到她的心底善良，就和她成了親。自從和她結婚以後，他的官運就變得順暢起來，從一個小小的鎮幹部一路升遷，就連他自己做夢也沒有想到，如今他像似一方土皇帝，還建起了自己的行宮。這一切，自己的這個妻子也算是「旺夫」之命，如果這些年沒有她的任勞任怨，自己的仕途也不會這麼順風順水。他感到如今自己到了非要除掉她不可的地步，也是出於無奈，現在自己這麼有權勢，年齡又五十好幾了，不能枉費了自己的一生，人的生命是短暫的，官場上就更加如此了。

到了中午時分，手下的人來報告消息了。

「怎麼樣？」一見手下，他就驚慌地問道。

「在中山環路上，發生了一起嚴重的車禍，不幸的是陸夫人喪身了，事發現場好像還出現了爆炸的情況。」他的下屬裝腔作勢地向他報告。

「廢物！」他打了他手下一個耳光，「車怎麼會爆炸的，叫人馬上封鎖現場，並澈底把事情弄得乾乾淨淨。」

手下捂了捂自己被打的臉，心想，這下好了，被打後就會馬上升遷，這是慣例。於是，他繼續說道：

「派出去的人正是這樣做的，現在現場已經清理乾淨，就是一起再普通不過的交通事故。」

馬書記聽了且悲且喜，他含著眼淚又說道：

「辛苦你們了，我會節哀順變的，再去現場指揮一下，不要有什麼疏忽的細節。你的職位我會儘快幫你重新安排的，人總不能老是原地踏步踏。」

手下領了命，滿懷喜悅的走了。

馬書記此時站在城樓上，眼觀遠方，他想著，自己這輩子註定是要成就一番大業的，也算上對得起祖宗，下對得起子孫後代。又想著怎樣為自己的妻子舉行一個隆重的葬禮，也算對得起他們夫妻一場。

馬書記在他的妻子死後不久，就娶了一個本地電視臺的女主播，年齡小他整整三十歲。這個女主播早就是他心目中的女神，是他多年暗自愛慕的偶像，這是一個連做夢也沒想到過的好事，如今居然成了現實。起初，他被剛剛任命市委書記時，在他的內心深處就想好了，一定要把那個女主播弄到手，和她一起在行宮裡徜徉，當初他要仿造天安門城樓建他的辦公大樓，在心裡就是出於那個動機。如今，馬書記的一切夢想都實現了，就等著有一天自己能夠在官位上「更上一層樓」了。

娶到了這位女主播之後，他就帶著她馬不停蹄去全世界到處遊山玩水。在短短的幾年時間裡，他就帶著她的愛姬跑遍了世界各地，購買了數不清的時尚物品。「寶貝，就是從前的皇上也沒有過得這麼爽啊。」他抱著他的愛姬，心滿意足的說道。

由於長期的征地強拆建造高樓和一味地招商引資，官員的貪污腐化，導致民不聊生。社會治安越來越差，環境污染日益加劇。人們看到市政府建得這麼氣派，那些當官的對老百姓的訴求從來不聞不問，於是導致不斷有人上訪告狀，引發抗爭事件頻頻不斷。馬書記決定加大管制力度，對上訪的一律採取截訪、抓回、拘留，對抗爭的一律判刑、下獄。

馬書記的大舅子早就盯上了他，對他的所作所為他早已看在眼裡恨在心裡，他早就懷疑自己的妹妹不是死於什麼車禍，而是一起謀殺，可是就是苦於找不到直接的證據，就是找到他的殺人證據，也沒有辦法來告他，因為政法委系統都是他的手下和親信。現在在他的手裡有了一樣重要的物證，他不敢輕易拿出來，那姓馬的什麼事都幹得出來，他很可能會殺人滅口。出事那天，大舅子第一時間趕到現場，他心裡明白這是一起有預謀的謀殺，他姐姐的屍體很快會被處理掉，於是，就在他到現場後，現場已被清理乾淨，他的兩個侄兒又不在她的身邊，當他趕到殯儀館，有關人員以各種藉口不讓他看到屍體，這就加深了他的懷疑。沒有辦法，那晚到了深夜，他在事發地點偷偷地挖了幾塊馬路上的瀝青，再找人去化驗，看看裡面是否含有爆炸物的殘留物。最後，化驗的結果出來了，在這幾塊瀝青中，裡面確實含有微量TNT爆炸物，事情更加明瞭，拿到了第一手證據，大舅子就直接向省裡的高院起訴。

幾個月後，就在馬書記春風得意的時候，有一天，他突然受到組織調查，隨後就被「雙規」了，即在規定的時間和規定的地點交代自己的問題。

就在馬書記被收押期間，他最放心不下的是他的愛姬，因為自己的原因，她也會身敗名裂，她還年輕，她以後的生活怎麼辦，弄不好也會受牽連坐牢，況且，他們倆還有一個出生不久的女兒。就在他感到萬般糾結的時刻，那女人很快向他提出了離婚的要求，雖然也是預料之中的事，卻還是令他感到世態炎涼。不久，一輛警車開到了那女主播的家，她被幾個員警帶走了，此時，她神情茫然，身邊只有她的母親，哭泣地攙扶著自己的女兒……

潛逃

只要能帶著楊冪遠走高飛，嚴嵩可以不惜一切代價。當他第一眼看到這個年輕而又水靈靈的南方女人時，他的內心就一下子波瀾起伏，他幾乎沉浸在自己的幻想之中，他想像自己突然迷失到了一個沒有人煙的荒島，而這個像仙女一般的姑娘卻主動投入他的懷抱，並希望他拋棄一切，永遠地留在此地。不過他很快回到了現實，這是一個爾虞我詐的官場，每天忙著均衡各方的利益，並從中取得各種好處費，可他心裡有一種預感，自己這樣下去，總有一天會出事的。雖然在位的同僚個個都在貪污、收賄、包養情婦，可畢竟官場黑暗險惡，沒准那一天，自己就會遭人暗算。

他痛恨這個是非之地，可又擺脫不了它，他的一切生活來源，所有奢侈享樂，都離不開這條賊船。他要養前婦和他們的孩子，還有現在的老婆和孩子，可自從遇到了楊冪，他就又有了新的期盼。可他也很矛盾，楊冪身為電視臺主持，不僅風流漂亮，而且年齡整整小他三十歲。現在他有權有勢，要拴住小美人的心並不困難，可再過十來年，她依舊年輕漂亮，可自己到了那時已經無權無勢了，自己變成了一個普通的百姓，到時，她還會心甘情願地跟著自己嗎？所以要不要她，使他感到很是糾結。他也想過，自己先養她幾年，走一步算一步，先不拋棄自己現在的老婆，她比自己小了十幾歲，又有了個私生子，跟她混一輩子人生也不算太壞，而且自己這些年累積的財富基本也就夠輕輕鬆松地過一輩子了。可是要是選擇了楊冪，情況就不一樣了，她的那些漂亮的女同事，不是攀上高官的就是有大款包養著，自己的這些財富比起那些貪得多的，只能算是小打小鬧，也不能夠讓楊冪過上真正富豪般的生活。他想好了，自己還必須在這個位置上再堅持十年八年，繼續扮演自己的角色，再聚斂一些財產。在官場上混了這二三十年，對於上司的態度，他基本上是採取他的「六字」方針，即「同意、解釋、表演」。上司的任何計畫和意圖，在聽取了報告後，不管心裡有多麼不贊同，首先要表示同意，在表明了支援的態度後，然後就要說明這些方案和意見的合理性，即使下面的人和他一樣有意見，最多也只能在私地下發發牢騷，一旦回到工作層面上，就要積極配合各方的工作，完成領導的工作意圖。這樣，官位保住了，利益分配自然也有一份。

嚴嵩總是想著法子和楊冪在賓館偷偷幽會，說實話一開始雖然他對她一見傾心，他只是處在一種花錢買享受階段，他也不指望這樣年紀的女人會愛上自己。開始是本能的花言巧，只想和她瘋狂的做愛，然後給她一些好處費，他感到和這個年輕的女子相歡，帶給他無限的樂趣和激情，在他和她相歡的那一刻，他真的好想娶她，自己養著她，給她輕鬆歡樂的生活。

每當他離開她不久，他就會再次渴望和她相會。雖然他的性能力已經大不如從前了，頭上的白髮也越來越多，每天還要按照醫生的囑咐吃降血壓的藥片。他也想過要離開她，像那些導演包養女明星那樣，過一陣子就各走東西了。隨著時間的推移，他對自己的老婆越來越沒有興致了，而自己的心思都在楊冪這個小女人身上。他利用職務之便給她買了豪宅，當然還有豪車和大量的金銀首飾和現金。

嚴嵩私底下也經常抱怨這個體制所帶來的種種弊端，可他也明白自己也是這個體制的收益者，如果不是自己這些年來精心專營，自己也無法爬到目前的這個高位上，自己又不是什麼「紅二代」，財富和權力都遠離自己，要不是有人賞識和提攜，加之自己的隨機應變的天賦，自己這輩子也不就是和平常人一樣，娶妻生子，守著一個女人，默默無聞地度過一生。現在自己不管怎麼樣，命運還是眷顧自己的，能夠從一個農村的孩子混上正部級的高位，而且聚斂了上億的財富，如今又有這個比自己小三十歲的天使陪伴自己，無論如何，自己這輩子也算是既幸運又成功的了。當然他也並不能確信自己的未來走向會是如何，是再聚斂一些財富，到了退下以後，和自己心愛的小女人度完餘生，抑或是被人牽連或被告發下臺，甚至鋃鐺入獄，這些還都是一個未知數。隨著新一屆的領導人上任，那些舊領導的部下往往成了被清算的物件，所以自己無論如何要給自己留一條後路，萬一局勢對自己不利，三十六計，走為上計。

隨著領導班子換屆與查處的風聲越來越緊，他開始策劃逃亡路線。這個計畫其實在他的心裡醞釀了很久了，他早在七八年前就準備好應對這件事的發生。他也曾好幾次準備行動，不過最後的局勢沒有到了太壞的地步，所以他雖然守著自己的崗位，可他的心早已另有企圖了。他以前總覺得錢還聚斂的不夠，尤其是他迷上了楊冪之後，這種擔心就更顯著了。他明白，出逃以後，自己就得隱姓埋名，手上的錢再多，也會坐吃山空的。現在的情況比較令他安心，他算了一筆帳，手上的錢兌換成澳幣，買一幢豪宅，剩下的錢，自己留一部分，其餘的都放在楊冪的帳下，這樣，這個小女人就安心了，就是以後她的父母一起過來養老，也是沒有什麼問題的。自己所留下的錢，要給自己的前妻和兒子留一部分，讓他們能夠平平安安地過一輩子，還有現在的妻子和私生女，也同樣要讓她們母女一輩子有錢花。至於到底要多少錢才能滿足自己和楊冪一輩子的開銷，加之他死後留給她的那部分，他自己心裡也沒有底，不過那肯定是一筆不小的數目。

「寶貝，風聲很緊，我得趕快跑，遲了就跑不了了，會在監獄裡度過一輩子的。」他光著身體抱著她說道。

「那我怎麼辦，你跑了，他們就會調查我，我也會做牢的，我可不想坐牢……」楊霂哭泣道。
「我當然想帶你一起跑，怕你不願意，你爸媽就你一個孩子，我怕拖累了你。」
「沒有什麼拖累不拖累，我們得趕緊準備好，財產來不及轉移的，可先有我父母保管。」
他們倆緊緊地抱在一起，似乎命運讓他們永遠不能分開。
為了避人耳目，嚴嵩向他的秘書安排了工作計畫，有事讓他自行處理，不必請示。秘書雖然口上答應，可他心裡直打鼓，許多重大事情，他又哪裡做得了主。在嚴嵩離開後的開始幾天，秘書還能勉強應對幾天，後來，他實在招架不住了，又聯繫不上自己的主人，就在他焦頭爛額之際，忽然聽說自己的主人攜帶鉅款和女人跑到澳洲去了。這晴天霹靂的消息，使每一個人感到震驚，不過，慢慢地別人也想明白了，畢竟，犯這種事的也不在少數，只是把周圍的人害苦了，該抓的抓，該降級的降級，一個人犯事，會牽連許多無辜的人。
由於初到國外，語言不通，又舉目無親，於是就聯繫上了以前的一個熟人叫燦龍的，算起來還是嚴嵩的一個老部下，早年通過商務簽證來到澳洲，後來又通過和一個做妓女的結了婚才有了居留權。由於他在大陸早就養成了好逸惡勞的習性，平時花錢又大手大腳，還沾毒好賭，生活潦倒可想而知。這下看到有人向他投靠，他便立馬打起了他們的注意，又知道嚴嵩的一些底細，官做到他這個分上，手裡哪有不貪上幾億幾十億的。於是，等燦龍幫他們安排好了臨時住處，他就開始向他們提要求了。
「老首長啊，你老真是會享福啊，不像我這樣的人，處境潦倒啊。我近來想在中國城開個地下賭場，需要投入一筆錢，看你能不能轉些資金給我，等將來盈利了再全數還你，當然，你也可以考慮成為我的合夥人。」燦龍在電話裡這樣提到。

「老弟啊，初來乍到都虧了你的安排，才使我們能夠暫時安下心來，那以後的日子還會有求於你，至於你想借錢做生意，不滿你說，這次出來走得很匆忙，身上帶的錢想買一套房子也不夠，不過先給你幾萬周轉一下，到了這裡，我只想太太平平地過日子，不想再折騰自己了，已經折騰了大半輩子了。」嚴嵩半推半就地說道。

「常言道，瘦死的駱駝比馬肥，誰不知道你們的錢來得又快又容易，我只是向你借而已，又不會不還，況且，我手下還有幾十個兄弟要養，收些保護費自然不在話下，只是自己如今年齡也大了，也要給自己留條後路，你也一樣，到了外面，不比在國內，一定要明白破財消災的道理。」燦龍越說越明。

「那你到底需要多少？」他心裡明白來者不善。

「五百萬怎麼樣？給你個朋友價吧。」對方慢條斯理地說到。

嚴嵩聽了，頓時腦袋一轟，要錢，一開口就是五百萬澳幣，還說是朋友價，又說自己自己是黑社會的，將來可以保護他們在澳洲的安全，如果他們不願意，他就會去告發他們。

他們剛剛才逃到外面，驚魂未定，又人生地不熟的，現在就遭人敲詐勒索，心裡雖然又氣又急，卻又不敢得罪別人。雖然他們手裡看起來有不少的資產，可大都屬於不動產，而且在出逃之前都已分別轉入了親朋好友的名下，就算有些金銀財寶，大都也留在了國內祕密地點，身上可用支配的錢才也很有限。於是就討價還價答應先給人家二百萬，餘額以後再補。

為了掩人耳目，他們後來就搬去了郊外的一個隱秘處，過上了所謂世外桃源的生活。可是楊冪畢竟還很年輕，生性風流又愛交際，雖然生活無憂，時間一久哪裡忍耐得住這份寂寞，雖然通過祕密管道，不斷有錢財進來，可面對盡顯老態又無權無勢的嚴嵩，又整天無所事事，加之對國內親人的思念，她暗暗在心裡籌畫自己的未來了。她開始不斷在自己的帳戶上存錢，把從國內弄來的錢又悄悄地通過自己的帳號再轉出去，等她弄到了一大筆錢後，在燦龍的帶領下，又偷偷地離開了澳洲，然後去巴拿馬買了一本護照，再轉輾回到了國內。期間，楊冪不僅有給了燦龍一大筆錢，還一路包開銷陪吃陪睡。

一轉眼十年的時光過去了，人們早已淡忘了曾經發生的這一切。自從嚴嵩潛逃以後，他的兒子就被抓起來判了幾年的徒刑。楊冪攜款背離他以後，他的身體狀況就日趨漸下，更有什麼心臟病、糖尿病一直纏繞著他。如今，他也已年逾古稀了，依然一個人孤苦伶仃地生活著，從前貪來的鉅款，早已被人騙的騙，拿的拿，沒有人再願意和他保持聯繫，他沒有想到自己會是這樣的下場，只有一個當地醫療機構派出的看護人員會定期地來照看他一下，他每天主要的事情就是一個人長時間地呆呆地坐著家裡門口，看著整天忙碌的路人，回想著自己曾經經歷過的歲月和往事，他想他的人生就如從荷馬史詩《奧德賽》中的仙境夢幻演繹成莎士比亞《李爾王》中的的悲劇命運……

風燭

從前每年秋天時節處死犯人叫「秋斬」，也許是秋季充滿著蕭殺的氣氛吧。犯人被押到街市口，看熱鬧的總是人頭簇擁，等到一聲令下，劊子手便大刀一揮，犯人的頭立刻落地。雖然是看熱鬧，卻也是警示的方法。不過到了現在，一般放在「五一」前夕，每年人們計畫著怎樣過假期的時候，便有一批犯人要被處決。「五一」是國際勞動節，是一百多年前為了實行「八小時工作制」，芝加哥工人舉行大罷工換來的工人的節日，所謂「勞動節」。在以前的勞動節，還充滿了政治意義，代表著全世界無產階級的勝利，同時意味著資本主義的沒落與死亡。所以過勞動節很隆重，官方講話，文藝會演，甚至遊行和焰火慶賀。如今誰也不會去想那檔事，一年到頭工作，緊張忙碌，趁著春天的假日，盡情地休閒放鬆一下。每當這個時節，市監獄裡的氣氛有些詭異，安排好的處決名單和時間，此時正在作最後的審核。對那些死囚驗血，隨後被調離到單間。單間一般位於囚室的最裡邊，有專人看守。這樣，從裡到外，便又多了一層監控。

上午，郭金燕被要求離開集體關押的地方，單獨住進了一間平時並不開放的單人囚室。這種「優待」表明了這幾天她就要被處決了。單間平時少用，所以比較整潔，而且寬暢，除了一扇鐵門上的小視窗，沒有其他的視窗。她似乎早有預感，法庭對她宣判了死刑，她也沒有上訴。事到如今，她已不再感到像以前那樣有種求生的欲望，一切只能面對現實。她希望自己行刑的時候不會太痛苦，一下子就這麼過去了，像平時睡著了一樣。她也希望自己的父母能夠扛住，就當沒有生她這個女兒。她不時地回想起自己童年的時光，小時候和姐姐一起玩耍的情景，還有那些小同伴，如今她們和自己一樣都已成年了，正在過著走向社會的生活。結婚早的女孩子，還有了自己的孩子，可自己卻就要被處決了。想到這裡，她還是傷心起來。要是自己沒有生得那麼好看，也許就不會有這樣的結果了。曾經一直以自己的容貌而驕傲，自己從小學起，就被學校裡的男生獻殷情，社會上父母的同事見了她，都會禁不住地誇她漂亮。學校的文藝隊把她招去，到處參加歌舞表演。為了使自己成材，父母也把所有的錢都花在了她身上，請專業老師教舞蹈練唱歌，高中畢業就報考了幾所音樂學院，雖然考上了，心裡卻明白沒有背景很難出人頭地。有些天賦平平的選手，卻因為有了靠山，就能成名成家，甚至還能混個支藝兵，做個軍官。為了搏出位，她自己也開始找起了門路，結果是一次又一次地被騙，一次又一次地做人工流產，弄到後來身體損害過度而喪失了生育的功能。就在那次又受欺騙，絕望之餘，終於釀成了一起殺人的事故。

囚房的門被打開了，麻木中她的心裡此時還是有些慌亂，進來了兩個看守，解開了她的手銬，又給了她一件新衣服，說是她母親帶來的。現在要去和她父母做死前的道別。她很快梳理了一下，換上了那件新衣便跟著看守，來到了指定的會客視窗前。看到女兒面容憔悴，而且就要被處決，一見面，視窗外的父母和姐姐便哭得死去活來。她父母各拉住女兒從視窗下間縫中伸出的兩只手，他們緊緊拉住寶貝女兒這雙還很姣嫩的手，她母親更是哭叫道：「寶貝心肝呀，讓媽媽替你去死吧……」他們拉住她的手，一刻也沒有鬆開，好像這樣女兒就不會離開自己了。因為他們的情緒過份激動，會面的時間被提前結束了。到了第二天中午前，兩個看守送來了一盤飯菜，裡面有魚有蝦，還有雞腿和紅燒肉，加之一些蔬菜。她明白，這就是「斷頭飯」。她終於哭了起來，又說自己什麼也不想吃。看守告訴她，她一定要多吃一點，否則到時候肚子餓，要趕路又要上車下車，會沒有體力支撐的。於是，她停頓了一會兒，橫橫心，吃了起來。吃了沒幾口，實在吃不下，又給她喝了幾口燒酒，這樣，她的恐懼心理減少了一些。

隨後，她被帶到了更衣的地方。在這裡她可以更衣，化妝，和女獄友、獄警做道別之類的事。最後，她剛卸下手銬的雙手要用繩子反綁起來，由獄警押送出去。因室外的空地上，站滿了獄警和武警到了一輛大卡車前，便有兩個武警把她扶上卡車，站到了卡車上方後又面朝外，兩名武警一左一右地用一隻手押住她。同時被押上的還有幾名男犯，這樣，卡車上形成兩排。押送郭金燕站在靠車頭的是一位年僅二十歲的武警戰士馮剛，他才剛入伍兩個月，第一次經歷這樣的場面，面對這樣的任務，與其說令他感到好奇不如說是心慌。可當他一眼發現她是一個和自己的年齡相近，又十分漂亮的女人時，他的內心亂了起來。他想自己押送這個女人去刑場，如果不是去那兒，要是挽著這樣的一個女人去逛街，那該有幸福啊。他立刻收起了自己的神情，他不能讓周圍的人看出他的心思。不過，他想，也許其他的戰士也會像他那麼去想，只是自己有機會押送她而已。真的，她很美而且此刻顯得冷靜，甚至有點從容。能這樣「慷慨赴死」，如果是在戰爭年代，定能成為女中豪傑，可惜命運捉弄了她，聽說她被人誘姦，又殺了人，所以被判死刑。

車隊先駛向一個體育場，在那裡先進行公審。到了體育場內，他和另一個戰士幫扶她下了車，雖然下面有梯子，由於她雙手被捆綁在後，她還是很難控制住身體的重心，他立刻就扶了她一把。此刻，他注意到她看了他一下，好像做了一個短暫的眼神交流。他繼續押送著她，直到指定的地方。將被處決的人排成一排，每個死囚的後面都有兩個武警押著，其餘的武警又在後面排成隊列，擺出了壯嚴的氣勢。廣播裡又大聲地宣讀著犯人的罪狀，馮剛漫不經心地聽著，又不禁聯想起自己，和她一樣，當初為了追夢，也經歷過同樣的人生挫折。在他入伍前他曾離開農村老家去都市打工謀生。記得那年離開家鄉時，對著僻遠落後的家鄉，他暗暗發誓自己一定要混出個人樣。穿過了鄉村的小路，很快汽車把他們送上了高速公路。「終於自己可以去掙錢了。」他看窗外，對未來他滿懷憧憬。當他第一眼看見繁華的大都市時，他的內心充滿了喜悅，並想著自己將來一定要生活在這樣的城市裡，自己要掙錢，有一天能像都市的人一樣，住上高樓大廈，開上小汽車，還要找個和都市女人一樣漂亮、時髦的媳婦……不久，他就來到了一個建築工地上。

工地就在大馬路旁，四周都是漂亮的高樓大廈，只有這幢樓才剛剛建了幾層。樓面上豎著無數條赤裸裸的鋼筋，他的工作便是在鋼筋上纏鐵絲。他先是跟著一個師傅幹了起來，沒過一會兒，太陽就高高地升起了。他只得忍著幹，可太陽越來越火熱，身上早已渾汗如雨，而且被暴曬得發痛，雙眼也冒起了金星，又沒有任何可以遮蔽的地方。他想避開一會，找口水喝，別人身上有水壺，自己第一天不知道情況，也不好意思去喝別人的水，監工又站在一邊朝著自己的方向注視著，於是，他一分鐘，一分鐘地堅持著。直到午飯的時候，他癱軟地坐在水泥地上，吃著菜湯和饅頭。飯後再拚命地從下午幹到晚上，晚飯吃的還是一樣的伙食。他本以為終於可以好好地休息了，可晚上又必須加班，周圍高樓上霓虹燈閃耀，只有工地上被照明燈照得通亮，還有轟鳴的攪拌機聲響。抬頭向天空望去，只是一片漆黑，哪裡比得上家鄉，到了夜晚，稻田上一輪明月，小溪邊蛙聲不斷，幽靜卻令人感到快意。到了半夜收工以後，拖著沉重的身體回到了宿舍，仰頭便倒下。因為是鐵皮棚屋，雖然夜深，卻還是悶熱得連氣也喘不上來。不洗不漱，裡邊全是煙味、汗臭。熄燈後，更有打呼嚕的，磨牙的，講夢話的，放屁的，還沒有家鄉的豬廄過得舒暢。堅持不了幾天，他想著要逃離這個城市，這裡對於像他這樣的人，簡直就是煉獄。

接著就生了一場大病，身心雙重磨折，又上吐下瀉好幾日，不得不住進了醫院。住院費用很貴，幾天就花完了身上所有的錢，不得不暫時回到家鄉。他看到了父親臉上的無奈，母親的心疼，使他感到萬念俱灰。他不知道自己該怎麼辦，他甚至有點絕望，他不敢再想未來。幸好，徵兵的來了，他如願以償。不久，他又告別了家鄉，父母又開始歡天喜地。他來到了這座城市成了一名武警戰士，雖然站崗的時候有點累，卻充滿了自豪和軍人的威嚴，畢竟不用再自暴自棄了。

車又駛進了一片荒地。下車後他還站在郭金燕的左後方，此刻他想著再過幾分種，她就會死去，像殺一隻羊那樣，流著鮮血，掙扎幾下，然後就什麼也不知道了。可羊的屍體很快會成為桌上的佳餚，可惜她就會被燒成灰。人會有靈魂嗎？他又想著，如果此時自己能夠把她救下，把她帶到一個沒有人煙的地方，像古代的人那樣，生活在世外桃源裡，男耕女織，那該有多好啊。可惜，此刻她已站在了行刑的位置上，她的面容有些蒼白，卻依然美麗。不知為什麼，她向他回了回頭，好像想看清楚他的面容。雖然此時他戴著一副墨鏡，可那天天氣格外地晴朗，所以透過鏡片依然可以看到他的眼睛。他只是麻木地站著，好像子彈會向自己飛來，如果真的能夠替她去死，自己也在所不惜。執行的命令下達了，一個戰士往左貓下身子，他往右，看起來動作有點怪。幾秒鐘後，隨著一聲槍響，她脫離了他的手應聲倒地了，他不由地掙開了眼睛轉過頭去看了一眼，這場景簡直令他昏厥，她的身體扒在地上，上半個頭不見了，被子彈打爆的，在她的屍體周圍到處是飛濺的腦漿，慘不忍睹。她的身體還有抽動，剩下的半個頭還在流血。一條鮮活的生命就這樣消逝了，在自己的眼皮底下，這麼令人無奈，令人氣絕……

群英會

新上任的李副市長是科學院院士出身，他平生最恨的就是假廣告，他一直抱著懲治假貨的決心。他覺得，假貨就像是人體中的異常細胞，如果不對它們進行遏止，人體就會因此受損惡化直至死亡。為了改變社會上假貨成災的狀況，李副市長在一次大型的招商活動中，請來了許多社會達人和知名人士，共同獻計獻策。賓客來自各行各業，除了企業界人士，還有科學院的院士、軍界代表、宗教人士和知名作家。李副市長萬萬沒想到，他決心徹懲那些假食品、假飲料、假藥乃至假鋼材、假水泥等社會亂象時，那些應邀來出謀劃策的各路豪傑中，就有不少假冒各種身份的人。這看來多少有些荒唐，猶如從前的皇帝，派了貪官去查貪官，結果可想而知。

在招待會上，副市長代表市長和全市人民，作了熱情洋溢的發言，對於會的代表寄予了深切的期望。在熱烈的掌聲中，代表軍方的羅將軍接著上臺準備發言。羅將軍可謂儀錶堂堂，身材魁梧，筆直的腰杆一派將軍的氣質。在商界，他早就是個響噹噹的人物了，什麼招商、剪綵、乃至建軍節等大型活動到處可見他的身影。企業的生存與發展，靠的是人脈，有羅將軍這樣的人物到場，企業的知明度和公信力也會有很大的提升。當然羅將軍也不是省油的燈，什麼出場費、差旅費、娛樂交際費總有人幫他支付。羅將軍每每出現在公共場所尤其是別人的宴請，當他一出現在場上，個個起立為他鼓掌。在一身將軍制服的襯托下，羅將軍微笑地環顧四周，用他固有的拍手方式，他左手平方在胸前，再用右手輕輕地往下拍，面帶笑意地步入為他事先安排好的餐桌前就坐。此時，羅將軍神情淡定地開始了他的發言。

同志們、朋友們、戰友們：

我榮幸地代表軍界前來參加今天的這次盛會，這個，城市要發展，就要有良好的規劃，李副市長今天把我們請來，就是要加深加快改革的步伐。這個，作為軍人，雖然我們不能直接參與城市的建設，但是，這個，我們可以為改革的決策者保駕護航嘛。這個，我們有理由相信，只要我們同心同德，我們就能克服面臨的一切困難……

最後，我要慎重地提醒大家，這個，我們不僅要搞城市建設，更要營造良好的社會風尚，創造良好的生態環境，這個，在場的各位啊，我們任重道遠啊。我們要緊密團結在市長、副市長的周圍，把我們的城市建設得更美好。謝謝大家！

大家放下手中的碗筷，為羅將軍的發言鼓掌。隨後，主持人又讓一位宗教代表人士發言。這位僧人法名尚一，大家都叫他尚一法師。他一身黃色僧袍，顯得有點搶眼。

市民們：

有人說，出家人嘛，無非是到處化化緣，在寺院裡念念經，好像和城市的發展沒有多大的關係。以前城市不發達，僧人就是這樣過的，現在城市發展了，僧人好像還是應該躲在深山僻壤之中度日，和城市的發展沒有多大關係。其實，無論是社會的發展還是人生的旅途，我們都會遇到困難和感到迷茫。如果我們心中有佛，我們就會堅定自己的信念，就會看到署光，走向光明。市民們，經濟越是發展，人心越是容易墮落，道德水準也會下滑，社會風氣變壞。如果是這樣的話，城市發展得再好，我們的生活會幸福嘛？所以我相信，市領導也充分意識到了，文化建設的重要性。在坐的代表，包括我們出家修行的人都有一份責任。我也會盡我所能，宣揚宏法，使人心向善，就如我們每天需要清潔城市拉圾那樣，不斷地蕩滌我們心中的灰塵，使人心得以淨化，這樣，我們才會過上真正的好日子。謝謝市領導的邀請，謝謝大家！

將軍是假將軍，僧人是假僧人，可他們早就練得一身本領，在大眾面前表現起來，比真的還像。接下來還有靠剽竊別人的論文而成為科學院院士的陸院士，由老子待筆而成為暢銷書作家的青年代表鐘忠也分別作了發言。同台的將軍、和尚、院士和作家等邊吃邊聊，交談甚歡。尤其是將軍和僧人之間，好似一見如故。到了午宴結束後，羅將軍興致正濃，又把尚一和尚請到了自己的客房，繼續交談。

羅將軍泡了兩杯茶，坐下後向尚一和尚談了許多自己的人生經歷，希望尚一法師為他指點迷津。尚一和尚見將軍心誠，他覺得機會來了，便從他隨生攜帶的布袋中取出一件「護身符」，又動情地說道：

「將軍，不瞞您說，在我包裡這『護身符』只有兩件，放了有一年的時間了，從五臺山出來後，我就一直沒有拿出來過，那些心術不正的人，浮躁的人我是輕易不會拿出來的，只有像你這樣的有緣人，才配擁有一個。一個人要發達，光靠努力是不夠的。看得出來，你的心智不凡，這叫『通天』，這是一種能力，更是一種『機緣』，有了這個『護身符』，你將事事逢凶化吉，心想事成。」

羅將軍雖然也見過些世面，卻對尚一和尚的話深信不疑，覺得他是一個「高人」，便產生了敬意。於是他很快從兜裡取出了一張百元大鈔塞給了尚一法師。和尚看了看，便放入了口袋。又對將軍說道：

「這『護身護』可是個被高僧開過光的靈物，我從不拿它做什麼買賣，只贈有緣人，看將軍也不是什麼凡夫俗子，望將軍給個吉利數。」

「吉利數是多少？」

「可以是八八八，也可以是六六六，看將軍的氣度。」

羅將軍此時心中有了戒備，心想，這年頭什麼樣的人都有，自己混到如今這個身份，只有別人向自己「進貢」的，哪有像這樣向自己伸手的。於是，他有些不快地說道：

「別看我是個將軍，我的錢都由我的內人保管，所以我手上並沒有多餘的閒錢。」

和尚聽了，便道：

「隨緣，隨緣。」

隨後，和尚又拿出了幾本經書，繼續和將軍談論。將軍聽了一會，覺得無趣，起身去了洗手間。和尚便趁機在將軍的茶水裡下了藥。待將軍回來，和尚又佯稱下午還要去見一些政要，便和將軍以茶代酒一口把茶水幹了。隨後，也去了洗手間，將軍坐了一會，看他遲遲沒有出來，以為他拉肚子了，畢竟，和尚的腸胃不如常人。將軍很快感頭有些暈乎乎，就在床上坐躺了下來。不一會兒，和尚見將軍已不醒人事，便大膽地摸起了他的口袋，他本想撈一票走人，可直覺告訴他這人雖然儀表不凡，怎麼看也像一個假的，又翻看了他身上的證件，覺得也不像是個真的。於是，他決定賭一把，他把將軍身上的幾千元現金和他的手機一起拿了出來，又索性一不做二不休，連同他身上的制服和證件還有車鑰匙一同拿走。為了他方便離開，和尚脫下自己的僧袍放在了他的身邊，隨後就揚長而去。

和尚明白，如果羅將軍不是假的，那麼他醒來後一定會立刻報警。如果他是個冒牌貨，他決對不敢報案。一直到了晚上，看將軍沒有什麼動靜，於是，他就從自己的房間打電話到羅將軍的房間，可半餉沒人接聽，他心中大喜，在他手上不僅有現金和手機，更有一把名貴車的車鑰匙，如果假將軍心虛跑了，那車就等於留給了他。

再說到了黃昏時分，羅將軍迷迷糊糊地醒來了，當他發現他身上的所有財物已被那禿驢竊走，他深感大事不好，不僅丟了錢財，就連他的將軍制服也被拿走，還有他的名貴車一定也被他盜走了。雖然假將軍又氣又急，卻也不敢報警求助，他覺得一定是這個假和尚發現了他是個冒牌將軍才敢對他如此下手。思前顧後，他想好漢不吃眼前虧，以他的人脈關係，以後一定要找到那個假和尚算帳。可眼下，他身無分文，只得披上那件僧袍，趁著夜色狼狽地離開了……

和尚換上了一套便服，拿著車鑰匙在賓館下的一個停車場轉來轉去，當他在一輛豪華的奧迪車前看到車燈閃亮後，他簡直不敢相信自己的眼睛。他在外遊蕩多年，從來還沒有像今天這樣令他感到自己真的發了大財。於是他迫不及待地打開車門，用手中的鑰匙把車發動了一下，到底是好車，發動機的聲響也很溫和，他難抑自己激動的心情，又感到可能假將軍正在找他，此地不能久留，便又急急地回房取了行李，退了房，直奔停車場開了車就逃跑了。

這和尚來自佛教聖地五臺山，早年因家道貧寒，雖然他學習成績優良，家裡無力供他上大學，高中畢業後只能在家務農。又染上了貪玩好賭的習氣，在一次搶劫後被捕，入獄八年。出獄後不思悔改，又到處遊蕩，想重操舊業又怕再坐牢，所借的高利貸無力償還，急切之中便狠心削髮為僧，得法名「尚一」。在寺院裡天天打坐念經，因耐不住這份寂寞，不久就離開了寺院。為了謀生，從此身披僧袍，以化緣為由，出入各種場合，又以替人消災為名，專門聳人聽聞，什麼家有「血光之災」、「犯太歲」等，然後取出「護身符」，再強行斂財，時常做些順手牽羊的事，不想這次出來巧遇將軍，賊人賊心，直覺這將軍是個冒牌的，便搭訕行騙起來，沒想到假將軍看起來也見過些世面，卻也栽倒在他的手中。

當尚一和尚正準備回家鄉，把車買掉再做些高利貸的買賣時，沒想到他手中的假將軍的手機響了。他開始不敢接聽，以為是假將軍打來的。直到他查看了一條短信：

「羅將軍，您在哪兒？孩子上軍校的事還請您多多關，二十萬現金已經準備好了，隨時可以交付。」

和尚看了，心裡一震，想到又是一個發財的好機會，便平復了一下自己的心情，隨即撥通了電話，用假將軍的口吻說道：

「喂，我是羅將軍，你好，你好，這個，我給你一個帳號，等你把錢打進去後，我立刻就把一切事宜辦妥。」

「這麼大的一筆錢，我還是當面交付，也可以收個憑據什麼的，望將軍見諒。」

「什麼，憑據？哪有首長幫人辦事寫收據的，如果你覺得不放心，那你就另找出路吧，這個，委託我辦事的人不少，我能到處去寫收條嗎？」

「那麼請問將軍，學生是軍校委託培養的，畢業後，您能幫忙進部隊工作嗎？」

「這個，沒問題，一畢業就轉入軍隊中工作。」

「好吧，好吧，就這樣，請您把銀行帳號傳給我。」

「沒問題，不過為了謹慎起見，這個，帳號上不會出現我的名字，你只要照我提供的資訊轉帳就可以了。」

和尚明白事不宜遲，急忙去了一家銀行，用身上的假證件開了個銀行帳戶，又催促對方趕緊把錢匯了。心想：還是假將軍利害，一本萬利啊，看來在這個世界上，沒有做不成的，只有想不到的。

再說這假將軍，人家也是幹了十幾年了才有今天這個場面。起初隻是為了買火車票方便，去了一家專門賣這類假軍服的店，為自己配了一套軍服，選了一個中尉的軍銜，又弄了個假軍官證，便開始了他的撞騙生涯。漫漫地，他的圈子越混越大，求他辦事的人也越來越多，什麼招生、提幹、調動工作，弄了些錢，而且還騙到了女人為他生了孩子。在這期間，他的軍銜也越變越大，從中尉到中校，再從大校到少將。他的日子過得不錯，有人明知上當吃了虧，卻也不敢聲張，有的怕丟醜，有的怕惹事。可他萬萬沒想到山外有山，竟然被一個和尚耍了，而且損失巨大。一路上，他一邊想著怎樣報復那只禿驢，一邊也用假和尚的騙術以「替人消災」的名義騙些錢財，他根本看不上這些錢，可他除了一身僧袍身無分文，不得不靠化緣、行騙度日。直到他回到自己的家鄉，又開始重操舊業……

死亡預謀

大家都叫他鬼子六，也不知道為何這樣叫他。他曾經想賺很多的錢，很多，讓老婆有錢花，要買什麼就可以買什麼，自己還可以在外包養一個年輕漂亮的女人，可他也知道，那是自己在做夢。不過，也不算是在做夢，只要有膽，有機會，他會大幹一場，哪怕是不正當的收入，也可以是犯罪。如果賺了一大筆，坐了牢也心甘，總比這樣窩窩囊囊地活著要強。自己也算是一個要強的人，至少不是一個弱者。他留著一點小鬍子，給人一種精明能幹的感覺，誰也不會去小看他，而他總是在找機會。可是，就是這種令他很不滿意的生活也沒法過下去了，工廠怎麼就一下子沒氣了，倒閉了。他想都是那些只會貪不會幹的人把企業搞砸了，好好的一個企業，好好的生產線，如果管理行銷不出差錯，怎麼就會弄到連混一口飯的能耐也沒有呢，真的見鬼。那些無能的企業領導，對每個職工每人放發一萬六，就算是了事了。鬼子六和他妻子玉米棒兩個人（他妻子愛吃玉米，別人就這樣叫她）收了三萬二，就這麼三疊錢再加薄薄的二千，捧在手上又輕又沉，怪誰呢？出路又在哪兒呢？這點錢又能做什麼呢？可自己倒還從來沒有一下子摸過這麼多錢。如果不是這次下崗，有了這些錢，也夠老婆和孩子買上好些東西，可惜，這是打發費，也是喪葬費。他妻子說把這些錢放到銀行裡去，慢慢花，也可以過上幾年，再想辦法找事做。如果找到了，又有了這筆錢，也算是因禍得福吧。可是，沒有什麼專長，又沒有好的學歷，也沒有什麼他娘的手藝，找份工作談何容易。況且，還不能出任何一點狀況，如生病啦，有事急用啦，一旦花完了，那就慘了。不管怎麼樣，還得早點找份工作做，就憑自己這點膽識，沒准拉一幫兄弟搞個黑社會，收收保護費，或是搶個攤位，搞點運輸也能弄點錢，老子就不信沒有辦法。況且，現在多少還有點本錢。

正當鬼子六忐忑不安又雄心勃勃的時候，最近因為抽煙過多他老是犯咳嗽，不但咳，濃痰裡還有血跡。他本能地感到一絲恐慌，該不會是肺裡有什麼問題吧。嗨，管他呢，死就死吧。不過，他還是去做了一次檢查。三天后他提心吊膽地去看化驗結果，醫生說他的肺有問題，又支支吾吾不肯明說。他讓醫生明確地告訴他，因為他必須明白真相。醫生很不情願地在一張紙上潦草地寫下「肺癌晚期」四個字。他一眼就看清了這四個字，他愣住了，半晌說不出話，醫生勸他馬上住院做化療，並說採用中西醫結合的辦法，許多病人活了好幾年。他還是拿起了那張紙，痛苦不堪地走出了醫院。怎麼辦？他不斷地問自己，就這幾萬塊錢能治好這個病嗎，當然不能，這點錢遠遠不夠。如果自己還有三個月的存活期，再拖上一年半載，這錢花了就沒了，妻子孩子靠什麼吃飯？看來這錢是不能去動它的，自己最好立刻就死掉，死得越快用錢越少，自己根本沒有權力再活下去。他似乎下了決心，可心裡總有不解的結。他想，就算這錢一分不花地留給妻子，她們又能支撐多久呢？可憐的妻子不比男人那麼有機會，再出去打工掙錢，兒子才十三歲，今後又靠什麼成長？想到這些，他淚流滿面。就算有一個男人可以和他的妻子共同生活，他很清楚，他們的生活也不見得會有什麼改善。他忽然就有了一個主意，他想把他的那份錢拿去買保險，事故保險理賠多達幾十萬，像礦難、車禍那樣。同樣是死，也不能這樣白白地死，要死得安心。沒想到自己以前想發財的夢沒有機會實現，現在到了這個死的份上，卻可以實現自己的發財夢。他感到自己慢慢遠離了對死亡的恐懼，但必須把這件事做成。他研究了一些保險公司的理賠條款，他覺得完全可行。於是，他終於去了一家保險公司，花了整整一萬多元，就連辦受理的人也很奇怪地看了他好幾眼。可他不露聲色，一副漫不經心的樣子，好像他是一個「腕」似的。條款上寫有如果意外身亡，這筆保險就可以獲理賠五十萬元，他覺得自己這條命值了。於是，他拿了保險單，回家給妻子說明了情況。他妻子一聽就急了，為什麼好端端的要去買這個保險，而且是花了他的全部下崗費，她開始不斷地抱怨，又和他爭吵。他只是告訴她，他有自己的打算，這樣做完全了為了他們母子。他沒有告訴她真相，一方面怕她悲傷，另一方面怕事情會敗露。

鬼子六每天徘徊在熱鬧的街頭，他希望有一輛車會突然向他撞來，然後，他再看看這個世界，含笑地死去。而當司機受到驚嚇一場以後，無論是逃逸還是自首，這筆錢就會進入他妻子的帳戶。可是，一連好幾天，這樣的事情並沒有發生，而他自覺體力已一天不如一天，他不想再這樣拖下去。每拖一天，對他來說都增加了死亡的風險，這樣死去是分厘無獲的。可是他等不及了，他很想從高樓墜下，也算是個意外，可事故認定如果是自殺，也是白死。他越來越著急，他甚至弄不明白掉進河裡淹死算不算是個意外，他吃不准，所以他還是沒做。這天，有一輛公車在他面前駛過，他想該行動了，就在下一輛向他駛來時，他就突然橫過馬路，眼看就要被撞到，公車還是剎住了車，別人罵他「找死」，他冷冷地看了司機一眼，路上的人都嚇著了。

在他準備回家的路上，經過了一條比較偏僻的小路，他正愁找不到機會之際，卻讓他看見了驚險的一幕：一輛急駛的小轎車突然把路邊的一個女人撞倒了，隨後司機下車看了看，發現周圍沒有路人，便又一溜煙地跑了。他記住了車牌，又去看了看那個倒在路旁的女人，像是已經死了，嗨，天地下竟有這樣的事，想死的人找不著機會，無故的人卻這樣死了，如果撞死的是自己該有多好。不過，他又感到自己的機會終於來了，他找了個藉口弄到了司機的住址。到了那裡一看，還是一家私營餐廳，而且招牌菜還是河豚。他面無表情地坐了下來，點了幾樣小菜，也點了河豚，又要了點酒。他明白這是他此生最後的奢侈了。到了結帳的時候，他讓老闆坐在他的旁邊，然後正眼也不看他一眼，說道：「這菜的味道真不錯，昨天發生的事我都看見了。」此語一出，老闆頓時直冒冷汗，再一想，他來無非就是要點錢嘛。於是，他很快進去準備了一萬現金，哆哆嗦嗦地給了他，又道：「一點小意思。」於是，鬼子六收了一萬塊，神氣地離開了，一萬塊就這樣到手，他心裡一陣狂喜，買保險的錢弄回來了，老婆不用再抱怨他了。可那老闆雖然付了錢，畢竟是個人命關天的案子，又有別人看見，他深感此事非常地不妙，他每天提心吊膽地過著。果然，又有電話來了，這次要的數目是兩萬。他不敢拒絕，雖然他是小本經營一下子也弄不到兩萬，於是他只能東湊西借，可心裡感到，這樣下去也不是個辦法，給了兩萬，下次再要，三萬、五萬、八萬……怎麼辦，這可是個無底洞啊。看那人也不像是個正經人，又一臉的邪氣，這事可怎麼收場？不過，他還是克制自己，到了約定的時間，鬼子六照樣先坐下來吃喝了一頓，隨後，擦了擦油嘴，又道：「這魚太鮮了，我吃上了癮。」這話明明是說，他以後還要再來拿錢。他想和他拼了，別人起早摸黑的辛苦錢，就這麼好拿？不過，他還是把事先準備好的兩萬塊放到了鬼子六的面前，他心裡暗想，這可是老子最後一次給你錢了。「下次再來吃魚，你不會下毒吧。」他冷冷地說了一句，收了錢，揚長而去。店老闆天天在等鬼子六的電話，而鬼子六把收來的錢讓老婆保管，老婆追問錢的來歷，他只是說賭錢贏的。玉米棒一方面擔心，一方面還是把錢收好了，並關照他不要再賭，見好就收。而他卻說，他自己不賭，雇別人賭，是個高手。輸錢的是有錢人，找個刺激，玩個心跳，不在乎這些小錢。他老婆半信半疑。

那天，鬼子六又打電話通知店老闆要去吃魚，並讓他準備五萬現金。此時，他再也支撐不住自己，他想去自首但又害怕，他知道他再也搞不到這麼多錢，又擔心他去告發，現在，似乎只有一條路了，讓他吃下有毒的河豚，弄出人命最多是個意外。動手是禍，不動手也是禍，動手說不定還能滅口。於是他一邊弄魚，一邊做了手腳。他從裡邊看出來，鬼子六一副不可一世的形態，心想，就是再給他五萬元，他也不會甘休，這種無懶，只有讓他去見閻王。魚上桌了，鬼子六照樣吃了幾口，又渴了幾口，他忽然感到腹部一陣劇痛，他明白店老闆下毒了，這正合他的心意。

鬼子六死了，而店老闆也因為「過失殺人罪」而獲刑三年，緩行三年。他想還好，虧了幾萬塊錢，守住了祕密，那可是兩條人命啊。一條是逃逸罪，一條是謀殺，如果被查出來，死刑是跑不了的。現在好了，事情的一切真相都被掩蓋住了，他繼續經營著飯店，只是不能再做河豚招牌菜了。這樣，生意越發難做，客人都是沖著這道菜來的。他想等過一個時期，也許風聲過去了，他可以再做這道招牌菜。不過有一天，突然獨自來了一個女客人，她什麼也沒有點，而是交給了他一封信。來的女客人自稱是死者的妻子，此話剛落，他頓時雙腳一軟，感到大禍臨頭。他真的絕望了，他不知道該怎麼辦，也許一開始就是一個錯誤，不該肇事逃逸，不該被人敲詐，更不該蓄意殺人。他真的崩潰了，他顫顫抖抖地拆開了信：我是個絕症患者，謝謝你的招待。為你守住了一個祕密，我獲得了巨額理賠，我們來世再見。他彷彿看見了一個人，從天上漂下來，看著他，不停地大笑，於是，他也大笑起來，而且，一個人坐在那裡，笑個不停，一連幾天……

壯士斷腕

衛青夫婦租住在一間簡陋的小屋內，他們是低保戶，平時衛青靠外出撿些破爛來貼補家用。幾乎每天晚飯後的時間，他們聊得最多的是當地政府答應分給他們的一套近四十平米的樓房。那還是六年前的事情了，當初因為政府征地，他們便從自己的平房裡遷了出去，等待新樓房造好後，就可以搬進去住。合同裡還寫明，建樓時間為一年左右，如果逾期，政府還會給額外的租房補貼。當時衛青夫婦還滿心歡喜，沒想到住了大半輩子又舊又破的平房，不久就可以住入高樓大廈了。可是過了一年又一年，盼了一年又一年，政府的承諾還是沒有兌現，他們夫婦似乎早已陷入了絕望，低保的錢，一半用來交房租，也得不到任何的其他補貼，於是，衛青不得不時常出去撿些破爛，才能勉強度日。不過最近他老是覺得雙腿無力，他還抱怨著人總是「人老腿先老」，他的老婆長期患有糖尿病，也從來不去醫院就診，只是用撿來的香蕉皮和玉米須泡水喝，這是一個土方子，也不知道有多少功效。

眼下又快到新年了，雖然政府食言了，因為工程款不足，所建的高樓也早已停工了，不過和往年一樣，鄉鎮裡派來了幾個幹部，他們提著油拎這米，來看望那些低保戶了。儘管衛青夫婦滿肚子的苦水，可對著送「溫暖」來的政府官員也不好多發牢騷，他們還是懷揣著感恩之情，向送貨的人表示了真摯的感謝。看到那亮鋥鋥的油，還有一大袋米，衛青的老婆平時的怨氣好像都沒有了，她此時只是想著要過一個好年。

「嗨，大事情不幫著解決，我這輩子也不知道能不能般進我們的樓房。」衛青說道。

「我也是有這樣的擔心，可是人家大老遠送東西來了，又是大過年的，我也就不好意思再提了。」他老婆說道。

「他們也只是些跑跑腿的，就是跟他們提了也不管用，現在政府拿不出錢，開發商付不出工資，所以這事就擱著，只是苦了像我們這樣的人。對了，今天出去還得弄些新鮮的香蕉皮，那藥水用了好幾天了，要換新的了。」

「家裡的香也用完了，回來時也順便帶一包。現在也只有靠毛主席他老人家了，敬香時我要對著他的相片告訴他，現在那些官員自己有車有房，國家還要搞什麼『探月工程』，可就是不幫老百姓解決困難。」

衛青有天突然感到自己兩腳發麻，連站也站不穩，走路靠要撫著牆才行，他感到了一絲不詳。由於腿痛難忍，他只能整天坐著或是躺著。他想，過幾天就會好的，也許是自己在外面撿東西的時候，腿上的肌肉或是韌帶受了傷。為了減少腿部和身體上的疼痛，他老婆每天為他做些簡單的按摩。好幾天過去了，衛青腿部的情況並沒有像他期望的那樣好起來，而且他驚訝地發現，自己腳趾頭的顏色開始變得發青，他立刻明白這是由於腿腳的血液不流暢所導致的。他的老婆患有糖尿病，所以她的雙腳看起來又黑又腫，這使她走起路來總是一瘸一瘸的。可是到了現在，自己的情況看起來似乎更糟，會不會是自己的骨頭在壞死或是得了什麼肌肉萎縮症，如果真是這樣的話那可就慘了。他想，這些年為了等到新房子，他們在不斷的期盼和煎熬中，加之老婆的病，這一切早已經使他心力交瘁了，自己的年歲也在變老，體力也明顯不如從前了，自己的腳如果真的出了什麼問題，那自己還不如死了算了。

衛青的右腳開始越來越痛，到了後來就連強效鎮痛藥一天注射三次都不管用，而且，右腿上開始出現許多紫斑，而後變黑開始大面積潰爛、流膿、連腿骨都可以隱隱看到。由於潰爛的部位在不斷地向上蔓延，於是他有了截肢的想法。沒有錢去醫院，他就坐著輪椅去請求村診所的大夫幫他截肢。村大夫哪裡見過這種陣勢，他平常也只能幫人看些咳嗽感冒之類的小病，自己去鄉鎮的藥店裡買些常用藥，再拆開分成小包賣給別人，這樣也可以為買藥的村民省點錢。

「大夫，你看我這腳再不做截肢恐怕連命也保不住了。」衛青指著自己的腿向大夫說道。

「這截肢是個大手術，牽涉到動脈、靜脈，還有骨頭和麻醉等問題，所以要去大醫院才行。」大夫向他解釋道。

「這個道理我懂，那可是要花一大筆錢的。我想讓你幫我截，也不用上麻醉，就這麼忍一忍就可以挺過去了，那《三國演義》裡，華佗也不就是幫關公這麼做的。你只要用一把鋸木條的手鋸，像鋸木板那樣，只需幾分鐘就可以解決問題了，如果流血不止，你只要把血管堵住就行了。」

「不行，不行，這可行不通，這可是人命關天的大手術，你還是要去醫院才行。」

衛青不得已，他只能獨自離開了診所，心想，這醫生怕出人命不敢做，怎麼辦呢？一路上，他想與其活著這樣受苦，還不如自己死了算了，他一路經過泥濘的小路，眺望遠方，那裡有許多的大山，山下是湍流的河水。這幾年山上變得越來越光禿禿，河裡的水也越來越渾濁了，只有山與山之間的鐵索還在，自己從小出入就滑過，現在是下一代人在繼續滑，說是要修路建橋，可喊了好多年就是沒用動靜，和自己的新房子一樣，是一種絕望的等待。聽說長江裡的長江豚也快要滅絕了，就讓自己和這長江裡的江豚一樣，做個自我了結吧。就在他尋死之際，在他的腦海裡忽然冒出了一個求生的念頭，他想到自己動手截肢。

又是一個疼痛的不眠之夜，不過在夜裡他想好了，天亮以後，就把老婆打發出去買東西，然後就自己動手。他到底能不能完成這件事他心裡也沒有底，他也擔心自己做到一半因體力不支或是失血過多而不能完成，不過他想就是死也要去做。上午，他又看了看自己將被鋸掉的腿，那腿已經爛得像泡在水裡多日的香蕉皮，不過真的要動手了他還是感到非常地痛心，畢竟，自己從此就是一個缺胳膊少腿的殘疾人了，那樣子看起來就連自己也難以接受，就是自己自殺，多少還是一具全屍，不過事到如今也沒用別的選擇了。到了上午十時許，他按計畫把妻子支出去後，就取了袋裡的一把鋼鋸，還有一把水果刀，再把毛巾纏在一把癢癢撓上咬在嘴裡，就在自己睡覺的床上動起了手。

雖然平時這只腿腳時常麻木，可當鋸片真的一下子鋸到大腿的肉上時，鮮血很快就模糊了他的視線，他想一鼓作氣，就又連鋸了一會，當鋸條碰及他的大腿骨時，鑽心的刺痛使他難以持續下去，他深吸了幾口氣，迷迷糊糊又看了看鋸到一半的腿，然後緊咬牙關，又拚命的拉到起鋸子。此時他的床上和地上，早已流滿了他的鮮血，他自己也不知道他最後是怎麼把自己的右腳從膝蓋上方鋸了下來，當他看著自己被鋸掉的腿腳掉在地上時，他才感到松了一口氣，他又突然發現自己滿嘴是血，還從嘴裡吐出了四顆牙齒。因為動脈有栓塞，在他截肢後並沒有造成大出血。

衛青的壯舉震驚了村裡村外的人，人們紛紛佩服他驚人的勇氣和膽量，只是他還有一個願望，希望能按上一個假肢。他的女兒早早輟學在外地的鞋廠打工，老婆有糖尿病，心臟又不太好，家裡還有四畝農田需要耕種，如果沒有假肢，他就無法再站立起來。

衛青的舉動很快就被村民傳開了，人們簡直不敢相信會發生這樣的事，在他鋸斷自己的腿的這段時間，每天都有村裡村外的人來拜訪他，非得聽他親口敘述一番，人們才算是滿足了自己的好奇心，當他向來者表達了自己的願望後，別人除了誇他勇敢和對他的遭遇表示同情外，卻什麼忙也幫不到。不過這件事情有一天突然傳到了縣長大人的耳朵裡，縣長有天帶著幾個官員也來看他了，當他瞭解到事情的原委後，就立即吩咐手下的人要安排衛青去醫院配上一隻假肢。衛青夫婦聽了，只感動得淚流滿面，口裡又不停地念道感謝政府感謝黨之類的話。

衛青怎麼也不會想到自己的這個絕望的舉動會使他聞名遠近，而且縣長也親自來看望他，還為他免費做了一個假肢。縣長把這件事作為他惠民的善舉在媒體中大肆渲染，「如果沒有政府的說明，他這輩子也裝不起那只假肢。」

「他辛苦了大半輩子，連一隻假肢也裝不起，那他又該怨誰呢？」有一個媒體人反問道。

縣長頓時被問得啞口無言。

西門慶街

有個農民在自己的承包地裡發掘出一頭棺槨，因棺木用的是金絲楠木，很值錢，於是該農民自掏腰包請人來幫忙挖掘。正當他想著發大財之際，突然鎮政府派人來告知他，這是文物，歸國家所有，不可私吞，否則犯法。這個農民很是不服氣，眼看就要到手的一大筆錢，就這麼沒了，不過鎮政府還是答應給他一定的經濟補償。鎮政府派人把棺木抬走，又請來了考古人員做鑒定，最後也做不出什麼結論，只是根據葬禮的習俗，初步斷定為這是宋朝的一戶官宦人家，因是夫婦同葬，實屬稀罕。雖然金絲楠木還值點錢，可因為地下水的原因，棺木已經腐爛，因此也值不了多少錢。此事又傳到了縣衙門，縣裡也派人做了鑒定，結論卻令人大跌眼鏡，說這棺材裡裝的不是別人，乃是西門慶大官人，同葬的也並非是他的原配夫人，而是小三潘金蓮。當年武松殺人逃跑後，西門慶的家人就把他和潘氏合葬在一起埋了。消息一出，傳聞鬧得沸沸揚揚，由於來看熱鬧的人實在太多了，於是，縣衙門靈機一動，把鎮裡的一條商業街命名為「西門慶街」，並在鎮政府外建了一個露天平臺，上面放著棺槨和介紹欄，四周有鐵柵欄圍住。這樣，鎮裡的人氣從此就旺了起來，街上的商鋪不斷增多，服務業的銷售額也大幅上升，加之小攤位林立，各種物品也算是應有盡有，古時候《清明上河圖》裡的汴京城，熱鬧也不過如此了。

藉著西門慶大官人的東風，西門慶街上的診所也是開了一家又一家，本來就有一家藥鋪和一家針灸診所，現在又開業了皮膚科診所。開業者沒有資歷，也不用行醫執照，只是在門面外的櫥窗玻璃上滿滿貼有廣告內容：祖傳秘方，歷史悠久、始於宋代。專治：白癜風、濕疹、皰疹、紅斑狼瘡、牛皮鮮、酒槽鼻、黃褐斑、青春痘等各種皮膚疾病。由於街區熱鬧，來問診的人也不少。於是，鄰店的門面開了婦科，同樣是滿櫥窗的廣告字：專治婦科包括陰道炎、卵巢囊腫、宮頸糜爛、子宮肌瘤、外陰炎、乳腺癌、宮頸炎、盆腔炎、白帶異常、經痛等。不久，又有一家針灸所開張，廣告商的專案包括：治療失眠、脊椎病、腰椎間盤突出、近視、抑鬱症、耳鳴等。更有大膽的診所，宣稱專治各種惡性腫瘤，包括：肺癌、胃癌、食道癌、腸癌、肝癌、乳腺癌、白血病等。稍稍瀏覽，彷彿天底下的各種疾病，只要到此街一游，找上幾家診所，便解決問題了。雖然縣市裡有大醫院，不過因為費用的關係，很多人還是到診所來就醫。病人一進來，郎中先是號脈，然後講上一通脾虛還是腎虛、陰虛還是陽虛之類的話，再開上一劑藥，有時還得用上什麼蛇膽、熊掌、甚至虎骨，雖然有違動物保護法，可郎中卻感到憤憤不平。

郎中這個職業由來已久，以前不用什麼資歷，懂點醫的，便可開業問診，講究全在下藥上。魯迅寫的小說《藥》中，就講到以革命黨人的血來治癆病，當然還有更絕的，從前有人得癆病，盜汗、咳嗽、無力、消瘦，如林黛玉這樣的病，用的處方中就要以女人的底褲檔片著藥引子才有效，否則治不好就會死人。日本人最能發揚光大中西文化，售出的商品中就有一款是女人穿過的底褲，配有該女子穿上這底褲的圖片，並說明底褲出售時新鮮程度，雖然不是為了治病，是為了賺錢，卻也是解了那種男人的癖。至於號脈，就更神了，不用直接在病人手腕上按脈，只要通過一條紅線，連接閨中小姐的手腕便可，叫「金線吊脈」。

人常說中醫越老越值錢，全憑著經驗辦事，有點像畫國畫，筆鋒中的順逆、快慢、轉折、正側、藏露全仗著經驗的累積。聽說趙老頭以前在部隊的衛生所工作過，又讀過幾年藥劑，問診號脈的事見多了，自己又喜愛專研，平時也學著開些簡易的方子。如今在西門慶街上也開了一家診所，又自稱家傳三代名醫，祖上又為御用，自己又蓄了長長的鬍鬚，便也開張並打出了這樣的招牌：專治各種各樣疑難雜症，包括腫瘤、內科、外科、婦科、骨科和做人工流產等。有人將信將疑，於是趙老頭便提高了嗓門，大發雷霆，並揚言：要是自己搞大了，恐怕醫院要關門了。要說這趙老頭只會忽悠別人卻也實在是冤枉了他，他不僅熱愛看醫書，平常還練練道術，令人感覺他身上帶有一種「仙氣」，尤其是對病症的分析，他多能引用《黃帝內經》中「天人合一」的原理解釋病因，並據此開藥除病。那天鎮派出所的吳警官就帶著他那患癌的老丈人來問診，並放下狠話：治好了，算你有本事，給你一個大紅包，還贈上錦旗，寫明你是再世華佗，如果治不好，我就封了你的門面，還以非法行醫罪抓捕你。問診之後，趙郎中胸有成竹，叫吳警官明天就去取藥，看到趙郎中這麼有自信，吳警官像是松了口氣。第二天一早，吳警官便又來到趙郎中的診所，見他來了，趙老頭先是拿出了幾大包藥，接著又把他帶到了後房的一個密室，吳警官心生蹊蹺，只見密室裡有張特製的床，床頭上有個洞，床周圍左右各有一個屏風，正當吳警官納悶之時，趙老頭讓他坐下，說道，這床很普通，不過，每當他診治絕症病人時，知道了病人的姓名和出生年月，他便晚上要獨自睡在這裡，睡著後，他的魂魄便要去陰曹地府查看閻王的生死簿，如果薄子上還沒有患者的名字他就大功告成了，隨便怎麼治，一年半載病人死不了。如果上面有患者的名字，那麼准治不好。人的壽命是有定數的，光花錢跑醫院是沒有用的，昨晚他查看了，沒有查到他老丈人的姓名，只要拿上他的方子，讓他喝藥，病人心結一解開，自然氣神回歸，日漸趨好。吳警官是半信半疑，不過聽了趙老頭的一席話，自己也感到輕鬆了許多。

據說吳警官的丈人又存活了好幾年，比醫生估計的要長許多，那是後話。鎮派出所離趙老頭的診所不遠，因為有了幾次接觸，吳警官對趙老頭的學識還是很信服的。有時鎮裡出了什麼大案，像殺人、強姦之類的，吳警官也會有意無意地去那診所閒聊一陣，聽聽趙老頭的意見。這天正聊到一個無頭公案，說是最近鎮裡發生了幾起強姦案，有一個男子竟在一天之內，先後對兩名女性實施了強暴，據受害人的反映，罪犯異地口音，在二十五歲左右，慌亂中無法記清楚罪犯的其他體貌特徵。要追查罪犯，勢必要進行排查，人力和時間都有限，何況罪犯得逞後會繼續侵害其他女性。如果不能及時收網，罪犯就會轉移居點，這樣對破案會造成更大的困難。吳警官感到備受壓力，排查範圍也在不斷擴大，令警員忙得疲憊不堪。趙郎中聽了，皺了皺眉頭，又歎道：此人乃病人一個，要及時查找到嫌疑犯，只要重點去河道邊排查，尤其是橋口處的外來居民。吳警官聽後也沒特別在意。這天又帶著幾名警員在鎮裡走訪，突然想起趙老頭的一席話，便順道去了幾個橋邊處進行巡查。查詢了幾十戶，發現了一個口音和體貌特徵與罪犯的相似，被查詢者見了警員又十分地慌張，後經審訊，該罪犯對所犯罪行供認不諱。這下吳警官對趙老頭佩服有加，又去了他那兒討教對案件的推理方法。趙老頭此刻賣起了關子，他先是歎了口氣，又搖了搖，只說，人已抓獲，案子已結，他就安心了。吳警官只得再三懇求，趙老頭才又說道：年輕人血氣方剛，住的地方又是河邊，水主腎，而橋阻水，這樣的地理環境使他的精氣受阻，累積到一定程度時便會控制不住，對女性實施性侵犯。吳警官聽後一連嘖嘖稱奇，又心生疑問問道，為什麼只有犯罪嫌疑人才會這樣，別人就不會受影響，趙老頭又道，這和癌症的原理一樣，同樣的環境有的個體發生了病變的症狀。利用傳統的醫學知識來斷這樣的案例，是神奇還是巧合？吳警官還是有些疑惑。不過，沒過多久，又有一個性侵案子令警方犯難，一時間難以偵破。吳警官又想到趙老頭斷案的事，便又來到了他的診所。說是有罪犯，近來連連襲擊了幾個女子，卻又不對她們實施強暴，而是用利器對她們下體進行殘害，弄得縣城的女人夜不敢出戶，就是上下班也得有人護送。據受害人口述，罪犯的年紀在三十左右，體型較小，相貌特徵表述不一。趙老頭聽了，想了想，向著吳警官叫了起來：破廟、破廟，還有後山，在破廟四周和背靠山地的一帶住戶進行搜查，定能有結果。因為有了上次的經歷，吳警官便組織人馬分頭巡查。有人大罵瞎鬧瞎跑，有人說趙老頭有特異功能可以試一下。本來局裡把排查的範圍從五公里擴大到二十公里，吳警官集中警力在後山和破廟一帶進行仔細排查，最後篩選出犯罪嫌疑人。破案後人人稱奇，就連公安局長也認定趙老頭是個高人。趙老頭還是大談醫道，賢主性，驚傷賢，罪犯沒有能力對女性實施性強暴，卻惡毒地殘害女性下體，說明在罪犯的成長過程中，受過巨大的驚嚇，並留下了後遺症。自然，這樣的事最可能發生在破廟和後山，那裡是拋屍的場所。事後據案犯交代，小時候起就和人一起在破廟玩，有次確實看到了一具已經腐爛的屍體，很可怕，而且長期受其影響，從此每當路過那裡，心裡就會非常害怕，他會加速奔跑，直到遠離那個地方，所以到了青春期，產生了極度的陽痿，以致女友也因此分了手，所以心懷嫉恨，才對那些女性做出了如此下流之舉。

趙老頭從此名聲大振，那些看腫瘤、婦科，內科的病人，經常來問診。那天，吳警官的小舅子帶著他的女友前來問診號脈，趙老頭為這個叫羊潔的小女子號了脈，又詢問了些她的病症，她有些不好意思地說道：時常地感到經痛，而且白帶異常，這本是中醫的常見病。於是，趙老頭照常開了以前為別人也開過的處方：車前草燉豬小肚。隨後，他們去藥店買些幹車前草，又去菜市場買了豬小肚，按方子上二十五克和二百克的份量，將豬小肚洗淨、切片，再加水，少量鹽，燉了半小時後便服用，每日一次，七天之後，白帶異常確有改善。另一張處方為用乾薑、大棗、紅糖各三十克，將前兩味洗淨，乾薑切片，大棗去核，加紅糖煎。按處方煎藥、服藥，適用寒性痛經。羊潔覺得，做女人真是麻煩，走在街上招蜂引蝶的，卻誰知身上有這個病那個病，有些顯露在外，有些難以啟齒。過了幾周，經痛和白帶症狀確有改善。既然趙老頭這麼有辦法，這青春痘還有便秘也可一併治一治。於是，羊潔又去了診所，要求為她的青春痘和便秘也開個方子，這可是她的最大煩惱。不過，先後試了野菊花煎水塗擦面部，和採用新鮮的枸杞子打爛後塗於面部，雖有改善，卻時有反覆。按趙老頭的說法，要澈底根除，要採用受孕產子的方法，便建議他儘快結婚並懷孕。生產後，再加以少許調養，問題便可解決，可羊潔並未打算馬上結婚，再說，就算結了婚，也未必馬上能生下孩子。趙老頭又道，這倒也不難，可在她懷孕數月之後再引產，因懷孕能使體內內分泌發生變化，流產後，效果和生產是一樣的。於是，羊潔回去和男友商量，男友雖有顧慮，可因她不僅有痘痘，摸撫時總覺她身上渾身雞皮疙瘩，很是不爽，更有便秘，難免口中常有異味，也叫人難以忍受，便想著，懷孕做流產，雖然有些風險，就一次流產，也不會對子宮內壁造成傷害。就這樣，他們決定等羊潔有了身孕，再去診所見趙郎中。

三月間，正是春風徐徐，西門慶街上的桃花盛開，引來一片春色。這天，羊潔跟著她的男友相約來到了趙老頭的診所。要說做這個流產的手術，也有不少花季少女，因偷吃禁果不慎懷孕的，又怕去大醫院，便來診所悄悄解決了事。羊潔躺在床上，只見趙郎中取出數枚金針，在下體四周紮了一會兒，便將羊潔雙腳吊起，因針刺麻醉後病人意識依然清醒，女孩子到了這一步，也顧不上臉面，任憑趙老頭拿著刮匙伸進下體進行一番刮弄，又將胎剪、圓鉗等物伸入體內，將碎胎塊塊取出。不久，羊潔忽感下體隱隱作痛，正痛苦地哼咽著，趙老頭見狀便寬慰她道，馬上就做完，再堅持一會。不久，她覺得下體不但發生劇痛，而且有大量血液流出。此時，趙老頭也慌了手腳，以前做這種引產從未出現這種意外，眼看流血不止，一時又束手無策，便馬上讓她的男友叫救護車。當救護車來到之後，便把臉色蒼白的羊潔送入進行搶救，可終因流血過多，造成休克死亡。這下可亂了套，誰也沒有料到這樣的後果，消息傳到了吳警官哪裡，氣得他立馬去診所抓人，那趙老頭見勢不妙，早已溜之大吉。吳警官封了診所的大門，又招貼了尋人啟事，便悻悻離去。

再說這西門慶大街上出了這樣的事，診所弄出了人性命，趙郎中又一走了之。市公安局、衛生局又不得不來查詢，關了幾家非法診所了事。可惜了羊潔，為了治好青春痘，卻丟了性命，她的男友又怎麼咽得下這口氣，便買了一把匕首，發誓一定要找到趙老頭，讓他償命……

還俗

羅漢一直相信，改變人生是要靠機緣的。他總是穿著一身灰色制服，手持一把大掃把，在新陽大街的肯德基餐店外，每天都可以見到他掃地的身影。他的表情看起來總是若有所思，有時他手持掃把，直愣愣站在一邊發呆。沒有人知道他在想什麼，可他卻在思考自己的人生。他已結婚生子了，他整天想著自己應該有更好的前途，可他又不知道自己的前途在哪裡。雖然他學歷不高，也沒有什麼其他的謀生技能，可是當他看見有人開著一輛豪車，帶著漂亮的妻子和孩子去肯德基店裡時，他的內心就會不平靜起來，心中的感慨猶如二千多年前，一個叫劉邦的種田漢子，當他看見浩浩蕩蕩的天子車馬隊伍經過時，便不由的從內心感歎道：「大丈夫就應該如此啊！」可他現在的狀況是每天辛勞的工作，一天的收入還不夠在肯德基店裡吃一個套餐。他和妻子倆人的每月收入除了吃穿和交一個小小的出租屋的租金外，就所剩無幾了，他知道將來孩子還要讀書，生病時的醫療費，和自己退休後的生活費，這些都要靠平時的積蓄。他只有在自己做夢時才在肯德基的店裡大吃大喝過。就這樣，羅漢很不甘心地在這條街上掃了整整六年的地，直到有一次，他看見一個僧侶模樣的人進入肯德基店裡，然後他從窗外看到那出家人獨自趴在桌上狼吞虎嚥的身影后，他才恍悟到，原來自己這樣辛苦賣體力，還不如一個出家的和尚過得體面。

他躺在雜亂擁擠的出租屋裡，腦子裡不斷出現那個和尚的身影。「他媽的，做個和尚也能風光。」

他整天腦子裡翻江倒海，接著就感到渾身無力病倒在了床頭上，又時常目光呆滯，一動不動地看著自家的天花板上。他老婆看到羅漢的樣子，心裡也不免擔憂起來，不知道自己的老公因為什麼事，使他受了這樣的刺激。

「你是怎麼了，老公？」他老婆擔憂地問道。

「你嫁給我時，我答應買一條金項鍊給你，可到現在我還沒有給你買。」他感到一種內疚。

「要那玩藝幹嘛，你買給我，我也不會去戴。」舊事重提，她感到有點意外。

「你就是想要，我也買不起，我是欠你的，跟著我，委屈你了。」

「我也不貪圖什麼，多掙一點錢，將來孩子的日子過得好一些就可以了。」她平靜地說著。

「我明天去單位結了工資，就辭職不幹了。」他說道。

「你這是要幹什麼？」她驚訝地問道。

「我今年已經三十六歲了，窮則思變，變則通，通則靈。國家是這樣，個人也是如此。」他堅定地說道。

「那你想幹什麼？」她知道他喜歡讀點書，可並不瞭解他到底在想些什麼，只是時常會獨自發愣。

「我準備出家做和尚，我想那是一條出路。」他又道。

她聽了簡直不敢相信自己的耳朵，於是，羅漢為她分析了當今天下的形勢，說明他辭去現在工作的原因，和去做一個和尚的種種理由。他的女人從開始的似信非信，慢慢覺得自己的男人所說的也有一定的道理。他告訴她，給他一點時間，再熬幾年，他們的生活就會澈底改變，再說了，就是自己以後一事無成，自己努力過了，也就不再折騰了，回來再心甘情願地掃一輩子的地也不後悔。幾天以後，羅漢帶著幾千元錢，告別了妻兒，他的內心不安但懷著對自己未來的憧憬，去了他事先打聽到的在千里之外一個景區裡的一家寺廟。

在長途跋涉的路途中，本來還有點憂心忡忡的羅漢不料看到別的出家人也在路途中，好像比自己先行了一步，他生怕自己醒悟得太遲，那些個機會都被別人搶了先機。於是，他暗自打量著那些僧人，心裡想著一定要儘快追趕上別人。當羅漢終於來到了目的地，便戰戰兢兢地向一個廟裡的小和尚說明了來意，那小和尚也不好做主，就把他帶到了一個主持那裡。

「叫什麼名字？」主持見了他，便隨口地問了一下，又想著快快地打發掉這個不速之客。

「羅漢。」他小心翼翼地回答道。

「什麼？」主持感到有點意外。

「羅漢，十八羅漢的羅漢。」他沉著地回答道。

「這是你的真名嗎？」主持問道。

「是的，我有身份證。」他感到機會來了。

「證件又有什麼用，現在是高科技時代，要隨便弄個什麼證件還不容易。我要看到你的誠心如何，如今想到這裡來混飯吃的人不少，這裡又不是混飯吃的地方，為什麼要到這裡來，是生意失敗了，還是夫妻不和了，或是遇到了什麼不順心的事，就想到了出家？」主持向他發問道。

「不順心的事經常有，可出家是我的本意，如果這輩子通過修煉，來世能夠像自己的名字一樣，修成一個羅漢，就算是我的大福報了。」他回答得振振有詞。

「阿彌陀佛，看你心誠，就允許你暫住此地，是去是留，日後再定。」主持最後松了口。

第二天清晨醒來，有個和尚就帶著他一起打掃起寺院，羅漢一拿過掃把，輕鬆自如地掃起了地，就連那個經常打掃衛生的和尚，也沒有他掃地掃得那麼乾淨俐落。從此，每天上午誦經後，羅漢就開始打雜，而其他的和尚也是各忙各的。有的在門口銷售門票，有的賣香，有的為客人撞鐘，還有的為客人篆刻名字和解籤等等。只要肯花錢，寺廟裡還提供各種規格的服務，什麼燒頭香、敲頭鐘、辦道場等。主持每天也會拿出他的功德簿，讓來客簽名，還要為簽名者祈福消災，隨後就要捐功德錢，多少隨意，三、六、九都行，就是三百元、六百元、九百元，三千元、六千元、九千元，隨客人挑選。

羅漢看在眼裡，心裡暗自嘀咕著，原來寺裡盈利這麼容易，香客隨便請一炷香，花費就超過了自己過去辛辛苦苦掃一個月馬路的收入。他想自己是來對了地方，每當看見主持忙著數錢，他心裡就暗下決心，自己將來一定要坐上主持的位置。好不容易熬到了發工錢的那天，他數了又數，足足是他掃地時工資的一倍，而且這裡還管吃管住。他感到自己終於走出了一條人生的光明大道，他想好了，等自己有了工作經驗，就去另謀高就。僅僅是半年以後，羅漢就耐不住性子，去了另一家寺廟，才幾個月功夫，就當上了執事，收入又翻番。又過了兩年，正逢原主持退休，羅漢接任，從此，他的月收入過萬。

整整三年的時間沒有回家了，現在是他「榮歸故里」的時候了。他脫去了僧袍，他的身形也有了明顯的變化。以前無論是酷暑還是嚴冬，他要在街上堅持掃地，他的身形廋弱，看上去就是平時營養不良的樣子，現在，他的體形開始發福，而且膚色白潤。在歸途的火車上，眺望遠方，從前生活的艱辛又浮現在他的腦海裡，想到自己終於能夠風光體面的回家，心裡不斷吟詠其當年漢高祖《大風歌》裡的詩句：大風起兮塵飛揚，威加四海兮歸故里。

下了火車，羅漢就見到了久別重逢的妻兒。兒子長大了不少，妻子看起來也比以前精神多了，看見體形略微發胖的丈夫，妻子什麼話也說不出來，只會刷刷地流著眼淚，這淚水有分離的愁苦，卻也有看到眼前丈夫的變化而產生的不安。他們一起回到了一間小屋，這裡比起從前又暗又潮濕的房間強多了，不過他馬上告訴妻子，他們要搬去一套更好的房子住，還要給她買首飾，要給孩子買最好玩的玩具。

「可是做個出家人，怎麼也能發財？」他的妻子不解地問道。

「不是說做個出家人就可以發達，要不然人人都去做和尚了，關鍵是你要做個什麼樣的和尚，是個只會敲鐘念經的呆和尚，還是能就地取材，靠山吃山，關鍵是你怎麼來經營這個買賣。以後我還要去承包新廟，然後為別人解解簽，指點迷津，這活很好使，別人願意出錢買忽悠，再做些像頭炷香的拍賣，敲頭鐘買賣，這白花花的銀子就會滾滾而來，你說如今這行當，想不發財也難。」

「我說你就是有本事，以前只是沒有找准機會，白白地讓你受了幾年的委屈，從今往後，我們一家就靠你這個頂樑柱了，不過就是有錢了，也要注意節省，不可大手大腳地花錢，更不可以在外花天酒地，以前你窮，我不嫌棄，可男人有了錢了，就會變壞，如果真的是這樣，我還不如過從前的窮日子。」

「人怎麼能夠永遠過窮日子，我在外面發了財，就是要讓你和孩子過上好日子，別人不敢再小看我們，我又哪裡是那種沾花惹草的男人，我還有許多的目標要實現，等我還俗以後，承包的寺廟裡，雇些主持和方丈，自己每天喝喝茶、泡泡澡，過得像神仙一樣逍遙，如果生意興榮，將來有機會還要開寺廟的連鎖店。」

第二天，羅漢帶著他的老婆和孩子，去了信陽街上的那家肯德基店，到了店裡，他希望能夠多碰到幾個他認識的人，可是，店員換了一批又一批，只有那個經理還在，他和經理打了招呼，看到羅漢如今發福的樣子，又聯想起他從前在店外掃地的模樣，不免有些驚訝地和他招呼起來。

「看來你是混出來了，有什麼機會也讓我跟著你發發財。」那經理說道。

「發財不敢，以後公司需要管理人才，可以和你做個同事，也算是一種緣分。」羅漢居高臨下地說道。

「今天的套餐，我請客，想吃多少儘管拿，嫂子千萬別客氣。」經理對著羅漢的老婆說道。

「謝謝了，謝謝了，還是花錢吃得香，你的情意我領了。」羅漢說道。

看著他們一家吃套餐的樣子，那經理在裡面悄悄地告訴了他的一個同事，那個帶著老婆和孩子的男人，三年前還在外面掃馬路，如今可是像個大老闆了。那同事看看羅漢和他的妻兒，感慨地歎道：「正是三十年河東，三十年河西啊，不知道自己這輩子有沒有發財的命。」

代孕

馮昆侖瞅著躺在一旁的吳瑕，讚美她長得好看。這是他們的初次見面，一個四十出頭的男人在賓館約見一個才大學剛畢業的女生並非出於什麼不正當的男女關係，也並非完全出於性的目的，他打量著她，他想著，自己和這個女人生出來的孩子會長成什麼樣，她膚色白皙，身材顯然是矮小了一點，嗨，是從小營養不良的關係吧，要不然也不會為了幾十萬元的錢，就答應用自己的肚子替一個陌生的男人生孩子。懷孕後會有妊娠反應，十月懷胎，到了忍著巨痛生出了自己的心頭肉後，卻又要馬上母子分離，他覺得這個女人很可憐，可她又終將是自己孩子的親生母親，所以他也不想太難為她，給她一個適應的過程，讓一個良家少女硬生生的立馬和一個陌生的男人做這樣的事也太難為她了。他的意思是大家先瞭解瞭解，不要讓她覺得自己在一個年輕漂亮的女人面前，露出一副猥鎖的樣子，全然不顧體面與尊嚴，迫不及待的露出一副賤相。這對自己的形象也很不利，畢竟，她不久就會懷上自己的孩子，也難保他們母子將來不再見面，還不如像個正人君子那樣，循序漸近的慢慢發展。這樣雖然好，可難免也會引起她的誤解，覺得自己並非只是借她之腹生子，還很溫情，大有對自己的老婆不再留戀，自己只是和那些江湖上的男人一樣，一見到新歡就貪戀，從來也不留戀什麼舊愛，所圖只是生理上的快感和心理上的放縱。自己雖然也有男人的弱點，可偏偏還有仗義之心，從不以勢欺凌弱者，更何況她還處在情竇初開的年齡段卻要為一個素不相識的老男人獻身育兒。嗨，真是罪孽！可她此時因為生活潦倒不堪，在一種絕望中產生的勇氣，這和在戰場上衝鋒陷陣的戰士又有什麼區別，一個是衛國一個是保家。這樣一想，對眼前的這個女子又產生了敬畏之情，嗨，可憐的女人，我那個未出生孩子的母親。此時此刻，想到自己的女人因為不能生育，就要眼巴巴地看著自己的男人理由正當的和另一個女人廝混，在她的心中又有著多大的委屈啊。為什麼不能像別人一樣去領養一個呢，可那畢竟是窮人的買賣，也助長了那些喪盡天良的人販子。富貴人家當然要親生的，那是血脈相傳啊。我們馮家祖先也是大將軍出身，哪能在自己這個不孝之輩手上斷了祖輩的香火啊。

她不知道這個男人到底想要幹什麼，她擔心他會後悔出這個價。自己可還沒結果婚啊，就連懷孕是什麼滋味也從未體驗過。要不是小時候被繼父這個畜生糟蹋過，自己如今還是一個處子之身呢。來吧，來吧，反正男人都是畜生。一想到自己的身體會被注入眼前這個男人的精液，心裡有種說不出的苦惱。身體本來留給自己愛的人，身體裡的寶寶也應該是愛的結晶，可如今她卻要被一個不速之客占為先機，任他對自己的身體肆意妄為，自己將成為一個代孕媽媽。從此，自己不再是一個少女，而是一個有夫之婦，待小孩分娩後，自己就變成了一個事實上的母親。可在現實生活中卻還要繼續以一個少女的身份出現，還要假裝羞澀地和一個翩翩少年去約會，去戀愛，去共同建立一個家庭，去懷孕生子，可這一切似乎都要在欺騙的遊戲中完成，這對於一個渴望愛的女人將是一種怎樣的致命的打擊，這對於他又是如何的不公平。終有一天，他會發現事實真相，他會痛苦甚至絕望。他會發現他的真摯感情被人愚弄，曾經一往情深的愛人原來只是一個做過別的男人的老婆的女人，是一個為別人生過孩子的女人，這種欺騙是如此地令人感到作嘔，十惡不赦。從此，他將終日鬱鬱寡歡，而自己也會落得一個被人遺棄的下場。一想到自己的命運將會如此，內心是多麼地不寒而慄。可是，事到如今，自己還有別的選擇嗎？自從母親和自己離開了沾汙過自己的那個畜生，母女間的生活突然就沒了依靠，生活的含辛如苦難以言表。可是沒想到大學還沒念完，長年累月過度辛勞的母親終於病倒了，此時此刻，自己除了赴湯蹈火別無選擇。

一到晚上見丈夫遲遲不歸，趙雅萍就心神不寧，她總是想著，此時此刻，自己的老公在哪裡，是不是和那個女人在一起，他和那個女人做愛的感受又如何，他只是就事論事還是像曾經和自己那樣既溫存又甜蜜。一想到自己的男人被這個女人佔有，她心如刀割。可是她必須忍著，他的行為是經過自己默許的，誰叫自己的肚子那麼不爭氣，就連一隻母雞都不如。一想到這個女人既漂亮又年輕，她擔心自己老公感情的天秤會不會漫漫地向她傾斜，況且，她還懷著他的骨肉。現在的女人也真不要臉，為了錢不僅可以賣身，居然連子宮都可以出租，那些女人，雖然有的也受過高等教育，居然千方百計地爭著做別人的二奶，為了貪圖享受做人的人格都不要了，真是世風日下，讓人無以言對。不過話要說回來，自己當初嫁給昆侖還是幸運的，他自始至終都沒有想過要背叛自己，比起他身邊的那些男人，家中有兒有女，仗著有幾個臭錢，就隔三差五地在外面包養女人，動不動就想著和老婆離婚討新歡。無論如何，自己的丈夫還是一個有情重義的好男人。等他的孩子出生後，只要是他的血脈，自己也會視若己出，好好把孩子養大，培養成人，將來像昆侖那樣有出息。當然自孩子出生起，孩子就有自己和奶媽照看，那個女人拿了該拿的錢，就應該乖乖地遠走他鄉，永遠地消失在自己的視野之中。

她終於平靜地脫去上衣，裸露出一對粉嫩的乳房，他打量了一會兒，便伸過手去撫摸了一下。說來奇怪，她感到眼前的男人對她有一種憐愛之情，她忽然從腦中閃出了另一個男人趁她不備之機忽然從她的身後撲向她並拚命扯開她的上衣然後對著她的胸脯一陣亂摸的場景。那年她才十二歲，就遭繼父偷襲。從此，只要身後有人閃過，她就會本能地捲縮起身體，雙臂緊抱前胸，並渾身打顫。她輕輕地倒在他的身旁，也撫摸起他的身體，一會兒，他雙手抱起她的頭就親吻起來，他沒想到她會這樣做順從，合同裡女方並沒有親吻的義務。他覺得她的體味很好，他不停地親吻她。

「如果可以娶倆個老婆，我就娶你了。」他說道。

「等生過孩子後，又有誰會娶我呢？」她歎息道。

「我會守護你一輩子的。」他回想起曾經對他的妻子這樣說過，也不算發誓，他心裡就是這樣感覺的。現在，命運中又有一個年輕的女孩成了他的性伴侶，她年輕、嬌嫩、甜美，其實他還是蠻喜歡她的，前提是不會傷害到自己的妻子，她不能生孩子，彷彿上天有意考驗他對她的情感有多深，他想讓妻子明白，他對她的愛是命中註定般的不會改變。況且，妻子容忍他「出軌」，就足以證明這個女人對自己的丈夫的愛有多深，內心又是多麼地仁慈。他和她斷斷續續地交往了幾次，幾個星期後她就懷孕了。興奮之餘，他實在是不敢相信，為了生一個孩子，折騰了他們夫婦十幾年的心病居然就這樣輕而易舉地被這個女人解決了，而且從此他們的人生再也沒有什麼遺憾了。想想上天也是公平的，一個富有、恩愛的家庭偏偏生不出一個自己的寶寶，而一個沒有正常生活條件的女人，她的生育能力卻異乎尋常地強盛。

他為她租了房子，還請了一個傭人照顧她。在她的懷孕期間，馮昆侖天天想著吳瑕，想著他那個將要出生的寶寶會是什麼樣子，她總是一個人孤零零的生活著，沒有親人陪伴，更沒有讓她受孕的男人在她身邊呵護她，她的心情會有多麼複雜，會不會因為情緒憂鬱使她生出一個不健康的寶寶。在吳瑕懷孕的喜訊過後，馮昆侖便開始在內心變得焦慮起來，他一方面時時念著那個還未出生的孩子，另一方面還要顧及妻子趙雅萍的感受，以及懷有身孕的吳瑕的情緒波動。看出了丈夫的心事，趙雅萍便主動提出由她自己親自去照看和陪伴吳瑕，馮昆侖覺得這個主意不錯，畢竟她們遲早也是會見面的。只是他真的難以想像，面對吳瑕，趙雅萍會是什麼感受，況且她還懷著他的孩子。

當他們夫婦同時出現在她的面前的時候，吳瑕似乎才真正意識到自己在別人的心目中是一個什麼樣的角色，她對著眼前的這個女人先是有種內心的抵觸，可她馬上就醒悟到自己只是人家生活中的一個過客，就如同請來照顧她的施保姆那樣，當別人不再需要她時，她就必須卷起鋪蓋走人。自己的地位在他們的心目中連一個傭人也不如，自己是一個代孕者的身份，在床上侍寢過別人的丈夫。

「我丈夫不放心你肚子裡的孩子，我會時常來看看你，需要什麼儘管說，身體有什麼不舒服就要去醫院做檢查，以免生出來的孩子會有什麼缺陷。」趙雅萍看似關切地說道。

「我很好，太太，這裡有施阿姨照顧就夠了，謝謝您。」

「現在是幾個月了，孩子有動靜嗎？」趙雅萍又問道。

「現在還沒有，也許再過一陣子就有了。」她回答道。

「沒事不要到處亂走，要靜心養胎。有什麼事讓保姆去處理就可以了。」趙雅萍關照到。

「雅萍會時常來看你的，需要什麼儘管說，除了該給你的費用，其他的生活費用也會補償你。」一旁的馮昆侖也跟著說道。

此時吳瑕感到很是不自在，所以她故以冷場好讓他們早早離開，心想，自己是受雇生個孩子，又不是來聽你們訓話的。再說，那馮昆侖現在一本正經地裝得到像，當時跟自己躺在一起的時候還不是那樣的情意綿綿，現在倒裝得好像從來就沒有碰過自己一樣，那滿足的勁兒哪裡去了，是不是怕老婆啊，一個連孩子都生不了的女人又有什麼可以怕的？等他們走了，吳瑕越想越覺得自己做人無趣，便叫保姆去給她買些酒來。

「懷孕的身子是不能喝酒的，對肚子裡的孩子不好的。要是太太知道了就麻煩大了。」保姆說道。

「有本事她自己去生一個，我肚子裡的孩子用得著她來管嗎？」

「嗨，我說小姐啊，人家這一對夫妻年歲也不小了，這輩子又什麼也不缺，就指望著你肚子裡的這個孩子了，而且B超做出來又是個男孩，那是人家的香火，你就行行好吧，再說了你也不是替人家白養的。」保姆說道。

「好吧，不喝就不喝吧，誰叫我命賤呢。」

時間在一天天過去，每當她有妊娠反應時，她就覺得自己離做母親的時候越來越近了。她想著，等孩子出生了，以後能天天看著他長大那該有多好啊，如果有一天能開口叫一聲自己「媽媽」那又該是多麼幸福啊。是啊，以前自己並沒有這種體驗，雖然是拿了人家的錢，可到了孩子在自己的肚子裡一天天發育成長，自己對孩子的那份依戀之情是如此地強烈，這種與生具來的母愛超出了任何其他的情感，就連那被人渴望的愛情也變得微不足道了。她甚至覺得只要自己擁有這個孩子，自己就心滿意足了，對什麼事都無所謂了。「媽媽是多麼離不開你啊。」她摸了摸自己的肚子，對著腹中的孩子說道。

離預產期還有一段時期，趙雅萍就忙著準備好了所有嬰兒的必用品。看著一套套精緻漂亮的嬰兒服裝，她心裡還是充滿著喜悅之情。本來自己總覺得對不起丈夫，雖然他嘴裡不說，可隨著年齡的增長，她看得出來他也越來越想要一個孩子，況且他父母抱孫兒的願望也已長久以往了，她甚至擔心會因此失去丈夫。現在好了，一切心結都被解開了，幸虧有這樣需要錢的女人。她達到了金錢的期望，而自己卻解決了生活上的缺憾。她希望這個孩子出生後長得像他父親，這樣，她的感受會好一點，如果像那個賤人，自己看見他就很容易想到她，就會感到不舒服，興許會產生討厭的感覺，而自己的丈夫也因此會每每惦記著那個女人，於是她求老天幫人幫到底，孩子一定要長得像自己的男人才是。

到了快要臨盆的前夕，所有的人都變得焦慮起來，不知道孩子幾時回出生，就連趙雅萍也是天天去吳瑕那裡觀看情況，有時一天要去兩次，而吳瑕的心裡並不想老是見到這個女人，如果是馮昆侖來了，她會感覺好一點，內心也自在一些，可以和他談些生理上的感受甚至還可以說幾句撒嬌的話，而他，只要自己的老婆不在場，他看上去也顯得更加溫柔體貼一點，只要那個女人同時在場，他就很少說話。吳瑕此時最想見到的是她的母親，她甚至害怕生孩子時自己會因為難產而死去，這樣她就無法在臨死前見她母親的最後一面，可是現在的情況都是瞞著她母親做的，她很傷心，不過一想到如果真的自己有所不測，自己畢竟有了後代，她的血脈在下一代的身體裡流淌，而懷中的寶寶也可以交付給一家好人家撫養成人，就當那個女人是自己孩子的養母，也許老天選中自己給別人做代孕，真正的目的就在於此，這樣一想，她感到安心了許多。

那天吳瑕突然落紅了，她急忙被送進醫院。由於出血不止，她感到很恐懼，醫院做了安胎措施，就開始打催生針。躺在病床上的她不時地忍者一陣陣突如其來的巨痛，在病床上每過一分鐘似乎都是漫長的煎熬。隨著疼痛的加劇，她只感到全身難受，躺也難受，站又不行，疼痛的頻率在加快，痛感在加劇，她感到自己實在承受不了了，懷得又是別人家的孩子，她覺得自己疼得要發瘋了，她大聲呼叫著「媽媽」，沒有人理會她，只有醫生叫她安靜下來。看到生孩子如此慘狀，馮昆侖一方面覺得吳瑕的可憐，他也沒想到女人生個孩子這樣費勁，這還不包括懷孕的妊娠反應，生理和心理的變化，但同時他也感到一絲慶幸，趙雅萍因為不能懷孕而免於遭受如此的痛苦折磨。一家老少聚在產房外足足十幾個小時，不要說生產的孕婦，就是等侯的過程也已經是夠折磨人的體能與精神了，更何況產婦在那種要死要活的劇烈疼痛中度過的分分秒秒了。吳瑕一邊尖叫著，一邊心想就是死也要生下這個孩子。又經歷了殺豬般的嚎叫，幾經掙扎，孩子終於生了出來。由於孩子體形過大，生產後她就開始大出血，而且下體開裂到肛口。她終於見了一眼孩子，隨後就昏迷了過去。等她醒來後，她發現自己已被插上了尿管，而且無法坐立，肚前滿是血瘀。

當孩子被助產士再次抱到她身邊的時候，她頓時感到自己已經無法和這個眼前的孩子分開了，他是自己身體的一部分，更是自己生命中不可缺失的部分，當初答因別人做代孕的時候，真的沒有想過這麼多，只想著出賣自己的身體和子宮，用換來的錢救治母親，當時真的就是一心一意這個念頭。可如今不一樣了，自己根本就離不開這個媽媽的心頭肉，孩子是她用鮮血和生命換來的，就是把全世界的黃金都給她也不換，雖然這樣做違背了協定，可他們只樣做一開始就不對。孩子很快就抱出來讓馮昆侖家人看了一眼，一看見孩子，趙雅萍就制不住地叫起來：「太像了」。「簡直和他小時候一模一樣」馮昆侖的父母含著淚水驚喜地歎道。

馮昆侖夫婦正準備去醫院接孩子回家，到了醫院卻找不到吳瑕，再去嬰兒房看寶寶，也沒有找到，一絲不祥的預感籠罩在他們心裡，再回到病房，只見床頭邊留下了一張紙條，他們急忙拿起一看，上面潦草地寫到：

「我走了，帶著我的孩子，錢以後還你們，對不起！」

看完紙條，他們幾近癱倒在地……

陰婚

張茂急著要去搞到一具女屍，收了別人的一筆定金，他要在幾天之內交貨。本來他在一家醫院看好了「貨」，那女子還在重症病房搶救，雖然她的繼母王氏貪財答應他一旦女兒斷氣就把她的屍體賣給他，可他等來等去就是等不到，好像那病人有感知似的，雖然神智不清，她繼母也天天去醫院等她的死訊，醫院先後發了三次病危通知，可她就是拖著不死。又過了幾天，該女子終因心臟衰竭而不治身亡。張茂得知了消息，正興奮得開著他改裝的機動三輪車趕去醫院拉屍，誰之王氏突然改主意不賣了，這下可急壞了張茂，他和王氏好說歹說，說是女屍將婚配給姓辜的一家死去的兒子，人家還是獨生兒，因一起車禍不幸喪身。如果她女兒嫁了過去，葬禮婚禮一起辦，風風光光也對得起她死去的女兒。可王氏聽了卻不為所動，區區五千元就想買她的女兒，自己辛辛苦苦養這麼大，還沒收到什麼彩禮，光醫藥費就花去了好幾萬，幸虧遇上了殯葬公司的人，人家答應支付給她兩萬元，於是王氏就立刻答應了人家，除非張茂出更高的價錢。可他只收「鬼媒婆」一萬元，再多付幾千自己就無利可圖了。那王氏本以為女兒一死，還得花費一筆喪葬費，沒想到女兒死後還可以用她的屍體賺上一筆。這不，先是張氏出價五千，這回有人出價兩萬，都是為陰婚找女屍。那殯葬公司除了找對象給人配陰婚，平時也不會做吃虧的買賣，他們在各家醫院打聽到了消息，趁病人還未死之前，就和病人家屬談好了病人的生後事由他們做一切代理，什麼壽衣、運屍、保存、骨灰盒、花圈、追悼會乃至火化等一系例服務一應盡有。雖然價格不菲，可因死者家屬大都沉浸在極度的悲傷之中，也無心和人討價還價，這樣，殯葬公司生意做的紅火，殯儀館火化的屍源和喪葬中的銷售服務就有殯葬公司忙頭忙尾結解決了。

張茂天天急著取屍體，沒想到這筆到手的生意意外丟了，而「鬼媒婆」這邊催得又急，那辜家兒子的屍體，再不下葬就要腐爛了。張茂急得沒法子，一時半會有找不到合適的屍源，又不想放棄這到手的生意，於是，他只能趁著黑夜，到郊外墓地盜屍去了。他準備好了作案工具，在一個風高月黑之夜，開著他的機動車就來到了一片墓地。雖然他幹過幾起販屍的買賣，膽子也不小，可盜墓挖屍畢竟還是頭一回。為了避免機動車的聲響而引起別人的注意，他只能把車停得離墓地遠遠的，一個人提著麻袋裡的工具，鬼鬼祟祟地向墳場走去。心裡嘀咕著：「那具被我挖到的女屍，今天要交好運了，你可千萬不要弄點什麼鬼花招把我嚇死，我也是替你配親，總比你一個人孤零零地躺在地下要好吧，就連我這個活人也還沒有娶親的福分呢……」他邊打著手電筒邊走著，突然就在墓地中看到一個墓碑，上面有張女人的照片，他一陣興奮，沒想到這麼容易就找到了，再看年份，是上個才月下葬的。於是他就動手挖了起來。差不多挖了一米多深，就看見了一個棺材，當他跳下去準備打開棺蓋時，突然四處發出了響聲，他一看不妙正想拔腿就跑，可沒跑幾步就被一群村民團團圍住。就在他一個人偷偷摸摸挖地時，正值路過的一個村民被眼前的影子嚇壞了，只見眼前有微光閃亮，又有人影晃動，想必一定是孤魂野鬼夜出活動了，於是就急忙跑回村裡叫人一起去看個究竟。當圍堵的村民發現居然是盜墓的，就一起轟上去用手中的鐵鍬、木棍等把他圍住毒打了一頓。別人不知道他想盜屍，只以為是生活落魄的小偷想撬棺偷些值錢的動西。張茂被打得半死不活，並向村民保證不敢再犯，別人才繞他一命。

買屍不成偷屍也不成，先是被人騙，後來又被人打得頭破血流，張茂正有點氣急敗壞了。他剛回到家裡，媒婆王氏又來催貨了，並告知他：

「只給最後三天，再弄不到女屍人家的屍體就下葬了，日子也選好了在清明那天。當然這定金一分不少地全部給退還。」

「放心、放心，不出三日，一定交貨，等著吧，有具既年輕又新鮮的，而且還沒什麼病。」他保證道。

「也是死於車禍的？這下終算配上對了，這回可說准了，不要像上次那樣又黃了。」媒婆說道。

「這事黃不了，要不是近來背運，到手的錢財像是煮熟的鴨子飛跑了。幸虧又有了新的來源。」他說道。

「又有哪家醫院被你打通門路了，也不早點透點風聲，害得我老婆子天天為這事揪著心呢，常言到，收人錢財替人消災，是不是？」媒婆念道。

「醫院的貨不好弄，有人搶著呢，我是另托人辦的，是一年輕女孩，貨很新鮮。」他說道。

「現在的醫院也不比從前了，除了看病難、藥價貴，送了紅包陪笑臉不算，更有出售胎盤的，還有手術時被偷摘內臟的，之於販屍的，倒賣嬰兒的也時有發生。」媒婆侃侃說著。

張茂今晚就準備動手，明天一早就交貨。可他明白，殺人的事非同小可，查出來是要被送去槍斃的，再說了，就為了這區區幾千元，也不值去這樣做。白刀子進紅刀子出的，場面也是夠血腥的。不過如果去殺一個婊子，也就算不了什麼，反正她們整天也是有家不歸，盡做一些騙取男人錢財的勾當，殺了一個，也算是為民除害。不過想來想去，總覺不妥，可到手的買賣也不能就這樣吹了，還不如出去看看再說，說不定路上就能檢到一具屍體也說不定，最好是遇上一起交通肇事逃逸的，被撞的又是一個女的，管她有沒有斷氣，弄死了就讓媒婆來取貨。他胡思亂想了一通，就去了一家夜總會，上了樓剛一坐下，就有一個小姐走上來向他搭訕。

「大哥一個人過來，小妹鳳霞陪你喝一杯吧。」說著就坐到了他的旁邊。

「好吧。」他看了她一眼，覺得她有幾分姿色。心想：「來了個送死的。」

「要點些什麼呢，大哥？」她問道。

「你看這辦吧。」他道。

「真爽，那我就幫你點了。」她拿起價目單說道。

張茂和她聊了一會，看起來他們說得還蠻投機的，最後他說道：

「今晚我想帶你出去，咱們找個地方好好玩玩怎麼樣？」

「真的？整天在這裡坐台悶死了。」

鳳霞向老闆請了假，就騎在了他的摩托車後邊跟他出去了。她並不知道他要把她帶到哪個地方去，開了沒多久，他們就來到了一個偏僻的地方，此時她感到有點不對勁，就問他要去哪裡。於是，他停下了車，又轉向她，惡狠狠地對她說道：

「把身上所有的錢都交出來。」

「好的，好的，全給你，但你不要傷害我。」她驚慌地說著，意識到自己遇到了歹徒，便交出了身上的錢包。

他拿過錢包，匆匆看了一眼，又對她說道：

「躺下。」

她愣愣地看了他一眼。

「快躺下聽見沒有。」他兇狠地命令道。

鳳霞一下沒了主意，儘管她平時天天跟不同的男人打交道，卻從來沒有遇到過這樣的脅迫。她只得聽從他的要求，心想：「這種爛男人，沒本事掙錢，只會專門欺負弱女子。」

「現在你可以放我走了吧。」完事以後，她這樣問道。

「跟我回去，今晚和我過，明天你才可以回去。」他又用命令的口吻說道。

「你錢也拿了，愛也做了，你還想要怎麼樣？」她憤怒起來，正準備強行離開。

張茂也急了，又一把把她按倒在地，接著就緊緊地掐住她的脖子不放。她掙扎了片刻，很快就斷了氣。他把她放在摩托車前，自己坐在後坐直徑就開了回去。回到住處，他把她身上的衣服全部脫去，用事先準備好的一丈花布把屍體裹好，再搬上他的機動三輪車就直接去找王媒婆交貨了。那王氏也知事不宜遲，連夜就跟著張茂去辜家交貨了。

辜家對著屍體看了一眼，覺得女屍白淨亮麗，就滿意地接收了。

「這女屍的來源不會是犯法的吧。」辜家的人有點擔心地問道。

話音剛落，媒婆就從懷裡取出兩份證明書，一份是死著的醫學死亡證明，另一份是死著家屬的委託書交給了辜家。這下，辜家的人放心了，雖然兒子不幸身亡，但死後還能辦上陰婚，也算是個安慰。交了屍體，媒婆收了錢，和張茂就興匆匆地離開了。辜家又把女屍移入到那口裝有他家兒子的雙人棺材中，看著那具白淨亮麗的女屍，再看看自家兒子的屍體，好像一對熟睡的新人，不免觸景生悲，要是自家的兒子那天沒有出車禍，娶來的新娘也一定會是那麼漂亮。辜家夫婦不免又大哭一場，才依依不捨的封上棺蓋，又忙著張羅起婚事和喪事。到了清明那天上午，請來哭喪的一對男女身穿新人服裝，替死者拜了天地與父母，辜家夫婦泣不成聲。婚禮之後，辜家請來的花車隊先行出場，緊跟其後的便是嗩吶隊、腰鼓隊、高蹺隊，沿途還有高高搭起的拱門，上面寫有「沉痛悼念」和「百年相好」等字樣，所經之處，鑼鼓喧天，鞭炮齊鳴。最後到了墓地，那幾個替人哭喪的人早已等在那裡，個個身穿喪服，一到棺材下葬時，幾個男女便撲倒在地，頓時哭天喊地起來，氣氛也一下子到了高潮，在場出殯之人也無不為之感染悲戚。

兩個月後，公安人員幾經努力，終於破獲了這件人命案。跟據張茂交代，公安人員帶著張茂，聯繫了辜家，去他兒子的墓地開棺取證。最後確認，棺內的女屍，正是被張茂殺害的年僅二十五歲的金鳳霞。

彩雀

（一）

三姑和村裡的幾個人相約一大早就出發了，他們這次的目標是鄰鎮的一所醫院，事先已經先采好了點，醫院的育嬰房就在樓上的右邊的第三個房間。到了醫院門口，司機和梅表姐等在樓下，三姑一個人手提一隻包裹，一溜煙地過入了醫院大樓，然後她直徑進入了一個女廁所。當然，她去廁所不是要小解什麼的，而是把一套事先準備好的和那裡的護工一樣的衣服換上，便又若無其事地走了出來。她上了一樓，走出樓梯口，一眼就看到了右手邊上的那塊育嬰室牌子，便不快不慢地朝那個門口走去。忽然，裡邊的門向外一推，走出了一個護士，見她匆忙地走開了。此時，三姑先是故意走過頭，然後又打了個回頭，看了看左右無人，便推門進入了育嬰室。一看，裡邊有四五個嬰兒正睡在嬰兒床上，又看見靠牆的一隻玻璃罩裡也放著一個嬰兒，她快步走上前，匆匆一眼，發現是個男嬰，心裡一陣興奮，便不管三七二十一，拉開蓋子，把手伸了進去。嬰兒還很小，應該是個早產兒，才出生了幾天，托上去像一隻小狗的分量，又一轉身，把孩子貼在懷裡，便匆忙地離開了。她快速地下了樓，心想這下可以得手了。一見她手上抱著東西出來了，梅表姐也興奮地迎了上去，幾步路的功夫，嬰兒便轉移到了梅表姐手上。

接著，她快快地走到了路口，向等在不遠處的司機招了招手，司機就趕快開車過來，把他們帶走了。又經過了一路的顛簸，他們回到了自己的村裡。

孩子一路不哭也不鬧，他才剛剛出生兩天，梅表姐的妹妹剛剛生了個孩子，現在，梅表妹要同時照顧兩個孩子，幸好，她奶水充足，兩個嬰兒都可以喂得飽飽地睡覺。過了兩天，司機就帶人來看「貨」了。那對夫婦長年不育，一看見那嬰兒乖乖地睡在那裡，一點哭鬧也沒有，便立刻喜歡上了，於是，他們付了兩萬塊錢，然後把孩子抱走了。

再說那天到了給孩子餵奶的時候，護士正準備去育嬰室抱孩子出來，當她推門入時，裡面的場景，一下子讓她傻了眼。那只安放寶寶的隔離玻璃盒的蓋子向外掀翻著，裡邊的孩子卻不見了。她連忙問了其他的幾個當班護士，卻沒有一個人知道。她感到事情不妙，便立刻報告了院長。院長也嚇壞了，怎麼會發生這種事情，孩子的父母鬧起來，可要出大事的。於是，院長先向警方報了案，不一會兒，便有兩個員警來到了醫院。而躺在病床上的產婦左等右等不見自己的孩子出現，心裡便不安起來，她便自己起身去看，走出病房，只見過道上站著好幾個醫護人員，還有員警，她慌了起來，跑上前問自己的孩子在哪兒，那院長才不得不告訴她，孩子失蹤了。「什麼，孩子失蹤了？我的孩子呢，剛才還好好的，怎麼會失蹤？是不是誰抱錯了，快問問別人……」員警也向她作了說明，孩子可能是被流竄進來的人販子抱走了，最近出現了多起孩子失蹤案，他們正在追蹤調查。那產婦還沒等員警說完，心裡咯噔了一下，便昏了過去。醫院馬上對產婦進行救治，經過了搶救，那產婦才慢慢地甦醒過來，她一邊痛哭，一邊怎麼也弄不明白，自己日盼月盼，好不容易生下了一個小寶寶，才出生兩天，竟會在醫院裡被人偷走。產婦只是哭鬧不停，要醫院找回自己的寶寶，要不她自己也不想活了。

（二）

彩雀初中沒有畢業就輟學在家，她想像她的哥哥姐姐一樣去城市裡打工，可她的父母都不同意，這樣年輕就早早外出，外面的世界太複雜，女孩子容易吃虧。在家裡呆了幾年，又有好幾戶人家來說親，可彩雀卻不願意，她想自己不該就這樣結婚生子，然後持家操勞一輩子，自己應該走出去闖闖，賺點錢，將來也開個小超市或者一家小餐廳什麼的，她喜歡這樣的謀生方式。她總想著，如果自己有了一家小超市，可以隨時吃自己喜歡的東西，要用什麼自己的店裡就有；或是一個小餐廳，想吃什麼自己就做，還有熟人來來往往，那該有多好啊。於是，她拒絕了別人的好意，走了出去。她獨自來到縣城，沒想到一切變化那麼大，記得小時候過來一次，以前在路上還可以看到毛驢和羊兒什麼的，現在公路上只有快速行駛的汽車和機動車，她有點擔心，又去了幾個地方問別人要不要找人，一直到了中午的時辰，她有點疲倦了，便進了一家餐廳。其實這樣的小餐廳正是她自己想要擁有的，她坐下後，點了一碗麵，正在她左看右看之際，忽然在她身邊又坐下了一個女人，這個女人不是別人就是三姑。三姑一打量她，心中便有了幾分數，她從村裡出來，瘦弱的身材，明顯是發育不良造成的。於是，三姑和她搭訕起來，又借機說自己的一個親戚開的工廠正要用人。接著，她又打起了電話：「阿慶啊，有個小妹要麻煩你照顧一下，剛出來的，還沒有見過什麼世面，全拜託你了。」這樣，她們走出餐廳，便一起去找人了。彩雀心裡很是高興，自己的運氣還真不錯，碰上了一個人，工作的問題就解決了，是一個什麼木材加工廠，一個月有七、八百的收入。到了下午，便有一個司機來接她了。一路上，司機又不斷地打了好幾個電話，又這裡停停那裡等等的，最後又告訴她，老闆不在工廠，要等一天，司機又幫她找了一個住的地方，連錢也幫她付了，只叫她明天一早便要出發趕路。

第二天早上司機準時接了彩雀，又帶她吃了早點，便向著她什麼也不知道的地方開去了。又一路坑坑窪窪地向著偏僻的地方駛去，彩雀有點疑心，這裡像個村子，哪來的工廠，於是，她想返回。可司機又稱要先去接一個人，那個人認識工廠的老闆。彩雀雖是半信半疑，也只好聽從他。沒想到一直折騰到下午，司機最後告訴她要找的那個人才剛剛趕回，明天就可以帶她去工廠做工了。於是，她跟著司機又轉了好長一段路，直到天色快要黑下來時，這時他們來到了一戶人家門口，從外面望進去，裡邊昏暗而且破損不堪。聽到機動車聲，屋裡的主人賴氏匆匆地走了出來，彩雀只在車裡聽到司機對他說道：「來了，來了，準備好了嗎？」那賴氏從外面向車裡打量了一下，便回到屋裡，取出一包東西，遞給了司機，又道：「你點一下數，我是剛剛才湊足的。」司機便藉著從屋裡發出的一點弱光，點起了鈔票。大約過了五分鐘的樣子，司機叫彩雀下車進屋，見情形很不對，她便委屈地問道：「這是什麼了地方？」「進去就知道了。」司機連拉帶推把彩雀送了屋去，隨後就離開了。那賴氏四十出頭的一個窮光棍，沒錢娶媳婦一直單身，有人販子說只要付上一筆錢，就可以有女人送來，數目是一萬，最後講價到七千，不能再少了。賴氏湊借了一些，又賣掉了幾頭牲口，湊足了錢，果然一個女人就這樣送來了，看樣子很年輕，雖然屋裡光線很暗，可他看得出彩雀才二十歲左右的模樣，又長得很不錯，自然歡喜，一進了屋，便想抱她親她，彩雀極力反抗，吵著要叫他放人。那賴氏也知道人家姑娘家遠到而來，人生地不熟，這事也急不得，便倒了茶水，哄她先吃了飯再說。賴氏在桌上放好了事先準備好的幾樣菜，讓她一起吃。由飢餓的原故，彩雀拿起碗筷，快速地吃了起來。飯後，她便要求回家，並讓他幫她叫回那個司機。賴氏有點不高興，便道：「這裡便是你的家，你今後要和我一起過。」「什麼？我是去找工作的，他們騙了我。」彩雀爭辯道。「這個我不管。」賴氏又告訴她，這是他花了七千元把她買來的，叫他好好跟他過。彩雀聽了又氣又惱，更急著要離開。這下，賴氏便沉不住氣了，硬把彩雀推倒在床上，可她死活不從。那賴氏性饑渴太久了，此時早已五臟飛騰，便像餓狼一股撲上去把彩雀按在床上剝掉衣褲，彩雀本就是一個嬌小瘦弱女子，哪裡經得住這種場面，那賴氏三兩下就把彩雀給施暴了。她失聲痛哭，見她還是個黃花閨女，他又喜又憐，便向她說盡了軟話，表示自己今後會好好待她，決不會虧待她。彩雀哪裡聽得進去，一直哭到第二天天亮。

雖然彩雀時時想著逃跑，可這裡人生地不熟，又一片荒野，沒有車站，看不到郵局，也沒有電話，況且，門又是反鎖的。她本想出來找工作掙點錢，能過上自立的生活，沒想到就這樣被人拐到這個窮鄉僻壤之地，又叫天天不應，叫地地不靈。白天，她在這個黑乎乎破爛不堪的屋裡睡覺，晚上，她要被賴氏硬著過房事。就這樣，一天又挨一天，轉眼就幾個月的時間過去了。彩雀心想只能以後慢慢地找機會出去。見彩雀平靜了下來，又挺著大起的肚子，賴氏才對她放鬆了看管，又滿心歡喜，這不僅是自己的女人，花了一大筆錢買來的女人，還是給自己傳宗接代的對象，就連豬狗都有自己的下一代，想想自己要不是買來了這個女人，自己連豬狗的命運都不如。現在好了，自己到了這把年紀，總算有了女人，又會給自己生孩子。到了第二年的夏季，彩雀生下了一個兒子。賴氏自然萬分歡喜，對彩雀更是百依百順。有時彩雀也想，這個男人也許是自己命中註定的，他對自己這麼好，什麼重的體力活都不讓自己幹，就是太窮了。出於母性的本能，她想先把孩子帶大一點再說。孩子的出生為這個可憐的家庭帶來了幾分歡樂。彩雀天天忙著帶孩子，做些農活，有時還得上山去撿些生火用的柴。又到了下一年開春的日子，彩雀又生下了一個女兒。因為家裡實在太窮，無力撫養兩個孩子。彩雀要外出打工掙錢，賴氏怕她跑，就不答應。等孩子又大了一些，彩雀堅持要外出掙錢，為了讓孩子過得好一些，賴氏最後答應了。

（三）

彩雀帶著身上僅有的一點錢上路了，這是她七年間第一次外出。當她再次自由地踏上路途，她的內心有一種掙脫的力量，有一種改變自己人生的渴望。她承受了太多的壓抑，太多的委屈，而這種長期壓抑後所產生的爆發力使她有一種能面對任何嚴峻的力量，哪怕是身心的折磨，哪怕是病困交加。到了一個新的城市裡，她唯一能夠勝任的便是家政一類的工作。和在農村不同，必須把家打掃得一塵不染和把衣服洗好熨平，甚至把浴室和馬桶都擦得乾乾淨淨。不過她喜歡這樣的環境，在這種窗明几淨的室內，穿上乾淨整潔的衣服，宛如自己就是這家女主人的感覺。不過，她也會回到現實，有時拿出孩子的照片看上一眼，她儘量不去想她的男人，因為這是她改變命運的最大的絆腳石。不久，她便開始籌錢回去補貼家用。又過了一段時間的適應，她開始想找一份更自由的工作。一次，她抽空直徑去了一家做家具的工廠，這個工廠的規模很大，有大量的存貨堆放在成品車間裡，而她的工作就是管好這些家具。其中有木床、木椅、木櫃子、桌子，還有價格不菲的雕刻家具。她會天天去把這些陳列的家具擦乾淨，她總是做得很仔細，她感到冥冥之中有一種力量在支配著她，她以前被拐時那個三姑就騙她要去一家木材加工廠，而自己如今卻直接就找上了一個家具廠，而且老闆很是友善，這讓她既驚喜又感慨。老闆一開始並沒太注意這個搞衛生的農村女子，她瘦弱、嬌小，只有臉上的那雙炯炯有神的眼睛讓人覺得她有一種女人的伶俐。那天陳默剛送走一批來看貨的人，回過頭來看見彩雀正在那麼聚精會神地擦抹家具上的灰塵，便高興地走上前去表揚了她，又問她從哪裡來，今年多大了之類的話。雖然她已是兩個孩子的母親，可她的青春期才遲遲地到來，對工作的專注使她有種和別的女孩子看起來不一樣的地方。這也使陳老闆不久就對這個鄉村女子產生了一種憐愛之情。於是，陳老闆開始注意起她，有時也關心一下她。到了發工資那天，陳老闆特意多給了她幾百塊錢，並問道：「多久沒有回家探親了？回去看看家人吧。」「我沒有家人。」這是她唯一的回答。彩雀謝過後走了，可她回答的這句話卻不斷地在陳默的腦海裡回想著。一般來說，這個年齡的城裡的女人在背後都有另一個女人即她的母親在指手畫腳，譬如該穿什麼樣的衣服，該找什麼樣的工作，該找什麼樣的男人，將來該有什麼樣的生活等等。可彩雀這種女人好像沒有這種受人指使下過日子的自然、純樸而又用心工作的態度，使他對她產生了一種親和力。

有一次陳默下班後特意帶她去吃飯，陳默已是中年人的體型開始有點發福，而帶在身邊的女人卻是一個弱小的不太會裝扮的女子看起來很有反差。別人很難想像這樣的兩個人會一起雙雙出入這種場合，她更像是一個鄉下來的貧窮親戚或是和男主人私通的保姆，陳默倒不以為然，好像在盛宴上自己口裡含了一塊醬菜，別有滋味。他開始有意地向她說些溫情的語言，面對這樣一個有勢力的男人，在這種華麗而又溫馨的場面，在她的內心深處又一下子湧現了那晚和那個男人一見面就要被強迫地接受了性交的場面，她的內心一陣刺痛，又激烈地使自己回到現實，面對這種充滿友善的情義，她的內心不由地開始躲避。她甚至有些困惑這個男人為什麼對自己會有這樣的態度，自己只不過是廠裡幾百個員工中最普通的一員而已，如果讓別的員工知道了這樣的情形，別人一定會對自己嗤之以鼻甚至嘲笑。她的舉止收斂得體，沒有一點風騷的味道，這也是陳默忍不住想拿下她的原因。陳默時常找機會帶她出入各種場合，並讓她改變一下自己的裝扮。彩雀穿上了得體的衣服，又經過了化妝師稍稍的裝扮，先是把她粗糙的眉毛修剪成彎彎柳眉，眼角勾出了一點層次，還有嘴唇的輪廓，面部又打了粉妝，這樣，她一下子就變成了一個嬌小柔婉、純美可愛的女人。當別的女人到了她這種年齡已開始需要濃妝豔抹的時候，可彩雀卻才剛剛綻放出那種青春的氣息，這一切，令陳默對她傾心不已，婉如一塊山石被雕琢成一件美玉。事實上，她從來沒有想過要被一個男人追求，她早早地就認命了，出來也是因為被壓抑太久而要掙脫一下的感覺。而陳默也沒有想到在這個到處充滿誘惑的生活中，卻被一個沒有誘惑力的女人誘惑住了。他開始和她談起了他們的未來，他讓她做他的女人，她不用再受苦受累，只要待在家裡做個家庭主婦便可，這是許多女人想要的生活，卻被一個從來沒有這樣想過的女人碰上了。不久，陳默娶了她，她又開始了懷孕生孩子的過程，這一切，以前早就發生過，只是境遇不同。如果隱瞞真相，就會傷害一個無辜的人，如果把真相攤開，她自己永遠就會是一個無辜的受害者，當然，出於女人的本能，她選擇了前者。

孩子很順利地產下了，沒想到一切會是這樣地順利，陳默更是驚奇，一個小模小樣的女人，生產時比一個大屁臀女人還要順。產後，彩雀又過起了產婦的生活，在家裡給孩子餵奶，照看孩子，打理一些家中的雜事。每每端詳著新出生的女兒，使她不由地想起在他鄉的兒子小龍和女兒小蝦。新生的女兒取名叫李小湘。小湘和小蝦有三分相似，過著天差地別的生活。在她的前兩個孩子出生的時候，因營養不良，她沒有多少奶水，還要時常去山上撿柴，吃的是米糠與薯乾片，時常一邊給孩子餵奶，一邊要在火爐邊拉風箱。而現在吃的是雞鴨魚肉，連買菜都有保姆去。整天有許多的時間躺在沙發上看電視劇，到時還有現成的飯菜為她準備好。她越是過得舒服，小龍和小蝦的生活境況就越讓她感到心碎。她總是想著，他們餓了沒有東西吃怎麼辦？是不是又坐在髒兮兮的地上啃著幹硬的薯條幹？而那個男人又總是忙著幫人打雜，賺很少的一點錢，勉強地度日。

（四）

小湘女一天天長大了，而且看起來聰慧、乖巧，這讓陳默滿是歡喜。奇怪的是他曾考慮不必要有下一代，人生只是一場痛苦的體驗。當他第一眼看見小湘女出生之際，他簡直不敢相信自己的眼睛，這只像狸貓一般皺巴巴的小東西怎麼會是自己的孩子。可小湘女一天天變得可愛起來，當他看兒彩雀抱著小湘女走在路上的樣子，他感到這場景是他生命中的動力，他變得越來越全身心地關愛他的女兒。彩雀的生活自然悠閒，那天她正帶著孩子去公園溜達，中午回家的路上順便去超市置些嬰兒用品，正當她推著嬰兒車走在街道的時候，她忽然發現了一個令她心驚肉跳的身影，再仔細一看，果然是三姑，雖然過去了許多年，當年也只是初次相識而已，可她還是能一眼就認出她，她的體型有點發胖了，可她那特有的走路姿勢，尤其是眉宇間的那顆黑痣。彩雀緊隨著她，那三姑也不知正在做什麼勾當，她哪裡知道有一雙復仇的眼睛在注視著她，更不會想到當年被她拐騙的女孩，如今在這個城市立足了，並正向她反撲。彩雀報了警，當巡警趕到時，她帶著他們指認了三姑，警員把三姑帶走調查。警局正為猖狂的拐賣婦女兒童的案子犯頭痛，現在有了這樣的線索自然不會輕意放過，便立即著手立案調查。彩雀也作為證人，向員警描述了自己的遭遇和經歷，公安人員根據線索一路追查，包括那個當年從醫院被抱走的失蹤男嬰。

雖然彩雀從來不為生計發愁，時常還有剩餘的閒錢，她有時會偷偷地寄回去，給她的兒女讀書、買衣和能吃上好一點的東西。可她的男人並不滿足，錢是進來了，可人卻找不著了。他不僅要錢，更要自己的女人。由於寄錢的單子上從來不留下位址，她的男人根本找不到她，他想她是外面有了人，畢竟自己又窮又老，她還年輕，當初是極不情願住下來的，他有點後悔讓他的女人出去。於是，他安置好了孩子，他也出發了，要去找他的女人。僅僅根據一張收款單是很難找到寄款人的，他不知道怎麼辦，他通過郵局查證，如願以償地找出了寄出的郵局，那是一個幾百里以外的縣城，即便去了那裡，茫茫人海，又怎麼找到彩雀？不過，他還是去了那裡。縣城不大，卻還算繁華，尤其是比起自己的村子，這裡算是很發達了。難怪彩雀不願回來，如果在這個地方生活慣了，誰也不會再願意回去。他終於想出了一個辦法，他每天守在那個郵局的對面，等待著彩雀的出現。一天又一天，有天上午，他一下子便認出了彩雀，他在一陣狂喜之後又變得猶豫起來，她變了，變得漂亮了，看樣子好像是掙了不少錢，難怪她不要自己了，自己這種樣子又怎麼配得上她，可她明明就是自己的女人，不能就這樣讓她把自己和孩子丟下，必須弄清楚她到底在幹什麼，為什麼從來不肯回來，也不留下任何聯繫位址。賴氏跟著她，直到了一幢漂亮的房子外面，見她進去了，他明白了，彩雀一定是有人了，而且還很有錢，怪不得她會變得這麼漂亮，怪不得她時常有錢寄回來。現在，又怎麼再把這個女人帶回去，因為家裡的孩子不能沒有母親。更令賴氏沒有想到的是在中午剛過，他發現彩雀推著一輛嬰兒車又出現了，他吃驚地看到她帶著孩子上了一輛豪華轎車，有個男人幫他們上了車，就把車開走了……

「這個女人瞞著自己又有了個家？」賴氏咬牙切齒地想著，「不能就這樣便宜了她。她倒好，丟下自己，丟下孩子，獨自跟著有錢人享福，那有錢人憑什麼霸佔自己的女人，還為他生了孩子，難道我的孩子就不是她的骨肉，當初自己也是花了一大筆錢才把她弄到手的，現在，她就這樣跑了。」到了第二天，賴氏見那個男人出去後，就上前去按了門鈴。一見到賴氏的出現，彩雀不禁一陣慌亂，然後又說給他一筆錢讓他離開。賴氏死活不答應，硬要彩雀跟他回家，又說孩子們在家裡天天哭著要找媽媽，他才不得不出來找她。彩雀留下電話號碼給他，讓他先離開，有事再商議。

陳默突然發現自己的老婆近來變得鬼鬼祟祟，好像有什麼事瞞著自己，可她以前從來不是這樣。更令他不滿的是有時突然電話鈴響起，她要躲著去接聽，這種情形是任何家庭都不能接受的，有事好商量，如果是這樣躲躲藏藏，就是不忠。每當陳默追問，她便一會兒說是表姐，一會兒是親戚，上語不搭下句。直到那次彩雀在哄小孩睡覺，電話放在了桌上，突然電話響了，陳默接了電話，對方竟是一個男人，這讓他氣上心來，對方又自稱是彩雀的男人，這使他墮入雲裡霧裡，自己明媒正娶的那個純樸的小女人，怎麼突然會變成別人的老婆。在陳默的追問下，彩雀知事已至此，再也相瞞不過，便向他講述了自己的親生經歷。陳默癱倒了，怪自己草率和這個女人結婚，沒有深究她的來歷。作為一個女人，她真的欺騙了自己，作為一個母親，她並沒有因為自己的生活好了，就忘記了以前的孩子，儘管是那麼作孽而生下的兩個孩子。他真的不知道去愛惜彩雀還是去恨她，自己創業多年，好不容易事業有成，可自己的婚姻卻是這樣地失敗，這種事情竟然會發生在自己的頭上，他怎麼也想不到，也想不通……

（五）

根據三姑的交代，公安人員抓獲了一批人販子，並查到了當年在醫院裡被三姑抱走的小孩，他時年已經八歲，當公安人員突然上門查找到了這戶姓朱的人家，他們驚恐萬分，生怕自己一天天養到這麼大的孩子會被帶走。這天，公安人員帶著小寶的親生父母出現在朱氏夫婦家中，一見到自己的孩子，生母便衝上前，一把抱住孩子就痛哭起來，孩子只是一臉的無奈，他哪裡搞得清楚到底是發生了什麼事，直到小寶要被帶走，那朱氏夫婦不禁大哭起來，這明明就是自家的骨肉，從小爸爸媽媽叫著長大，就這樣要被人帶走，一下子失去了生活的精神支柱，這以後的日子也不知怎麼過下去。小孩子也是死活不肯，雖然被強行帶走，他哪裡又能接受這個事實，自己的父母不是親生的，來的兩個陌生人才是自己親生的父母，又說小時候是被人販子拐走的，小孩子到了新家，雖然他的父母百般歡喜，可小寶卻一點也不開心不起來，他時常想念著把他養大的父母，對自己的親生父母卻有一種本能的抵觸，當然，小孩子也不好說什麼，他雖然年小，可也有一點懂事了，他只是保持沉默，任憑別人怎麼哄他，他一點也開心不起來。

再說法院以強姦罪對賴氏進行起訴，他怎麼也沒想到，自己的老婆外出掙錢，結果不但自己的女人被別人占去了，還要被判刑。因為有了兩個孩子並鑒於他們共同生活了幾年，法官酌情量刑，宣判前讓被告作最後陳述。

「我一生貧困，由於沒錢娶媳婦，但我也是人，我也想要傳宗接代，所以我花了一筆錢，其中大部分是借來的。我終於娶了媳婦，我對她很好，我不知道她是被拐來的，我以為她沒有家沒有地方住，所以就收留了她，直到現在，我們的孩子都這麼大了，還說我是犯了強姦罪，我不服……」

「下面法庭正式宣判：賴根茂因犯強姦罪，判處有期徒刑五年，緩刑三年……」

棄嬰

廣西金田鎮之所以遐邇聞名，當然歸功於一百多年前在這裡洪秀全和馮雲山以「拜上天教」的名義發動的那場聲勢浩大的太平軍農民起義。太平軍頒發的《天朝田畝制度》使其贏得了廣大農民的擁護。同樣在金田鎮，回首到上世紀三十年代初，紅軍在這裡也鬧過「打土豪，分田地」的革命，同樣也贏得了廣大貧民的支持。現在沒有人再會去關心這樣的往事了，人們都活在當下，活在眼前。

前不久金田鎮因連日的強降雨，水庫一直囤積水位，後又放閘洩洪沒有預警，導致下游金田等鎮，幾萬人受災，上千人被困，整個鎮子在幾分鐘內就被淹沒，損失巨大。後又有記者報導不實，官方塗脂抹粉，把救援當成了功勞，引發當地群眾極大憤怒。災民自發遊行，圍堵鎮政府，要求政府給出真相，報導真實災情。最後警方出動了幾十輛警車，大批特警出動維穩與災民對峙，員警開始使用催淚彈驅趕示威災民。

由於持續不斷的強降雨，桂平市裡的監獄裡積水也不斷上漲，監獄只得動員幾百個男女犯人，一起加入抗洪勞動。平時男女犯人東西各分兩地，這天，桂珍珠在雨中，遠遠看見了她的男友陳一航，她對著他望了一會兒，他也回看了她幾眼，就又走開了。他們一個是販毒進來，而另一個卻是因棄嬰罪而遭起訴入獄。只是他們分別已有近二年的時間，沒想到雙雙都會在這裡服刑。那個男人已近中年，而桂珍珠才只有二十一歲。桂珍珠容貌姣好，在女犯人裡面的可算是最年輕漂亮的一個，就連那些男看守，見了她，也會多看她一眼。

桂珍珠上學時讀到了初中，和其他女孩子一樣，就無心上學了，整天和同學在外面東走西逛，到了初中畢業那年，她正準備外出打工，正巧市裡的藝校在招生，她和幾個同學就一起報了名，很快就被錄取了。除了有一張漂亮的臉蛋，她並沒有什麼才藝，她也不知道在藝校到底能學到什麼才藝，也不知道將來能不能真的找到一份像節目主持人或是唱歌跳舞之類的職業，當然最好有機會參加什麼大型演出或是拍個電影什麼的。其實她哪裡知道，藝校不是什麼電影學院，也不是什麼聲樂或是舞蹈學校，只是幾個社會上的混混看准了社會上大批的無業青年，他們想就業或是懷著什麼文藝理想，就花點錢請幾個名義上顧問，再在專業學校掛鈎的名義下，進行招生納財，自然也不配備什麼師資力量，也無辦學資質，就像模像樣的辦起了所謂的藝校。

雖然校舍是臨時租賃的，也不知道哪裡找來的幾個教員，有的會拉手風琴，有的會彈鋼琴，也有的是什麼夜總會歌手等，基本上也是屬於無業遊民一類。上了沒幾個星期的課，就讓那些個女學員去夜總會「實習」了，不是叫她們去唱歌跳舞為人助興，而且在包房裡陪那些做生意的客人吃吃喝喝。桂珍珠開始很不情願，怎麼藝校讓學生去夜總會這種地方工作，雖然不情願，可工資還不錯，碰到大方的客人還有不少的小費。不久，她就開始和別人約會，別人供她吃喝玩樂，她道覺得還不錯，有吃有玩，還有錢賺，不久就和別人同居在了一起。看起來你情我願的很簡單，可她哪裡知道自己的人生就此已經澈底改變。那男人其實也不是什麼生意人，只是一個癮君子而已，平時吸毒，也會販毒，不久，在一起生活的桂珍珠也染上了毒癮，兩個沒有工作的人同居在一起，又吸毒，生活得非常潦倒。發現自己懷孕後，她就勸他去找工作做。由於沒有謀生的技能，工作也不好找，加之本身的懶惰，就這樣靠著販賣一點毒品弄點小錢過一天算一天。

她的男人在一次緝毒行動中被收監了，可她的肚子卻一天天地大了起了，她想去醫院拿掉，一方面她也沒有錢支付醫院，同時也因為懷孕有好幾個月了，醫生說打胎會有生命危險，於是她只能看著自己的肚子一天天地大了起來，到了臨盆的時候，她才不得不住進了醫院。她躺在病床上，劇烈的疼痛使她的身體難以承受，她不停地呻吟，身邊沒有一個人理會她，只有一個護士過來看了看她，冷冷地對她說了一句：「不要叫，忍著點。」她並不理會，嘴裡一邊叫痛，一邊罵那個該死的男人。在她的心裡，令她更感到恐慌的是孩子生出來後怎麼辦？自己拿什麼去撫養孩子，自己的生活都沒法保障，她不知道怎麼辦，她想如果自己的奶水不夠，就連買奶粉的錢也沒有，吃國產的實在令人擔憂，進口的又買不起，而且還有許多其他的花銷。雖然她心裡已經隱約感到這個將要出生的孩子將要和她一起面臨怎樣的生活困境，她不敢去多想，她想到了遺棄，她甚至希望自己生出來的是一個死胎，這樣她就不會再有後顧之憂了。在她痛苦的叫喊聲中，不僅僅是忍受身體上的劇烈疼痛，更是在為自己孩子不幸的命運哭泣。最後她產下了一名女嬰，她沒有一點做母親的喜悅，她早就想好了逃走的計畫，那天醫生查房時，就突然發現那個年輕的小產婦失蹤了。醫院也沒有辦法，不久就轉交到了市福利院，在那裡，棄嬰早已人滿為患，每年送到這裡先天畸形人數增加，還有就是不願撫養女嬰的父母，加之其他的原因被遺棄的。福利院壓力很大，可資金又不夠，到了實在沒有辦法的時候，他們也開始拒收了。

從醫院溜走以後，一時找不到工作，生活又沒有了著落，於是，她不得不又去了那家以前她「實習」過的夜總會上班。不久她又交上了一個比他歲數大許多的男人李世安，那男的也是一個癮君子，同樣的生活又開始重複，不久她再次懷孕，因為上次的教訓，她想馬上去醫院做人流手術。由於她生得年輕漂亮，那男的想和她好好過，自己打算去做些小生意，可是他們一起忙了一陣，手上的錢很快就所剩無幾，生意卻一點著落也沒有，在走投無路之際，李世安再次冒險販毒，可很快就被捕入獄了。這下，桂珍珠挺著大肚子不好在夜總會上班，她的生活又沒有了著落，在家一個人苦苦撐了幾個月，又去了一家醫院準備生孩子。不過這次和以往不同，醫院裡有個工作人員告訴她，說孩子生出來後有人要，還會支付給她五千元。就這樣，她再次忍著劇痛生下孩子後，她只看了一眼，覺得比以前的一個漂亮，很快，孩子就被人抱走了，她在病床上失聲痛哭起來。不過這次她被公安人員在查處另外一起在某超市的棄嬰案中無意牽涉到她，由於查出事情的原委，最後她被「販賣人口罪」起訴。她無奈地進了監獄服刑，她不知道自己應該去怪誰，是不是應該去恨那個所謂的「藝校」，自己所結識的兩個男人都吸毒，自己想有個孩子卻又拋棄了兩次親生嬰兒，自己又淪落到了這離。

連續的大暴雨使監獄裡同樣犯起了水患，看著滿地的積水，她想順著流水游出去，去一個很遠很遠的地方，沒有人認識自己，在那裡，自己遇到一個好男人，輕輕鬆松地過下半輩子……

桂平市的洪水不久就退卻了，可是她卻被診斷出感染了愛滋病毒，出獄後，她一方面要去戒毒所，同時要進行愛滋病康復治療，她知道自己已經活不長了，她對什麼都不再抱任何希望了，只希望自己死的不會太痛苦。

暴雨

外面的大雨下個不停，一想到收購站的老癟，張一豐再也壓制不住內心的火焰，他感到只有殺了他才解恨。他不能讓他就這樣活著，讓自己這麼無緣無故地受損，而他卻活得好好的。他想給老癟兩個嘴巴子，並給自己認錯，這樣他就可以放過他。不過，如今他只想放一把火把他的收購站燒了，就算把老癟也燒死了，也是活該。連續不停的雨水，讓他多活幾天。要不是肚子餓到了要飯的地步，自己也不會去行竊一隻陰井蓋，弄不好被城管逮住，又是被一頓暴打。就連以前在路邊擺個小攤，也要像老鼠躲貓貓那樣跑來跑去。唉，人活到了這種地步實在是沒有什麼意思。想起離開家鄉前的最後一頓飯，父親把省下來看病的錢給自己買了一張進城的車票，自己的心裡又痛又沉，暗暗發誓一定要去外面混出點名堂來。可是天不從人意，自己落到了要殺人的地步，不是去殺什麼貪官污吏，而是廢品回收站的老癟，他竟然落井下石，把他好不容易弄來的陰溝鐵蓋以廢鐵的半價收購，他跟他理論，他居然說偷來的東西一律半價。該死，該死，該死！張一豐只等著雨一停就去老癟那兒放一把火。

看起來大雨不會停止，天色一點轉晴的跡象也沒有，路面上又到處是積水，連走路都很困難。這樣的氣侯令居住在這城市地下室的林奕姑娘擔心不已，自己已經有一個多月沒有找到工作了，像這樣的狂風暴雨的天氣有誰會招聘人員，這樣一天天下去可怎麼辦？雨再這樣繼續不停，說不定就連這個地下室也會被淹沒，如果是發生在夜間，連人也會被淹死。可她轉眼一想，如果某個公司真缺人，此時恰恰是個好時機，沒有那麼多的人擠在一起，被人挑肥揀餿的，像挑牲口似的。於是，林奕姑娘打起傘，冒著風雨，在淌水中堅難地走著。

路很難走，有的地方積水很深，她一不小心踩到了一個凹陷處，水立刻就進入了她的雨鞋，連褲腳也弄濕了。不過她還是想著找工作的事，她擔心這樣狼狽地去見人，別人會不會很討厭，因為雖然自己很著急，別人可不著急，走投無路的人看多了，誰都會痲木。忽然走到一個路口，路前被一堆雜物擋住了，她不得不繞開走，可她剛又走了沒幾步，只覺得腳下一滑，頃刻間她的整個身體便掉進了一個洞裡，只聽她「哇」的一聲便消失了。流水的衝力很大，她的整個身體隨著湍急的水流在下水道急速地滑著，她感到自己就要沒命了，水大口大口地嗆入她的身體裡，她很難受更感到痛苦，她想到了自己的親人，又意識到自己死後的追悼會……

林奕姑娘滑入的下水道口，那陰井蓋正是被張一豐偷走的那個。他並不知道自己已經成了一個間接殺人犯，他還是一心想著怎樣去報復瘸老頭。這幾天他又身無分文了，他想著先到回收站去弄點現金，隨後再放一把火，就算他命大，也要教他嘗嘗痛苦的滋味。

天轉晴了，路上的潮水也漫漫退去了。張一豐躲在自己的住處，他感到肚子很餓，又哪裡也去不了，所以他只能整天賴在床上。當天色暗下來的時候，他才從床上爬了起來，並按他事先計畫好的一切開始行動了。他帶好了作案工具，鬼鬼祟祟地來到了回收站附近。他心裡發起慌來，也有點猶豫，可他的肚子也在咕咕地叫。於是，他在路邊找了一隻破鐵皮桶，然後放到牆下，又一腳踩上後，便順勢翻入了牆內。

院子裡只是一片狼藉，看起來什麼值錢的東西也沒有，他又直入屋內，開始了翻箱倒櫃。在一隻抽屜裡，他找到了一些零錢，看看再也沒有什麼值錢的東西了，於是，他在床上澆了一小瓶汽油，拿出了打火機點燃了床鋪，隨後就飛快地離開了。

他直接去了一個飲食小攤，要了幾樣吃的，便大口大口地吃了起來。他邊吃邊想著，誰叫你砍我的價，這下叫你損失殘重，這個老不死的，今天沒有燒死你，算你命大。等他吃飽了，他又在夜色下，四處溜達起來。當他路過一個路口時，那裡已被警戒線封了起來，他還隱約記得就在前幾天自己在這個地方拿掉了一個陰井蓋，出於好奇，他邊向人打聽起發生了什麼事。那人原本和他是同行，夏天的時候專門去檢些飲料罐到回收站去換錢，到了冬天，他們便沒了收入來源，於是，不是閒著，便是做些偷雞摸狗的勾當。當他得知有個女孩幾天前因暴雨時路過此地而消失時，他不禁深深地打了個寒顫，他心裡明白這事是由於自己所致，也許公安人員正在調查此事，一想到沒准老癟知道此事後會懷疑到自己，他感到害怕起來。

他回到了睡覺的地放，心裡越想越害怕，他彷彿看到了一個女孩的可怕的屍體。在他很小的時候，他就在河邊看到過一具女屍，這具屍體不是別人的，而是他自己母親的，她是跳河自殺的。他也從來不敢問他的父親他母親自殺的原因，只有他外婆無意間透露過一點資訊給他，說是他父親那次打了他母親，她一時想不開就跳河自殺了。他心裡怎麼也弄不明白，還在他這麼小的時候，她就棄他不顧而自殺了，她對他父親到底有什麼如此的深仇大恨而一定要選擇自殺，這對於他來說始終是一個謎，一個內心深處永久的痛。他也因此很小就棄學並開始到處流浪了。

林奕姑娘的屍體過了很久才被人找到。別人都說她倒楣。似乎只要一下大雨，這樣的事總會發生，不是那裡突然地陷了，甚至連整量車都墜入了無底深淵，就是這裡有人掉進陰溝裡被水沖走了。當林奕姑娘的屍體找到後，警方便通知了她的家人。她母親開始並不相信自己的女兒會出事，可當她目睹女兒的屍體時，她當即就昏死了過去。

她短暫的一生經歷了好幾次劫難，可謂命運多舛。當她還是一個小學生時，就差一點被鄰村的人奸殺。那罪犯不是別人，也正是張一豐的一個叔父，他是一個孤寡老人，一直借住在他的兄長也就是一豐的爺爺那裡。那天夜裡，他正從鄰村的一個人家喝酒路過，一眼就看見林奕姑娘獨自坐在自家門口外的不遠處的一個矮牆上，此時天色已晚，因為她出門時忘了帶鑰匙，外出回家後進不了門，爺爺奶奶又去了親戚家，於是她只能傻坐在家附近，正當她在獨自發愣時，只見張老頭嘻皮笑臉地向她走來，而且趁著夜色還想抱住她，可她躲得快，拔腿就跑，張老頭也不顧臉面，對她緊追不捨。林奕慌忙地跑著，心想，這老頭髮瘋了，難道他這麼大年紀了還想強暴自己不成，她越想越慌，卻不慎在跑進一片農田時被一塊石頭絆倒，於是她倒在了地上，又拚命的在地上爬了幾下，此時張老頭也追了上來，一下就撲到了她的身上，便死命地拉拽她，任她尖叫，張老頭還是得逞了。一想到她會去告他，於是他起了殺心，她只是苦苦哀求，並哭著說道，要是事情傳了出去，自己也沒臉做人。他想想也是，又警告他自己已是一把歲數，也不怕什麼槍斃坐牢，說出去會被人當笑話看，叫她保持沉默，她也含淚答應。

就這樣被人白白糟蹋也不敢聲張。雖然她恨死了他，甚至恨他們全家，每次見到他們家裡的人，她就跑得遠遠的。好在他們家在鄰村，平時很少有機會遇見。

就在林奕姑娘上初中的時候，不幸又一次降臨到她身上。那天在她去上學的路上，她被一輛疾馳的摩托車撞飛出好幾米遠，很快她就被送去一家醫院搶救，雖然命保住了，卻做了脾臟切割手術。可她並不知道這個手術給她帶來的災難，直到她在報考大學前的一次正規體檢時才被告知她少了一隻左腎，醫院的工作人員問她是否做過腎切除手術，她回答說沒有，身上的疤痕是以前出車禍後做的脾臟切除手術，怎麼會連腎臟也不見了呢，會不會是檢查出了問題。之後，她又去了一家大醫院檢查，得出的是同樣的結果。與是有人就告訴她，她的腎被人偷了，一定是在她在做那次脾臟切除手術時，有不良醫生偷偷地摘取了她的腎，然後就高價賣給了別人。林奕姑娘有點絕望了，她不知道怎麼辦，她父母帶她去告那家曾經為她做手術的醫院，可因為時間過了太久了，醫生流動性很強，又拿不出直接的證據，最後也是不了了之。誰知好不容易上完了大學，卻在一場暴雨中死於非命，而且還是鄰村的一個混混因盜竊公物所致。

那天瘸老頭正拉著一車的回收物往回趕，當他發現自己的回收站已被燒成了一片焦土他簡直不敢相信自己的眼睛。他實在想不出起火的原因，也弄不清是不是有人縱火，他還是報了警。經警方現場的初步勘查，系有人故意縱火，火情從屋室的床頭開始，並使用了助燃劑，因此警方懷疑系報復性質。當警方查看到那只還未被處理掉的陰井蓋時，他們很快聯想到那起人員墜井事故，這下提醒了瘸老頭，他把事情的經過一一告述了警方，不過這事件未必是偷盜者縱火，警方只是把他列入嫌疑人名單，不過誰也不清楚嫌疑人的真實性名。同時警方也在查找那丟失的陰井蓋的事故職任人，連警方也不清楚到底歸誰管，是市政府、環衛局還是社區，沒有一個部門稱歸自己負責，又試著聯繫建設局、交通局，最終也沒有一個明確的歸屬。為了息事寧人，最後還是市政府先找人修復路段，再查找事故責任人。

再說張一豐因害怕警方追查便從城裡跑回了家鄉，他父親只是獨自守著一兩畝地和幫人打些零工過著貧困的生活，也無法供給他什麼，他父親才不到五十歲，看起來已經像個老人的樣子，雖然在心裡希望兒子早點成家，可他也無能為力，只能過一天算一天。不久，張一豐又和幾個同村的年輕人一起去南方的一個城市討生活去了……

欲望的代價

城市裡如今有各種名稱的人群，什麼「月光族」、「啃老族」、「民工族」、「丁克族」等，城市自然變成了各族大合唱的舞臺。農村當然也有它的特色，有什麼「上訪族」、「留守族」、「打工族」。留守的多半是些上了年紀的和年紀幼小的。老人帶著孩子待在家裡，少許幹些農活。村長大叔整天東走西逛，好像閒得很。村長是村民自己選出來的，因為關大叔有手藝，又是個熱心腸，誰家蓋房子啦，誰家有紅白喜事啦，誰家又鬧糾紛啦或是誰家的地受損了，關大叔都會參與其間。到了選村長的時候，大傢伙自然一起推舉關大叔作為他們村的村長。

雖然村長總是笑嘻嘻地幫人忙活著，可背地裡也會抱怨：「做個村長沒啥意思，誰家的屁事都要去管」。平時他隨意地路過哪家，別人一見他的身影就會向他喊到：「村長啊，忙什麼呢？進來坐坐吧。」「有事在忙呢，回頭再來。」他會這樣笑道。不過，有時看見誰家有什麼熱鬧的事，或是來了什麼人，他會背著雙手，笑嘻嘻地走進去。到了那些留守的家庭，尤其是那些婦女帶著孩子閒在家中，見了村長，便更是樂意讓他進屋坐坐，和他聊聊外面的事，還有她的男人。村長比他們見多識廣，會和他們聊得火熱，也有的女人對自己的男人有一肚子的怨氣，這時村長便要當個和事佬了。有的會拉上村長喝上幾口，故意和村長打情罵俏，可村長的腦子清醒得很，他才不會去做那檔子「賠本生意」。騷娘們請喝了酒，最好讓他和她好上了，這樣就被她套住了，弄不好還壞了名聲，自己的老婆長得又不賴，這種吃虧的買賣當然不能做。

看村長總是對人和和氣氣，尤其是對那些居家的婦人，開始別人還用懷疑的眼光看他，慢慢地，別人就信任起他。相反，村裡有的男人和留守的女人搞上了，引出了許多家庭糾紛，村長還得磨嘴皮子，和他們講道理，擺利害得失。所以，村長雖然年紀不算大，卻成了村民們「心目中的長者」和孤兒寡婦的「守護者」。總之，只要一看到村長在村子裡走來走去的身影，別人總會感到有種安全感。

村裡的葛大爺有兩個孫女，姐姐欣欣十五歲，妹妹榮榮十三歲，雖然姐妹相差只有兩歲，可欣欣看上去像個小大人似的，榮榮還像個小女孩。這年，她們的父母帶著她們的小弟弟一起進城去了，留下葛大爺和她們姐妹倆。葛大爺雖然精神還不錯，不過有點耳背，走路也不是很順暢，有些腳病。在城市裡打工的收入要比在家務農的收入多許多，當然他們從事的職業無非是保潔員、建築工、修理工等城市居民嫌累嫌髒的活。所得的收入在城市裡不經花，回到農村裡可是一筆財富，雖然沒有什麼生活保障，可城裡人掙的錢必須在城裡花，一套住房比家裡的牛棚還小，卻要花上好幾百萬，一個月五千、八千的說是不夠花，可外來打工的掙上個一二千的，算起來省吃儉用幾個年頭，到頭來帶回去一筆好像花不完的錢。

家裡只剩下葛大爺和欣欣與榮榮姐妹，每當村長路過他們家，不管有沒有人招呼他，村長總會進屋去看看。這天正好是葛大爺生日，家裡擺起了小宴席，又請了村長來坐坐。「嗨，不知不覺像個小大人了，越發水靈了。」，見了欣欣，村長忍不住誇道。欣欣聽了有點害羞，心裡卻很高興。葛大爺又為村長斟了點酒，兩人喝得有點酣暢。喝到差不多時，村長擦了擦油嘴便要離開，此時欣欣正坐在門口的小凳上，看著榮榮在院子裡逗小雞玩。村長低下頭和欣欣說再見，「村長再見」姐妹向他說道。無意間他看到欣欣單衫裡的一對才剛剛隆起的小乳頭，紅紅嫩嫩的。他走出了幾步，想了想剛才所瞥到的，便又回過頭，再從欣欣身旁跨進門檻，不禁又低頭看了下欣欣的胸部，進屋後又和葛大爺俩聊了幾句，出門時，他又照樣放緩腳步，又狠狠地看了一回。這下，欣欣覺得村長有些不對勁，好像是在偷看自己的身體，便一頭站了起來，拉著榮榮出去玩了。村長還是那樣背著手走著，心裡覺得自己到底是占了大便宜，吃了喝了，還白看了幾眼。又想著，剛剛跑出來的就是有味，好像小雞的屁屁，嫩嫩紅紅的，如果哪天能夠摸上一摸，嗨喲，那才是帶勁呢。於是，接下來的日子裡，村長老往葛大爺家跑，他總想尋機再沾點什麼便宜。

有天下午放學後，欣欣先回了家，見爺爺不在家裡，她放下了書包，就準備去同學玩了。此時，村長來了，進屋後發現竟是欣欣一個人在家，他便開始算計起來。欣欣身上依然穿得很單薄，他想著要是把她的衣服解開，好好看看才過癮……正想得入神，忽然一陣風吹過，正好掀起了她的裙子，並露出了花內褲。村長見了，他的心越發顫抖起來，欣欣正想離家外出，說是要出去找同學玩，可村長堅持要看看她的作業，又說是她父母托咐他的，於是欣欣只能上樓回到自己的房裡，村長緊跟著她，又想著上手的滋味。欣欣信以為真，取出作業薄，村長卻看著她，一臉奸笑，又用手拉了拉她的辮子，欣欣不禁看了他一眼，覺得有些怪異。此刻，村長再也不顧臉面，迫不及待地就動手把她按倒在床上，又剝開她的上衣便亂摸起來。欣欣開始極力反抗，村長有備而來，近來時常在外守候機會，此刻他用盡力氣，沒幾下就把欣欣姦污了。事後他又嚇唬她不許說出去，不然他就殺了他們全家的人，自己再自殺，誰也別想活。

欣欣忍痛哭了一陣，見了家人也不敢說什麼。倒是妹妹榮榮發現姐姐有些異常，便問道是不是有人欺負她，可她還是搖搖頭否認了。到了晚飯的時間，欣欣只是躲在自己的房裡不肯下去，爺爺叫她也不理睬，老人也沒多問，想等她餓了自己就會來吃。雖然欣欣一夜未眠，可她第二天還是強打起精神去了學校。內心的傷痛使她無精打采地過了一天，當她從學校迷迷糊糊回來時，竟看見村長在自己的家和爺爺閒聊，一臉的老奸巨猾好像什麼事也沒發生過。見欣欣不敢聲張，村長心裡暗暗得意。在回去的路上，他背著雙手，哼著小曲，盤算著再次下手的計畫。

月亮高高地爬上了山頭，平時這個時候是欣欣和榮榮一起做完學校的功課準備睡覺了。可近來她總是擔心村長爬上來敲門。他一敲，她就要馬上去打開。不然，他就會把門踢開，然後殺了她，村長這樣警告她。於是，她總會心驚肉跳地度過每個夜晚。只要聽到門外有什麼動靜，她的整個身體就會發麻，心跳加速。有時候是她虛驚一場，有時確實是村長從樓下爬上來，再敲門進入她的房間。現在，村長更加肆無忌憚了，每次只要他想來就來，發洩完了就走。只是欣欣盼著父母能早點回來團聚，這樣村長就不敢再來了，她就可以結束這場無止境的噩夢。

那天因葛大爺突然感到身體不適，村長知道了便派人送老人去醫院檢查。到了下午學校放課的時候，村長早早地就等在她們家外。他一個人躲在林子後，心裡盤算著，如果是欣欣先回家，就把她騙去醫院，然後對榮榮下手。如果是榮榮先到家，就帶她一起去醫院，然後在半路上的稻田裡就對她下手。他邊等邊忍著，不停地抽著煙。忽然他眼前一亮，看見是欣欣一個人背著書包正往家裡走。於是，村長跑了過去，告訴她：「你的爺爺正病重躺在醫院，快去鎮醫院看他。」又說等他忙完了事，也會過去。欣欣聽了，心裡一著急，便什麼也顧不上了，放下書包，便趕去醫院，村長見此，心裡一陣得意，又轉身躲進了林子裡，等待榮榮回來。左等右等，大約過了近一個小時，他終於看到小女孩也回來了。她前腳進門，村長後腳就跟了進去，雖然榮榮比姐姐年少，可她很機靈，看到村長像是不懷好意地跟了進來，此時家裡又無別人，便轉身就向外跑。村長急了，也顧不上假裝，像老鷹抓小雞那般，沖上去一把就把榮榮抱住，雖然榮榮想掙脫他，可她弱小的身體根本無力抗爭，直徑就被村長抱入她的睡房，然後撕開她的衣服，不容分說地強姦了她。為了防止血跡滴在床上，村長還用自己脫下來的上衣墊在床上。完事之後，村長用同樣的話嚇唬榮榮，見她滿臉驚恐的樣子，便甩甩手放心地離開了……他邊走邊笑，還是光板一個毛小孩，這個便宜占大了，又想著，最近讀到報紙上因為有人強姦了一個女孩，怕事情暴露而將女孩殺害，案子很快就破了。他想，還是自己高明，不用動什麼刀子，嚇唬她們一下就足夠了，而且以後還可以輪流玩弄她們，他邊走邊想，很是得意……

再說欣欣趕到醫院，雖然爺爺有病，卻無大礙，不過需要留院觀察，做檢查。到了傍晚時分，欣欣想先回家做飯，然後再帶榮榮一起過來。走到半路上，突然感覺不妙，是不是村長又在耍什麼花招，不好，他會不會趁家中無人對妹妹下手，妹妹還小，如果真受到傷害，都是自己的過錯。她越想越急趕緊往家裡走。她一頭沖進妹妹的房間，完了，完了，完了，妹妹好像剛剛哭過，又本能地看了一下妹妹的床單，雖然沒有血跡，卻很凌亂，平時不是這個樣子的。「是不是他來過了，是不是？……」欣欣先哭了起來，榮榮也跟著哭，哭的撕心裂肺。沒想到村長糟蹋了自己還不算，連妹妹也不放過，這個畜生，一定要殺掉他。於是，她們姐妹商議起怎麼對他下手。

像平時裡那樣，村長背著雙手，在村子裡到處溜溜，「進來坐坐吧，村長」見了他，人們都會這樣向他招呼。轉來轉去，又轉到了葛大爺家。此前他並不時常光顧這裡，自從他得了手以後，他的心思就全部放在了這裡，他甚至想做掉眼前這個老家夥，省得他老要在黑地裡爬上爬下進入她們的房內。可見了面，又不禁連忙假笑道：「身子骨還好吧，需要什麼幫忙的儘管吩咐。」葛大爺道了謝，又取出上好的煙敬了村長「女孩子長大了，晚上不要讓她們出門亂跑，外面亂得很。」村長又胡說了一通，便離去了。到了天色漸漸暗了下來，村長就有些坐不住了。見他神情老是不定，他老婆便向他嘀咕起來，「嗨」他先歎了一口氣，「做村長的，還不是整天被別人的事牽著走，什麼賭博嫖娼被抓的，為了爭地盤打鬥的，全要我出面。」「是呀，村長聽起來官位不大，全村上千戶人家，要管的事比縣太爺還多呢」他老婆湊合道。

夜裡先是起了風，村長剛出門，抬頭一看，月光隱隱卻亂雲飛渡，他心裡不禁打了一個寒顫。「難道自己的事被別人發現了？」他一念而過，卻還是朝著那個屋子的方向走去。雖然心裡的感覺有點異常，可一想到馬上就又可以下手便亢奮起來，又特意去一家小賣部買了一瓶燒酒，想藉著酒力玩得更酣暢一些。到了樓下，他停頓了一下，看到欣欣的屋裡燈熄了，便提著酒，爬了上去。像以往一樣，放慢了腳步，悄悄地走過去敲了敲門。一會兒，欣欣就開了門，在暗色下，藉著樓下的一點光線，村長便在小凳上坐下後，先喝了起來。欣欣開著床邊的小燈，故意說月經來了，不能做那事。村長聽了更起了興致，又喝了幾口後，到身體感到有點飄飄的樣子便起身抱住了欣欣，臥倒在了床頭，又一邊解開她的衣服，一邊急著就要上。欣欣躺在下面，故意緊緊抱住村長，正當他搖得起勁的時候，突然背後有一把尖刀向他刺來，一陣劇痛讓他清醒了大半，姐妹合力，一起把他亂刀刺死。雖然她們年紀還小，可憤怒使她們做得乾淨利索。接著，趁著夜色，姐妹倆把村長的屍體放到了家裡的一輛小推車上，又去了偏僻處把屍體埋好。村長連中數刀，很快就流血休克而死。可他死前還有一點意識，沒想到自己死在兩個小女孩手裡，又想到自己的老婆和孩子，眼角處淌下最後的淚水……

村長突然失蹤了，村裡被這個消息炸開了。村裡人到處尋找，警方也及時介入，查不到一點頭緒。姐妹倆做完這件事，相互發誓永守祕密。直到一年後，人們才無意中發現了一堆白骨，村長的屍體早被野狗從地裡扒出來吃得乾乾淨淨只剩一堆白骨。經公安鑒定，白骨卻是村長的遺骸，且骨頭上有刀痕，像是被人謀殺。村民們怎麼也弄不明白，一個像關村長這樣的好人，怎麼也會飛來橫禍。警方辦案經驗再豐富，也想像不出這樣的推論，只是歎息「太可惜了……」

逃離

自從桂芸的母親離家出走後，她就想著自己快點長大也好早一點離家出走，那年她才八歲。她父親是個酒鬼，掙不到什麼錢，卻還喜歡賭錢。每當他喝的醉醺醺地回來，她們就驚恐不已，不知道他又會把她們打成怎樣。她母親早已被打得渾身是傷，桂芸也不例外。在忍無可忍的情況下，有一天，她母親在她父親的飯菜裡下了鼠藥，幸好有鄰里及時發現，她的父親被醫院搶救活了。當然，她母親也不敢再家裡待下去了，最終，她母親丟下孩子，選擇了逃離。桂芸在家沒有東西吃的時候，她要帶著妹妹到山上挖野菜吃，就這樣，靠著一點點政府的救濟糧，桂芸和她的妹妹勉強度日。村裡很窮，女人們都一個個地離鄉出走了，那些光棍也沒錢娶媳婦。到了桂芸十四歲那年，有個年近四十的老光棍邱某給了她爹二千五百塊錢，她爹就把桂芸賣給了他做老婆。

活了半輩子終於娶到個黃花小姑娘，邱某自然歡喜不已，次年，桂芸便生了個女兒。邱某在家守著幾畝地，平時靠跟著別人打些零工掙點錢，沒活幹的時候閒在家裡，和她的父親一樣，喝多了回到家裡總愛發酒瘋，桂芸本來就不想跟他過日子，總想著離開這個一無是處的男人，可是身邊有了孩子，而且，很快肚子裡又有了一個。就這樣，桂芸在痛苦中掙扎了好幾年，到了日子實在過不下去的時候，她四處打聽母親的下落，最終，她見到了自己日夜想念的母親。此時她的母親，也是別人家的媽媽，她們母女倆斷斷續續地聊了一陣。

「你走，你能去哪兒呢？」

「我不管，反正我是過不下去了。」

「你現在又有了兩個孩子，你走了他們怎麼辦？」

「那你走的時候有沒有想過我們怎麼辦？」

「你這個人真不懂事，當初我不走，他也一樣會殺了我，我是沒有辦法才走的呀。」

「可我現在也是實在過不下去了，孩子整天沒吃的，他還要喝酒，勸他就打人，事後總是道歉，到了下次就再這樣，我實在過不下去了。」

桂芸訴說了自己的遭遇，她母親也沒有什麼辦法，只是答應她為她另找一戶人家，反正，村裡村外，想娶老婆的男人多得是。不久，她母親就把她帶到了一戶人家，這男人姓范，二十七八歲，是她母親新家的遠房親戚，不過看起來要比邱某年輕能幹，桂芸很快就住到了范某的家，這年桂芸二十一歲。

桂芸和范某同居了沒多久，就又懷孕了。她打算好等生了孩子以後，就外出打工掙錢，養孩子是需要花費的，沒有孩子都過得這樣苦，有了孩子以後日子就更不好過了。范某也是沒有什麼正當收入，偶爾跟人跑運輸掙點外快，不過抽煙、喝酒、賭牌樣樣沾染，唯一的好處就是不打老婆。生下女兒後，好不容易等孩子長大了一點，就在她準備和人一起外出打工時，桂芸又懷上了一個孩子，她想把孩子拿掉，可范某怎麼也不答應，他希望她能再生一個男孩。不過，因為日子過得實在太苦，桂芸還是偷偷吃了打胎藥，可事與願違，肚裡的孩子怎麼也打不掉，沒辦法，到了第二年的春天，桂芸生下了一個男嬰，這讓范某一家喜出望外，終於有了可以傳宗接代的男孩出生了。這樣，桂芸不得不待在家裡繼續帶孩子。這一晃又是過了四五年的光陰，這年桂芸已是二十六歲了，村裡的老人也死了一個又一個，一群披麻戴孝的人在一個角落裡把老人的棺材埋了，這人的一生就這麼算完了。「嗨，這人的一生不就是為了吃口飯嗎。」村裡的人這樣歎道。桂芸覺得一生累死累活就是為了吃上一口飯，這人生就如同牛馬，在她的骨子裡她是很不甘心就這樣的，她堅持想著要到外面去打工，掙了錢可以養孩子，讓他們過得好一點，至少不能像自己過得那麼沒意思。

桂芸終於進城打工了，看見城裡人出門開小車、吃飯上餐館，她感到人家過的日子和自己的多麼不同。可是在小城裡轉來跑去，也找不到什麼工作可以做，聽說去大城市可以做保姆，包吃住還有工錢拿，於是，她花了身上幾乎所有的錢，買了火車票，獨自去了南方。到了大城市，令她感到眼花繚亂同時也讓她無所適從，她既沒有住處，也沒有錢吃飯，一個人在車站逗留，向人打聽哪裡有人需要保姆。有人建議她去找家政介紹所，她根本聽不明白別人的意思，也找不到想去的地方。於是，她見到路人就打聽，在問路的過程中，桂芸遇上了一個小夥子李某，和她年齡相仿，他也是外來打工的，而且老家離她的家鄉不遠。李某把她帶到了目的地，他們又向人謊稱是親戚，一起在接待處登了記。幾天後，桂雲就找到了一份做保姆的工作。她很感激李某，倆個年輕人很快就交往並成了男女朋友，隨後，他們租了一個小房，便一起過起了日子。

雖然倆個人的收入都很微薄，可對於桂芸來說，這是她有生以來初次體驗自由戀愛的感覺，她感到生活很自在，沒有人拖累她，也沒有人壓迫她，可自己畢竟先後和倆個男人生活過，又生過四個孩子，她感到李某不應該這樣和自己永遠地生活在一起，自己還是應該多打工掙錢。李某雖然知道桂芸以往的經歷，可他又能怎麼樣呢，他一個從貧困地區出來的青年，掙著一份微薄的工資，他想，有誰會看得起自己呢，又有誰會願意跟自己過日子呢。雖然桂芸的年紀比自己大一點，又為別人生過孩子，可她心底好，長相也不差，又不嫌棄自己，他也就認了桂芸。不久，桂芸又懷孕了。此時，桂芸因把李某帶進了房東家玩，被房東發現後辭退了，這樣，她一下子沒了收入。為了多掙一些錢，李某丟下桂芸去別的地方打工了。

桂芸一個人留在家中，沒過幾天她就又出來找事做了。她一個女人家整天在路上轉悠，一臉的迷茫。那天有個朱某正在街上買東西準備回老家，他無意中發現了桂芸，見她一個人正垂著腦袋無精打采地在一處空地坐著，便上前和她閒聊了起來。

「小姑娘，你是在等人嗎？」

她只是斜看了一眼，又搖了搖頭。

「那你是迷路了還是怎麼樣，我可以幫到你什麼？」

「可以啊，我肚子有點餓，我能向你借點錢嗎？」

「走吧，小姑娘，我帶你去吃東西吧。」

朱某看見這樣一個水靈靈的女人獨自在外，便靈機一動，說是可以幫她找到工作，便臨時又多買了一張車票，把桂芸帶回了自己的家，又對村裡的人謊稱她是自己的未婚妻。就這樣桂芸便在朱家住了下來，對這個「路邊撿來」的女人，朱某也不敢怠慢，幫她買了幾件新衣服，又給她吃好用好。見桂芸安心地住了下來，很快，他就準備和桂芸操辦婚事。她生過好幾個孩子，還從來沒有體驗過婚禮的滋味，當她試穿起新娘的大紅綢緞衣時，她感到幸福極了。到了婚禮那天，村裡敲鑼打鼓地來了許多人，新人拜了天地、父母，最後夫妻對拜，隨後熱熱鬧鬧地喝了喜酒。一場婚禮算是辦完了，就這樣，從此他們就和和睦睦地生活在一起了。桂芸的肚子慢慢地大了起來，可她明白，這肚子裡懷的孩子不是朱某的而是李某的，只是自己懷孕不久，就跟朱某同居了。不久，她又生下了一個兒子，中年得子，朱某滿心歡喜，又翻造了房子，一家三口，過起了日子。孩子一年年地在長大，每天看著孩子，桂芸又思念起孩子的生父李某。她明白，孩子一天天長大了，父子長相差異也越來越大，怕是以後瞞不下去了，於是她想方設法和李某取得了聯繫，並希望母子一起回到他的身邊。眼看自己的女人和孩子住在別人家裡，別人還把他們母子當成妻兒養著，這幾年，李某還是一人漂泊在外，也想有個家。於是，他和她商量好了，等有機會，李某就去她那裡，帶著他們母子一起逃離。

村裡本來就是男人多女人少，光棍多姑娘更少。村落裡倒是有間破屋，裡頭到有幾個女人，不是寡婦就是無家可歸者，她們住在此地，靠男人的光顧收點錢財。這天，邱某從外鄉回來，他沒有直接回家去，而是急匆匆地先去了那間破屋。他敲了門，隨後走出一個衣服襤褸的中年婦女，伸手示意讓他先交錢。那女人把邱某帶進房間，裡面有一張不怎麼結實的木板床，亂糟糟的被子，散放著絳色乳罩，地上有木盆、開水壺，有用過的衛生團，還有撕開的煙盒，角落裡堆滿吃剩的速食面袋。邱某忙著脫下褲子，因為長年在外做苦力活，他的身體有些損傷，連脫褲子也不是很利索。女人邊脫衣服邊見這情形，便問道：

「你行嗎？」

「少廢話，老子就是來幹的。」

隨後，他用力地爬到了她身上，幾經努力，他終於將身上的東西送人了她的身體。雖然沒有太大的快感，不過總算還是做了一次，他已經記不得多久沒有做這事了。邱某穿好衣服後，臨行前還放了一句話：

「小心點，過幾年我回來看孩子。」

那女人聽了，嘻嘻一笑，路出一口殘牙。

「去你的，老不死的，就一隻鴨子的錢，還指望別人幫你生孩子。」

邱某走了，他身上沒有多少錢，不過他還是想早點回去見到他的兩個女兒。桂芸離家出走那麼多年了，她和邱某的倆個女兒邱菊、邱花也已初長成人了。自從桂芸離家出走後，邱某不得不時常外出打工，和兩個女兒也是聚少離多。她們從小跟著老人過，除了上學，就要幫著忙農活。到了她們上初中的時候，調皮的男生知道她們的父母都不在身邊，只有老人和她們一起過，便對她們起了歹念。幾個男生乘老人外出忙農活時，就強行闖入她們家，先後把她們姐妹姦污了，她們也不敢聲張。從此，男生就時常闖入她們家，任意對她們實施性侵。後來，有兩個霸道的男生，就把她們姐妹倆長期霸佔著。這天，當邱某匆匆趕到家，不想一推開門就見自己的女兒和一個男生睡在床上，見有人進來，那男生撒腿就跑，邱某追了幾十米，正氣急敗壞地往回趕，此時又發現另一個男生正慌忙從自己的小女兒的房裡跑出來，邱某見狀，便憤怒地從地上撿起一塊石頭又向那個男生追去，追了一會，也沒有追上。邱某又氣又急，心裡更加怨恨當年桂芸離家出走。倆個女兒都讓人白白糟蹋了，他心裡又火又不甘，他決定一定要找到那兩個臭小子，把他們抓起來判刑。不過最後他想好了，要麼讓他們的家長賠款，要麼就去報警。

桂芸和范某所生的一女一兒范玉和范強如今也到了上小學的年齡了，范某也要時常外出打工，兩個孩子有他老母照料，村裡的留守兒童很多，好在他們姐弟上同一所小學，雖然學校離家有好幾裡路，孩子們總是結伴而行。那天在去學校的路上，一路上有個男生尾隨著他們，於是，他們姐弟倆走走停停，留意起那個總是跟在後面的那個男生。這男生也是和他們同村的，雖不認識卻也有些面熟。此時他不是去學校，他輟學好一陣子了，長期父母不在他的身邊，從小他就變得孤僻、自卑。看到在他前面去學校上課的姐弟不時地回頭看自己一眼，又好像在悄悄得在說著自己的壞話，於是，他開始感到很生氣，又走了一段路，看到范玉用警惕的眼光好像提防著他，他由生氣變成憤怒，他順手撿了一條樹枝，他想走上前狠狠地抽他們幾下。范玉見他手執樹枝向他們逼近，出於保護弟弟的本能，她便厲聲向他質問道：

「你跟著我們幹什麼？你敢打人我就去你家告狀。」

「告狀，你去告呀，打死你也沒有人來管我。」

說著，他就一把把她拽拖到了林子裡，她邊反抗邊叫，他又一下子把她按倒在地，使勁地掐住了她的脖子，不一會兒，她就一動不動了。事後，他把范強帶到了一個偏僻處，正想下手聽時忽然聽見有動靜便丟下他跑了。當公安人員把他逮捕後，他們怎麼也弄不明白他殺人的動機是什麼。

那天李某以表弟的身份暫住到朱家。朱某見是老婆家的親戚，便硬是好酒好菜的款待，生怕自己的老婆在娘家人面前丟了面子。到了夜裡，桂芸讓朱某獨自去睡，並藉口要和久未相見的表弟聊聊家常。朱某倒也毫不介意，獨自去後房睡了。哪知李某和桂芸久未雲雨，到了深夜，見朱某沒有什麼動靜，兩人就幹了起來。住了兩天，李某便告辭了。他們商量好了，等朱某外出之際，李某就帶著他們母女悄悄的逃離朱家。

那天，朱某到處找不到妻兒，他急得快要發瘋了，他不知道發生了什麼事，四處打聽消息，有人告訴他，在車站見到了他的老婆和孩子，跟著一個男人。這使他想到了李某，可他不明白，他們為何不辭而別。朱某越想越覺得不對勁，於是他報了警，聲稱自己的老婆和孩子遭人綁架了……

死亡之旅

近二十年的監獄服刑後終於被提前釋放了，焦志敏也已四十出頭。在回家的路上，他的心裡就十分糾結，按理像他這樣年紀的人都應該有自己的家了，可他還要回到小時候就離開的家。在他二十歲剛剛出頭的那年，因為在一次群毆事件中致人死亡，後來被判了無期徒刑。在服刑期，每天他心裡的最大的也是唯一的願望就是減刑後刑滿釋放重獲自由，雖然他也擔心自己到了如今這把年紀在外面很難混出一點名堂，有幾個獄友已進進出出好幾次了，只因在外面生活沒有著落，便又走上了盜竊的老路。焦志敏在心裡暗暗發誓，到了外面以後，絕不再做犯法的事了，他很怕再坐牢，再坐下去就成老人了，就是重獲自由也會過著很悲慘的人生，甚至病死餓死連為他收屍的人也沒有。他也很後悔從前年輕時沒有好好的珍惜時光，遇事只是一味逞強，好像自己膽子大，夠野，就可以呼風喚雨似的，當別人都讓著自己的時候，自己居然有一種莫名的成就感。那都是過去的事了，如果自己要是沒有被判無期徒刑，自己在外面也許早就混出個人樣了，哪會還像現在這樣，連個歸宿也沒有。

當他最終回到家的時候，他看到自己的父親已是完全變成了一個老人，他有點心酸，他父親話不多，只是在桌上放上了一些吃的東西，除了一碗粥外，還有幾只饅頭和一些醬菜。當然，他並沒有奢望家裡會為他準備一席豐盛的佳餚，可一個人坐在桌上冷冷清清吃著他心裡還是感到很不是滋味。父親話很少，而且看上去也不是很健康。他想和父親聊聊天，可是聊什麼呢，外面的事他一點也不知道，他也不想和父親聊他在監獄的生活，只是問他身體怎樣，他只是說了一聲「還可以」就什麼話也沒有了，他又問了他兄長的情況，他父親只是告訴他「閒著沒事做」。接著，他父親又抽起了捲煙。他想著小時候在家吃飯的情景，那時候雖然家裡很窮，可母親還在，有時候也會和他兄長爭吵起來，而他母親總會在背後說他兄長的不是。他剛放下碗筷，他的兄長就從外面回來了，他同樣驚呀地發現他兄長此時已經變成了一個小老頭了，連頭髮也禿了，而且和他父親一樣，他們的臉色都很不好，他也不想多說，畢竟自己才剛剛被放出來，什麼忙也幫不上。

其實此時他很想睡一會，等自己打起了精神再到外面去看看，可他又不好意思問家人自己有沒有睡覺的地方，於是他只得告訴他們自己出去找找朋友，看看哪個朋友能幫上忙，找點事情做做。他兄長聽了，用教訓他的口氣說道：「不要再找那些不三不四的朋友，再進去可不是鬧著玩的。」他看了他兄長一眼，心想：就是再進去，也比你一把年紀還在家裡吃閒飯強。可他嘴裡什麼也沒說，心裡又想到：要是母親還活著就好了。他直覺感到這個家是不會歡迎他回來的，除非自己能拿出錢來。

他去找了從前的幾個朋友，別人對他還算熱情，其中有一個叫金昌運的是搞運輸生意的還請他在一家小飯館吃了一頓。他們小時候經常一起玩耍，看到人家事業有成，心裡也不免羨慕起來。「不瞞你說，這可是我二十年來第一次這樣有吃有喝」他感歎道，「等我有錢了，我再請你，現在能不能在你這裡幹點什麼，先把自己的生活問題解決了。」「這算什麼事，不過你剛出來，也做不了司機，只能跟人跑車做搬運，每月工資一千五百元。」金昌運爽快地說道。焦志敏聽了一陣欣喜，管他什麼工作，先找到工作，把吃飯的問題解決了，以後總可以再賺更多的錢。

焦志敏每天跟人出車，時常要到深更半夜才能回家。當他拖著疲憊的身體躡手躡腳地回到家時，他不得不敲打房門，讓他的兄長起來開門。他想有一把家裡的鑰匙，他的兄長卻不願意，可每次開門，他兄長又總是怨氣十足，責怪他那麼遲回家，弄得別人不能正常休息。

他感到了家人對他的冷漠，誰叫自己是個刑滿釋放的人呢，好像還是外人對他好一點，也許家裡人擔心自己要分他們的財產，如果自己待在牢裡，父親去世後，房產就歸兄長一人所有。想到這裡，他流下了眼淚。他感到他本來就不該回來，回來幹什麼呢，難道他們會給自已經濟上的一點幫助，不回來自己心裡還有一個家，一個曾經的家，雖然說不上有多少溫情，卻也是一種心理上的歸宿。現在好了，他想著要儘快離開這裡，永遠不再回來，那怕是死在外面。他自己也不會去管他們的死活，就是有一天他們死了，也不會去為他們送終。

從此他就不再回家了，有時在別人家過夜，有時索性就睡在車裡。生活的不規律和體力的透支使他的身體狀況越來越差，他總是不停的吸煙，工資的大部分都花在了買煙上，剩下連吃飯的錢也不夠了。他同時看到金某總是吃香喝辣的，雖然有家室，身邊還時常有年輕美麗的女人相伴。他想要不是自己當年那麼好勝呈強，自己也會混得很好，也不會只麼寄人籬下。

由於身上的病痛，他去看了一次醫生，經檢查後發現，他患了嚴重的腎炎。醫生勸他休息調養。他那裡敢休息，反正本來自己就是爛命一條，死就死吧，免得活著遭人嫌。他頭腦好，手又巧，很快他就能開卡車了。不過金某不願他無證駕駛，他只好跟人出車。不久他就幹不動了，腰痛得厲害，又沒錢治病。終於，他有了一個無奈的念頭，去死。他感到這樣活著太累，也毫無自尊，看人臉色吃飯，而且身上也越來越痛。

他再一次回到了家裡，他明白這是一次絕別。他覺得他們這樣活著很可憐。事實上他也聽說了，他們都有腎病，而且靠做血液透析維持生命，他自己的病是家族遺傳的。他給他們買了一點吃的，三個人坐下來吃了一點東西，隨後，他就向他們告別了。他身上有向別人借的三千元錢，臨走時他在父親的床頭下放了一千元，自己帶著二千多元，開始了他的死亡之旅。

他忽然感到如釋重負，不要再為生計發愁了，也不用為疾病擔憂，只要有勇氣放棄自己的生命，就什麼後顧之憂也沒有了。如果死後真有靈魂，那麼也可以自由飛翔了。自己的這個身體似乎永運在牢籠中，即便是離開了監獄，自己的身心也沒有自由過。現在好了，終於可以無牽無掛了，雖然在心裡還有一絲的不甘心，還沒有滿足過做人的基本欲望。

他不知不覺地來到了一片荒蕪之地，一個人靜靜地坐在一棵大樹下，他想理一理自己的人生。在這個向人生告別的時刻，他想著人生到底是什麼，人生好像是在不斷地滿足自己的欲望，永無止盡。假如人生沒有那麼長，到了像自己這樣的年齡就會死去，那麼人們還會不會去拚命掙錢，或者去借一大筆錢買房子呢？也許不會，大家一定會過的更自由更輕鬆。問題在於人的生命太長了，而且希望更長，所以才會無止境地貪欲。自己在監獄裡度過這麼多年，心裡唯一的渴望就是重獲自由，好像只要自由了，就什麼都可以得到。可事實上這種自由又能給自己帶來什麼呢，除了身心更加的疲憊什麼也沒有得到。好了，不想了，想也沒有用，現在需要去吃點什麼，去再髮廊裡玩一次女人，就可以結束自己的生命了。

口袋裡的錢夠他好好地過幾天，他去鬧市找了一家餐館，點了他最喜歡吃的大蝦和烤鴨，又要了一些酒，美美地吃了一頓。這是他平生第一次不看價就點菜，他有點歡喜也有點悲傷，畢竟這和監獄裡的死刑犯一樣，是頓「斷頭飯」。他離開了餐館，就去街邊找髮廊，有一條街上有好幾處髮廊，裡面總有三兩個女人，有的年紀還不輕。他忽然發現有一家，裡面都是些年輕漂亮的姑娘，他一上去就看上了一個，於是他就挑選了她。他跟著那個女孩上了樓，進了房間，那女孩二話不說就脫了衣服，隨後就躺在一張床上等他上來。他隨即也脫了衣服，上前去把她緊緊抱住。他打量著她，心想，真的是好漂亮的一個女孩。他恨不得把她帶走，讓她和自己一起去死。

他找了一家旅館住了進去，鄰床還空著，他獨自一個人佔據著整個房間，他把門反鎖上，然後坐到了床上，拿出了隨身帶著的刀子。他先看著尖刀發呆，又感到身上在發痛，於是，他就躺下了，右手緊握刀柄，對著左手腕狠狠地劃了一下，鮮血頓時冒了出來，他鬆開知己的手，閉上了雙眼。

當別人發現他時，他已經休克了。很快被送進了醫院經行搶救。幸好搶救及時，他才沒有自殺成功。醫院救了他的命，他卻欠下了上萬元的醫療費，他不知道是要感激那些救助他的人還是要詛咒他們，活著沒有自有，連死的自由也沒有，可他們真的能阻擋自己去死嗎？不過既然又活了下來，他尋思著自己還能去做些什麼。

很快他就聯繫上了以前的幾個獄友，大家聚在一起先是哀聲歎氣，感慨自己沒有出路，最多隻能是幫人家做些廉價的苦力活，什麼生活保障也沒有，所以只要有機會，還是想去冒險做一票。他們商議來商議去，最後還是聽了焦志敏的主意，他們要進行一次綁架，目標是金昌運。

焦志敏很容易地騙出了金昌運，於是他們三個人就對他採取了綁架。他們知道，綁架的罪很重，況且都有前科，所以他們用金昌運的銀行卡取了錢後就立刻殺死了他。又對屍體經行了分解，拋屍。

當有人發現屍塊時，公安人員很快從失蹤人員中找到了屍源，隨後便是大量的取證與摸排的工作，最後就鎖定了犯罪嫌疑人。不久，他們三個再次鋃鐺入獄。焦志敏明白，他很快就會被槍斃，像他這樣的人，無論是自由還是不自由，終歸會是這種下場……

賣血記

村口河灘的渡口邊擠滿了男女老幼，每兩個星期，就有人來帶他們渡河。他們每人交了三元錢的渡河費，就可以到河對岸鄉鎮了。這些人要去的是一個血站，那裡早已聚集了鄰村的不少村民，他們一個個排好了隊，手裡拿著早已填寫好的表格，有人還沒有進入獻血室，就把自己的袖口高高地卷起，只要一座上抽血台，那些鄉醫就取出一個大大的針管，對著那些人的手臂上的靜脈刺進去，那鮮紅的血漿就流入了針桶。隨後，抽血的人在被抽血的人的那張表格上蓋了一個章，這樣，被抽了大約六百毫升鮮血的人憑著那張蓋過章的表格，去另一個發放錢的房間領取一百二十元的營養費和八元錢的交通費。

領到了現金，張高麗大叔雖然感到自己的身體有點虛弱，可他心裡還是感到一種滿足，這手裡的一百多元錢放在口袋裡，一路上他不停的用手在自己的口袋外面摸索，他生怕這錢不小心會丟失掉，這可是自己的血錢，不是汗錢，汗錢來得沒這麼容易，也沒怎麼快。此時他想著自己在城裡讀大學的兒子，只有自己有錢供他讀書，他就感到心裡輕鬆。當他回到家裡時，他已經感到自己的身體有點支撐不住了。他現在的老婆什麼事也幹不了，是個弱智，是他前幾年在路上「撿」回來的老婆。那天他剛從山上砍柴回來，路上看到一個髒兮兮的女人，好像是個無家可歸的人，看她又傻裡傻氣的樣子，他就把她帶回了家，後來就成了自己的女人。為了防止她到處亂跑，每當他出門時，他就把她鎖在屋子裡。

為了補血，他要喝大量的鹽水，他希望兩周以後再跟著船到血站去換點錢回來。此時他想先燒點水，可水缸裡的水已經用完了，可他已經沒有氣力在到山下去挑水回來了。水桶很沉，有三四十斤的樣子。挑水來回走好幾公里山路，以前自己的身體好，可現在不行了，長年的頻繁輸血使他的體力大不如從前了，尤其是腿部的力量明顯下降了，現在他只能每次挑十幾斤水，而且使他筋疲力盡。

第二天上午，張高麗用昨天賣血的錢去村裡買了幾斤麵粉，回來後做了一鍋面疙瘩，再放了一些自己從山上采來的野菜，就和他的傻老婆一起吃了起來。看到她傻傻樣子，他也不免會想起他以前離家出走的妻子。他算了算，她今年也有快四十歲了，時間也過得正快，她出走一晃也有快二十年了，當初她也是被一個人販子販來的，好像是四川人，兩年後她感到實在過不下去了，就和村裡別的販賣來的女人一樣，生了孩子沒多久，就離家出走了。他記得在生他們的孩子阿寶的那年，由於是在自己的家裡又是難產，家裡三四個女人忙作一團，而他的老婆在床上哭叫了整整一晚，生下了嬰兒後，她就昏死過去了。現在他們的孩子都已經上了大學了，是個漂亮的小夥子了。他算計著，自己再過幾年就超過年齡不能再去賣血了，那時自己的孩子大學也剛好念完了，他自己可以找工作做了，不用再負擔他的生活費了。他自己每月有低保費一百多元，他的女人因為沒有戶口，也就領不了這個錢。他想，沒有媳婦的時候整天想要一個媳婦，現在自己的生活反倒被這個傻女人拖累了。不能掙錢，又做不了家務，腦子又不好使，還要吃飯穿衣，唯一的好處就是晚上在床上可以發洩一下情欲，而且還不會跑掉。

吃了早飯後，張高麗幫他的女人擦了擦臉，又幫她把有些淩亂的頭髮梳理了一下，然後把門反鎖好，就獨自上山砍柴和順便挖些野菜去了。這已經是他多年的生活習慣了，只是他以前精力比較充沛，現在年歲漸漸的大了起來，加之多年的輸血，他的身體大不如以前了。他心裡唯一的安慰與期待就是自己的這個兒子了，他不用像自己的祖祖輩輩那樣背朝青天面向黃土地受苦受累一輩子，而且一畝地一年的收成最多也才四五百元錢，家裡一共才不到四畝地，就連勉強糊口都不夠。所以他平時除了上山砍材和到幾裡地以外的小河裡挑水外，還要經常出門撿些破爛賣錢補貼家用。雖然他很想念自己的兒子，可是為了省路費他上了大學後就沒有回來過，他知道兒子不喜歡自己帶回來的這個女人，村裡的人一定笑話他了。在他背著柴禾準備下山的時候，他腳一滑重重的摔了一跤，看著手上流出來的血，他馬上用嘴巴吃了進去，他想，那也是錢啊，白白地流掉了多可惜。回家放下柴禾後，他就提著水桶去背水了。

「張大叔啊，去裝水呢。」村裡的人向他招呼道。

「是啊，不過背不動了，只能少背一點。」

「把那個傻女人看好了，小心別讓她跑了。」一個村民笑道。

「跑就跑吧，再撿一個回來。」他回敬道。

「哈哈哈哈……」村民們笑著走開了。

張高麗早已習慣了別人這樣笑話他，再說了，老婆被賣來後又跑掉的又不是只有他一家。除了上一輩的女人在村裡辛辛苦苦地挨著苦日子，還有那些帶著孩子丈夫外出幹活的本地女人，那些被拐來的女人和村裡大多年輕的女人，誰願意在這裡過這種苦日子，誰不願意到外面的花花世界過上好日子。自己的生活比起那些城裡人，這輩子也算是白活了，可又有什麼辦法呢，年輕力壯的外出打工掙錢，做什麼修鐵路、開石山、造房子，一年也能掙個好幾萬。自己年紀大了，身體又不是很好，還要照顧那個傻老婆，到外面找事做，這條路走不通。不過他相信自己的兒子將來一定能夠做個城裡人，將來找個體面的女人，過上幸福美滿的日子。

張高麗終於來到了一條河邊，當他正準備往桶裡灌水時，他突然發現水的顏色好像有點不大對，好像泛著紅色，而且還有一股怪味。他先是愣了一下，他懷疑是不是自己的眼睛看花了，因為自己經常輸血的關係，所以把河裡的水也當成血液了。不過他也早聽說了，自從在河上游段開了幾個什麼化工廠、造紙廠，這裡的水質就一年比一年差了，有時還散發著一種臭味，河面上還常常漂著死魚，這裡的水根本就不能再喝了。於是，他就提著水桶，到另外一個地方找乾淨的水去了。

在一個小樹林裡，他發現了一條小溪，於是他趕快把水桶裝滿，便背在背上，朝著回家的路走去。他想像著自己的孩子將來能夠和城裡人一樣，用水可以用自來水，燒火可以用煤氣，他和一個體面的女人通過談戀愛而結婚，不用像自己那樣買一個拐來的女人，更不會在路邊去撿一個傻女人回來做老婆。當然，最主要的他可以在大公司裡上班，永遠不用靠賣血、撿破爛補貼家用。他邊走邊想，疲憊的身體一下子感到輕鬆了許多。

月底又要給他的兒子匯一筆錢過去，他手裡還缺些錢，他等兩周後再跟船到鄉鎮裡的血站賣一次血，加之每月低保的錢，缺的那部分再去向別人再借一點就夠了。

「年紀大了，不能這樣老想著賣血，也要養好身體才是。」一個借錢給他的老人說道。

「嗨，再過兩年等孩子畢業了就不再去了，身體確實不如從前了，再說到了那時人家也不要我的血了，超過賣血年齡了，血站的人說不能叫『賣血』，要叫『獻血』，所給的錢也不能叫『血價』，要說『營養費』。管它怎麼個叫法，有錢就行。」張高麗說道。

「不過聽說以後這買賣要停了，血庫裡的血太多沒地方存放了，好像還會得什麼傳染病的。」老人又道。

「是啊，我也聽說了，就是不賣血，喝了什麼被污染的河水，也會犯病的，有什麼辦法，只有自己小心點啦。」張高麗有些擔心地說道。

還是像以往那樣，渡口邊早已聚集著不少的人。有的女人還帶著自己的孩子一起去，那些孩子也不過才一兩歲，那些女人也出來賣血換錢了。到了渡船靠岸後，張高麗就隨著人群擠上了船。下船後，他們就在血站外登記領號。

「張高麗。」一個工作人員出來叫了一聲。

「來了。」應聲後他就進入了房間。

「聽說以後你們不再要血了，血漿太多了，沒地方儲存了是不是？」張高麗坐下後，便向輸血的人問到。

「誰說的，盡瞎說。」那女的一邊說著，一邊開始找血管扎針頭。

「這針頭好像是已經用過的，為什麼不用新的。」他突然有些不安地問道。

「沒事，都是健康人，用一次換一個有多浪費啊。」她解釋道。

他想再說什麼，可是來不及了，他的血已經在向針桶裡流。雖然有點擔心，不過他拿了一張蓋過圖章的單子，又去另一個房間領到了錢，心裡還是有一種快樂的感覺。

回到家後，湊足了要匯款的錢，他又去忙自己的事了。日子就這樣一天天地過著，一邊是每天照樣上山砍柴和到幾裡地外的河邊取水，空閒時到外面撿些破爛賣錢；一邊是照料他的傻女人，幫她梳理，喂她吃飯。他心中唯一的期望就是兒子將來有出息，做個城裡人。也許將來自己老了，還能靠上他過日子。不知不覺又是一年多的時光過去了，由於身體越來越不行了，他感到自己身體裡的血越來越少，就是喝大量的鹽水也不怎麼管用了，他準備到今年年底，自己就不再去血站賣血了，反正兒子也將要畢業了。就在他上次去了血站回來之後，有次他在路上走到半路就暈倒了，後來被送去醫院做檢查，居然查出肝硬化。他感到很絕望，不過他還是瞞著他的兒子，讓他可以專心讀書。事實上自從他兒子阿寶去城裡上了大學之後，他就再也沒有回來過，甚至連個電話也沒有，只有張高麗打電話給他時，他才隨便地搪塞幾句。

就像他父親期望的那樣，如今阿寶看起來確實像個城裡人了，而且還交了一個城裡的女朋友。不過他從來不向別人提及自己的家人，對於這個話題，他總是諱莫如深。好在那女的只知道他是農村戶口，其他的就什麼也不清楚了。他讀書不錯，還拿了獎學金，靠著家人寄來的生活費，加之平時在外做些零工，生活還算過得去。他也聽說自己的父親病了，而且還經常賣血，他只是托同鄉帶個口信，叫他父親好好養病，不用再給他寄生活費了。不過他自己並不想回去，他心裡實在無法面對自己那個病怏怏的父親和他身邊的那個傻女人。

不久，張高麗的病情就惡化了，並且很快發展成了肝癌，他躺在床上，身上的疼痛使她感到痛苦難忍，他不時地叫著阿寶的名字，希望他趕快回來，坐在自己的身邊陪自己說說話。等了一天又一天，阿寶還是沒有回來。村裡的人也看不過去了，就托了鄰村在同一所大學讀書的人，去當面叫他回去。那同鄉先是勸了他幾次，見他無動於衷就揚言要到學校領導那兒去告他。眼看自己家裡的事就要被暴露，阿寶卻一時對那個老鄉動了殺機，就在他再一次威脅阿寶時，阿寶竟然真的把一把早已準備好的刀子向他的胸口刺去。接著，阿寶又把那同鄉的屍體進行了解肢和拋屍。

幾天後阿寶就被逮捕了，在一審時就被判了死刑。在羈押期間，公安人員押著銬著手鐐與腳鐐的阿寶去見了躺在床上已經是奄奄一息的張高麗。

他知道了兒子的事，他多麼希望兒子不會被判死刑，他感到自己這一輩子活得很怨。當他迷迷糊糊看見自己的兒子被幾個監管人帶到他面前的時候，他睜大了眼睛又仔細地看了他一眼，他終於來看自己了，可是沒想到會是這種狀況下，他還是不明白阿寶為什麼要殺人。當阿寶走到他的面前並跪下哭泣的時候，張高麗含著淚水說道：

「要是我不去賣血供你讀書，你就不會去殺人了。」

「不要管我了，我對不起你，爸爸，你自己好好養病吧。」

「我快不行了，本來我還指望著你……」

「不要說了，爸爸，一切都晚了，我這就走了，你多多保重吧。」

看著兒子離去的背影，張高麗又一次昏了過去。過了兩天，他就在昏迷中死去了……

村莊的故事

偷盜

村子裡時常有人會被公安局抓進去，而且有不少是在校的中小學生，被抓的原因是偷盜。在附近的幾個村落裡，就有不少盜竊組織，領頭的都是些小有名氣的，這些人手下都有一幫人，像門徒跟這教主那般，領頭的時常一呼百應，跟著他有吃有喝，還有錢花，更重要的是在外面混個女人回來也容易。那些老實巴交的村民，本來也是家家守著幾畝地，過著靠天吃飯的日子，可遇倒了旱災或是水災，就沒有了收成，就連吃的東西也沒有了，於是，有人開始乞討為生，也有人不甘心做「叫花子」，又沒有別的路可走，於是就幹起了結幫偷盜的買賣。當然，幫裡的人受到打擊處理也是常事，不過只要在幫裡混久的人，進去幾個月甚至幾年也沒關係，家裡的人有外面的人照顧，就連他們的女人也是如此。如果有誰趁人之危對那女的動了念頭，犯人出獄後定會找他算帳。有時領頭的也被抓判了刑了，那閒置的女人也沒人敢動她，有時一閒竟要好幾年的功夫。

剛剛放出來的學生邱小虎很快就又回到了學校，當然也不會好好念書，就在他們班上，因犯偷盜而被公安機關打擊處理過的竟有半數，老師也很無奈，拿著一份微薄的收入艱難地度日，他明白，就算這些學生念完了小學或是初中，到了社會上也是閒人一個，既下不了地也進不了工廠，唯一的出路就是加入盜竊組織。這天，村裡的那些散兵游勇被領頭的邱貴紅集中起來，統一買好了車票，去某地流串作案了。到了那裡，他們先找到了一個住的場地，房子比較偏僻，不大會引起別人的注意。一大早，他們分成了三對人馬出發：一對是入室盜竊，另一隊去商場偷竊，還有一隊在鬧市區扒竊。到了夜歸的時辰，他們向頭交出了所有的贓物，頭在本子上把贓物一一記下，大家便圍坐在一起吃飯，並交流著白天所發生的種種事情。到了第二天天亮，新的一天又開始了，他們各自帶著自己的任務出發了。

在一起盜竊黃金首飾案中，邱貴紅發現了女店主打烊時關門的習慣，她總是從最遠處的窗戶關起，逐個關到離門口最近的那扇，中間這有不到一分鐘的間隔，就是利用了這個時段，邱貴紅趁機溜進了店裡。當女主人管上了外面的捲簾門和店門時，便轉身回到自己的店後的休息室，這出乎他的意料，他以為她關門後就會徑直離開店裡。面對一個陌生的男人突然出現在眼前，她慌了起來，而他卻叫她交出保險箱的鑰匙。保險箱裡卻實有幾十萬的現金，女店主在一陣慌亂後，又實在不想交出鑰匙，見她猶豫不決的樣子，他便對她推打了起來，她一邊防衛一邊大叫，他拔出匕首，向她身上捅了數刀，女店主身受重傷，倒在血泊之中。邱貴紅很快取了一些珠寶首飾，便打開前門，又拉上卷門逃跑了。幸虧有人發現情況異常，報了警，女店主才撿回了一條性命。最後，案子破了，邱貴紅被判了十年的徒刑。

邱叔今年五十多歲了，由於身體原因他在家歇了兩年了，不過他的大兒子貴紅最近被判了刑，他的二兒子邱小虎還在上初中，太年輕不好帶隊，邱叔只好又親自出馬了。這次他們準備去南方的一座大城市撈一筆，出發前他算了一下人數，家裡和村裡的上上下下共有二十多人，都是些沾親帶故的。他買了車票，一隊人馬，男女婦孺群體出發了。除了花一筆錢買車票，出發的人群中身上都沒有什麼錢，不過他們並不擔心在大城市裡的花銷，只要有機會，在路上他們就開始行動了。在擁擠的候車大廳，別的乘客忙著運行李或是疲勞休息時，他們就象草原上的捕食動物，那雙饑渴的眼睛早已盯上了目標。把手伸進別人的口袋是最拿手的活，一個用手臂擋住別人的視角，並用身體擠壓對方，另一個就大膽地出手了。不用顧忌其他的人，就是被他們看到了，別人也會像沒事一樣置之不理。誰也不會去報警，更不會出面阻止。如果有人和行竊的發生了衝突，他們幾個就會一起對被盜者進行圍打，然後逃之夭夭。孕婦帶著幾個女的光顧商場去了，進了商店後，有的挑東檢西的，分散店員的注意力，隨後見機行事，多少會有收入。那些去逛商場的男人見機就索性往電梯裡搬大件，有一次還叫商場的工作人員一起搬貨，別人還誤以為他們是為店裡送貨的，大大方方的完成了盜竊東西的行動，這要有膽有略。之於入室盜竊的一般要先踩點，摸清了主人家人員出入的時間，才能撬門入室，這樣做功夫大，風險高，但收益自然也豐厚。也有不巧出事的，打鬥中傷了人命的，一旦被抓，就會損兵折將。在這座城市裡逗留了一陣，他們像游牧民族那樣，回到家鄉，分了帳款。在村裡鬧了一陣，邱叔臨出發前還為老四辦了一場婚禮，新娘也是同村的，在邱叔手下老四在外也闖了幾年江湖了，看老四模樣清秀又挺能抓的，雖然也有外村的人來說親的，人家還是一戶做正經買賣的，可姑娘家還不願意，覺得跟著老四習慣了，而且生活得也不錯。這不，新娘的首飾全是老四搞來的，有的還很貴重，還有她的許多衣服，也是老四弄來的，她從來不缺新衣服。

婚禮過後，這隊人馬就準備去另一個城市。考慮到南方風聲緊，而且去的人也多，這次，他們打算去中部的一個城市，那裡山青水秀，這幾年發展也快，只是方言難懂，為此，邱叔還特意找了一個鄰鎮以前在那一帶混過的人，讓他傳授方言，並瞭解那裡的人文和當地的風俗。做好了一切準備，選好了黃道吉日，就又浩浩蕩蕩地出發了。

騙婚

多年單身的寶強，經媒人介紹，在一個陽光明媚的上午，他在一個水庫和女方初次見面。為表誠意，女方還一下子帶來了四個人。雖然寶強已是年近三十，可他從來沒有談過戀愛，初次和女方見面，對方又帶上了幾個親朋好友一同前來，寶強心裡直打顫。見面時，他也不敢多看對方一眼，不過他發現，那女人的秀美超出了自己的期望。見了面，女孩子表現得並不拘謹，而是落落大方的樣子，寶強卻顯得拘拘束束，說實話，他一眼就看上了對方，只是此時面對那些人，他真的不知如何是好。

寶強的父母終於了卻了一樁心事，按照當地風俗，張薇初次到男方家登門，媒人都會要求男方給女方見面禮。那天女方和她的父母加上四個親戚一共來了七個人，午飯後，寶強家當場拿出了九千六百元給他們，並租車將他們送回。大約交往了半個月後，張薇主動要求把婚事定下來，並說寶強老實能吃苦。寶強心中倍感溫暖，心裡暗暗發誓，自己一定要努力賺錢，愛護她一輩子。寶強的父母也拿出了幾乎所有的積蓄，湊足了六萬六千元作為給女方家的彩禮，隨後就開始籌備婚禮。寶強越看越不敢相信，自己能娶上如花兒一般的張薇。

婚禮當日熱鬧非凡，新娘父母家人也都來參加喜宴，加上全村的親朋好友，人人都誇張薇長得靚麗，說寶強有「桃花運」，甚至有人在私底下議論，說他是「癩蛤蟆吃上了天鵝肉」。雖然見面禮、彩禮、結婚用品、喜宴等總共花費了十幾萬元，其中大多數都是從親戚朋友處借來的。不過就在結婚儀式剛剛舉行沒過三天，新娘子張薇卻悄然失蹤了，寶強心急如焚，他只是想到他要和她行房事時，每次她都以痛作為理由推脫，他也沒辦法，不敢強行。不過他還是弄不明白她為什麼要突然離家出走，而且連招呼也不打一個，他的心裡也出現了一絲不祥的預感，他連忙撥打新娘的手機卻一直處於關機狀態，他又匆匆趕到新娘家之前租住的房屋，眼前的一切讓他更加覺得五雷轟頂，明明幾個星期前他和家人還來過這裡，在這裡見過新娘和她的家人，現在怎麼就人去樓空了呢？他向別人打聽到房東的電話，可是房東也聯繫不上。寶強想到他的新婚妻子之前說過她在某某商場附近的一家婚紗店上班，他就憑著印象找到了這家婚紗店，但是店裡的人表示不認識她。

自己從見面到結婚才一個多月的時間，而且相處的時間也不多，跟她家人也只見過三次面，也沒有留下任何的聯絡方式。該找的地方都找了，茫茫人海，妻子去了哪裡，會不會出了什麼意外，他越想越害怕，情急之下，寶強到轄區派出所報了案。所裡的民警想看一下雙方的結婚證，以便了解女方的戶口資訊，因而可以找尋她的家人，但寶強卻拿不出來，他們只是辦了婚禮，還沒有去辦結婚證。結婚沒有結婚證，新娘的身份證資訊也沒有，電話也聯繫不上，新婚才三天，新娘卻莫名其妙地失蹤了。民警感覺事有蹊蹺，便開始著手調查。就在這當口又有人來報案說，他的新娘也莫名不見了，短時間內，兩個新娘都失蹤了，民警判斷又是一場婚騙。這個報新娘失蹤的叫王崢，二十八歲，據他講訴，他的新娘叫張瑩，是不久前經人介紹相識的。張瑩及其家人在收了包括見面禮、彩禮共計八萬多元後，張瑩便同王崢結了婚。不過婚後沒幾天，新娘也莫名其妙地失蹤了。

民警分析這兩起報案，受害人遭遇非常相似，一個新娘叫張薇，另一個叫張瑩，在到人口資訊中查對，發現使用的都是假名。受害人分別提供了結婚錄影，雖然錄影上的新娘化了濃妝，經過反覆對比，確定兩個新娘是同一個人，而且他們還發現這兩個婚禮舉行的時間只相差十天。

在民警深入調查過程中，他們又陸續接到了幾起相似的報案，報案人都是被騙取了六到八萬多元不同金額的見面禮和彩禮，新娘結婚後就消失了，被騙人數已近達到六人。根據視頻，警方發現他們的新娘都是同一個女人。他們大都家境貧寒，長期找不到對象，好不容易有了一個結婚對象，就四處借錢才勉強湊夠彩禮錢和辦婚禮的費用。通過對比分析，民警確定在不同婚禮上多次出現的所謂新娘的父母、親戚、媒人等也都是找人假扮的。這些人在收取見面禮、彩禮、舉辦婚禮等一些關鍵場合就會粉墨登場。現如今新娘跑了，不管從感情上還是金錢上，都給他們帶來了巨大的傷害和損失。

民警很快鎖定了這幾個嫌疑人的主要活動區域，而且在一社區租房區的一個出租屋內發現了隱匿多日的新娘董某，警方決定先跟蹤她，待時機成熟再一網打盡。第一天跟蹤的時候，警方發現她到了一個男性家裡，待了大概兩個小時，隨後董姓女子同一個男人一起出來，兩人顯得很親密，還在一家店面裡，挑選了一些喜帖和喜糖，之後，又進了一家婚紗店。

第二天，偵察人員到這名男子所在的村子走訪，瞭解到要結婚的這戶人家，小夥子二十八歲，因父親癱瘓在床，家境困難一直未婚。幾天前，突然有個年輕女子經常出入他家，正準備結婚。經過連續幾天的跟蹤調查，掌握了董姓女子和團夥人員的活動軌跡，正在他們實施下一起婚騙行為時，偵察人員展開了抓捕行動。

毀滅

如果家裡沒有一個男孩，那麼在村裡人們就會當笑話講：「哈哈，他們家裡沒有男娃」。都說中國的城市像西方，中國的農村似非洲。許多農民的生計，可以說是幾十年、幾百年甚至上千年狀況沒有根本改變。微乎其微的收入，幾乎沒有消費的生活，貧困、赤貧。只有到了鎮中心，看起來倒像個小城。以前鎮裡就是鎮裡，幾十個村一個鄉，十幾個鄉一個鎮，除了鎮長辦公的地方像樣一些，其他的地方一樣簡陋和凌亂。不過現在鎮中心豎起了排排樓房，還有不少的商業街，看起來更像是城鄉結合部。說是農民又無地可種，說是市民又沒有戶口，令這裡的百姓處境非常地尷尬。吳景權在家排行老大，初中畢業後既不打工也不種地，不過他倒是喜歡畫畫寫寫，正好有個遠方親戚在鎮辦裡做事，他有幸到鎮辦裡混了個宣傳幹事。也因為工作積極，又頭腦機靈，景權不久便入了黨，成了一名名副其實的鎮幹部。作為鎮幹部，不久，就在鎮辦建的新樓裡，規劃給了他一套婚房。這樣，比起城裡的那些「裸婚族」或是借貸買了婚房的「蟻族」，景權的生活過得算是輕鬆，自在多了。婚後她的妻子崔曉曉不久就懷上了。在他們婚後不久，所有的人遇到曉曉，人們總是把目光關注在她的肚子有沒有變化。等到她的肚子大到一定程度，別人又開始根據她肚子的形狀判斷她懷的是男孩還是女孩。肚子園園的，看起來是個女孩的徵兆，於是景權開始煩惱起來，萬一曉曉真的懷的是一個女孩怎麼辦？自己不是絕後了嗎？好像自己人生奮鬥的一切再也沒有了意義。生了女孩後就不能再生了，不僅絕後，還會被人在背地裡笑話。他想到了墮胎，不過有人告訴他太遲了，這樣做曉曉可能會有生命的危險。到了生孩子那天，當護士告訴他，他的妻子產下了一名女嬰後，他對天長歎了一口氣，無力地回到了家中。「不行，必需要有一個兒子。」景權心裡暗自想著，又看到別人家的男孩，就算先生了個女兒，超生也生了一個兒子。

女嬰總是靜靜地睡在搖藍裡，景權端詳著她，一種憐愛之心油然而生，雖然看起來像個小怪物，可她畢竟是自己的親生女兒。既然她沒能變成一個男孩，在肚子裡長不出那條命根子，他想到了放棄。他很快便和妻子商議，想放棄女兒吉吉再生一個寶寶，曉曉死活不從，首先女兒是自己十月懷胎所生，是自己身體的一部分，其次就算再超生一個，也不一定就是男孩，況且，現在人們在地裡務農的越來越少，養兒或育女還不都是一樣。「不行，雖然我是個幹部，可人家照樣可以笑話我。」「那就再生一個，萬一又是女的，我可不管，也不能再生了，就這點收入，又怎麼過下去？」「不行，別人可以這樣做，我不可以，一胎政策是國策，對黨員幹部管得尤為嚴厲，人家超生一個，可以對他們搞經濟制裁，而我會因此丟掉官職，到頭來種地又沒有地，做工又做不上，全家不是死路一條？」

每當吉吉感冒發燒，曉曉就急得頭頭轉。或打針或掛水，家裡醫院二頭跑。景權雖然著急，卻在心裡念道：煩死了，一命嗚呼算了。他想，如果再生一個兒子，這輩子算是沒有白活。「多可愛的女孩子啊。」每當他把吉吉抱在手裡，遇到熟人別人便會這樣說道。景權聽後，先是笑笑，轉身就覺得，別人好像是在說：你抱的是個女兒啊，又不是兒子。雖然吉吉在一天天長大，可他的計畫並沒有變，而且他還給未來的兒子取名叫「瓜瓜」，寓意「頂呱呱」的生活。可事實上，在兒子來到人世前，女兒必須消失，這可不是一件容易的事，他想到要去製造一起車禍，或是河中溺水，或是一場火災，總之，是一場意外的災禍，要做得天衣無縫，否則，不僅自己身敗名裂，還要去坐牢，自己是國家公務員編制，將來還要去縣委任職，前途一片光明。可一想到吉吉死前掙扎的模樣，他怎麼也下不了手。不久，曉曉又懷孕了，而且妊娠反應較以往不同，這使景權興奮不已。眼看心願就要實現了，可阻力還在眼前。隨著時間的推移，他成了熱鍋上的螞蟻。終於有一天，他在女兒的藥品裡下了毒，吉吉吃後，躺在床上使靜靜地死去了，連一點掙扎也沒有。雖然他們夫婦傷心欲絕，向外人稱是小孩子得了肺炎而夭折。就這樣，吉吉被裝入了一隻小小的棺木入了土，永遠地躺在了地下。雖然曉曉對吉吉的死因有所懷疑，可她太愛她的丈夫了，曾因為生個兒子他不惜以離婚對她威脅。不久她的肚子一點點地挺了起來，他們化悲為喜。又幾個月過去了，看到曉曉挺著的肚子形狀是尖尖的，這下，景權終於如願以償了。

當瓜瓜來到了這個世上，前來賀喜的人絡繹不絕，家裡更是設宴大請賓客。失去了吉吉，換來了瓜瓜，這個祕密沒人知曉，以後也永遠不會有人知道。這年，由於工作出色在新一輪的候選提撥中吳景全順利地當上了副鎮長兼縣委委員，工資也隨之上調了一級，正是雙喜臨門。兒子瓜瓜一天天地長大，而且長得酷似景權，從小便進入了什麼明星幼稚園。等到了上學，還特意憑關係送到了縣城裡最好的小學，實在令旁人眼紅。就在瓜瓜上小學三年級那年，那天縣城裡發生了一起大案，有一個暴徒，據說是被單位辭退後一時無業，情感上又屢遭挫折，於是，他把發洩對象瞄準了無力反抗的小學生，而且是最好的小學，人稱貴族小學。一大早，暴徒就持刀進入學校，見了孩子就砍，不過幾分鐘時間，就死傷了幾十個小學生。在鎮裡的景權得知這個消息，他心裡一沉，這可是他兒子所在的那所小學，孩子怎麼樣了，會不會出事，一陣強烈不安的預感，他一口氣趕到了學校，緊張地打聽起來，兒子好像也在被害學生之中，他頓時癱倒了下來，最後一絲希望就是兒子能被醫院救治。可是，到了第二天，他的兒子就死了，他和妻子一下子就瘋掉了，等他妻子慢慢從昏迷中甦醒過來，卻不見了丈夫，於是，在村裡人的幫助下，在一個離鎮上幾裡遠的山坡上的山洞裡找到了他。他死活不肯下山，而且渾身污垢，也不言語。

他妻子強忍悲痛，不得不每天上山給他的丈夫送飯。就這樣，一連好幾年，一點改變也沒有……

報告

做個地方領導真的很忙，忙開會，忙視察，忙作報告，還要忙私事。譬如給朋友、熟人調動一下工作，給下屬解決一些生活困難。做領導嘛，這一切也總免不了。不過，領導也愛出出風頭，那天他就突發奇想，穿上一身嶄新的舊式軍裝，站在敞篷車裡，向四周的群眾高呼致意，那架勢堪比天安門廣場上的巡禮。當然，領導也愛吃，愛吃倒也方便，整天有部下和地方部門的負責人請他吃吃喝喝，待吃飽喝足了，帶著幾分醉意，拉著女服務員就要動手動腳，人家女孩也初來乍到，哪見過這陣勢，便被嚇跑了，知道領導有了這個要求，下面的人罵那個女孩「沒見過世面的臭丫頭」，便馬上帶領導去那個場所銷魂去了。做領導的總是不斷地有「個人需求」，而部下和部門負責人也有「個人需求」。這樣，他們便開始頻頻做交易。當然，升官的升官，拿項目的拿項目。領導也知道自己奮鬥了大半輩子，好不容易被提拔到這個位置，該拿的也不會不拿，該要的也不會放手。儘管領導常有下面的人帶他去逍遙的場所，尤其是風月場所來了新的漂亮的妹子，都會讓領導先去嘗鮮。可領導還是不滿意，一看見路上有些姿色的女子，他便歎道：「生不逢時」。別人聽不明白領導的意思，以為領導有更大的野心想做更大的官。「其實還是地方官好，俗話說，甯做雞頭，不做鳳尾。」身邊的人這樣寬慰他。「呸，你懂個屁，要在以前做個地方官，我就能想要誰就要誰，看見路上的美女我還能搶回去，那多帶勁。」身邊的隨從聽了都笑了起來，但不知道他們在笑什麼。

作為領導嘛，除了開會、作報告，還得題題字，以示儒雅。所以在家沒事也會動手練練字，磨磨墨，筆架上也倒掛上一排排毛筆，什麼狼毫的，豬毫的，讓人一見領導是個才藝型的，更令人敬畏三分。不過，在他收藏的這些毛筆，就有幾十支陰毛筆，這倒不是講笑話，他真有這種癖好，就像有人喜歡收藏女人的內衣褲。每次玩弄過一個女人，他會留下一撮陰毛，事後，把這些略有捲曲的陰毛，經過洗滌弄直，再自製成筆尖。他試用過幾支，雖然沒有什麼狼毫豬毫的順，可感覺不錯，這種風韻也無人知曉，天下無二。對於「好色」這個詞，他頗有異議，憑什麼喜歡吃喝的人叫「美食家」，喜歡遊山玩水的叫「旅行家」，可喜歡玩女人的人卻叫什麼「色鬼」、「好色之徒」，這不公平。孔大人說：食色性也。所以，也該有個風雅的名稱，譬如叫：「品性家」、「行愛家」等之稱。反正，不能讓人聽了有貶義的感覺。

事實上鄉鎮裡的男人越來越少，好像都被當年抽壯丁似的抽走了。大多數有體力的男人都去了城裡，從事那些苦力活。一批又一批擁到了市區裡，他們沒日沒夜地幹活，多掙些錢。吃的是最簡單最便宜的食物，住的是鐵皮搭的屋子。屋內昏暗，又到處拉著電線，加之煙味、酒味和汗味，還有髒衣服的味道。他們什麼都能忍耐，沒有任何生活保障，也沒有什麼娛樂。當然有人會去洗腳店或是按摩店發洩一下性欲。不過，因為太不講衛生，不少人弄出性病，事態有點蔓延的趨勢。於是，城裡的居民頭痛了，先是怪他們隨處大小便，隨處搭危房，又說他們亂搞男女關係，傷風敗俗，傳播性病。於是，他們被人視為「弱勢群體」。媒體也關注起來，領導也很快瞭解了這些「具體問題」。就在一個長假的下午，組織了上萬名外來打工的到廣場上坐下，說領導要開會研究和解決他們的問題。

幾個領導坐在上面，面對成千上萬的人群，領導開始講話了：

親愛的鄉親們，農民工兄弟們，你們辛苦了。你們背井離鄉在外面常年從事打工，為這個城市的發展做出了很大的貢獻，我代表全市人民感謝你們。沒有你們的汗水，沒有你們的智慧與勤勞，就沒有這麼美好的城市。所以，你們是一支「工農子弟兵」，是沒有編制的「野戰軍」。因為在這裡，大多數來自四川，所以你們在歷史上將被記載為「新時代的川野」，也就是說你們是沒有冒著硝煙的四川野戰軍，你們同樣流血流汗。我今天來，我知道你們身強力壯，結了婚把妻兒留在了老家，沒有結婚的在都市裡搞對象也不容易。雖然，你們比以前戰爭年代的戰士強多了，至少你們可以吃上飯，吃好飯，還有錢寄回老家補貼家用。可是，你們也需要娛樂，當然也需要性生活，這是人之常情，是可以理解的。不過，如果你們不顧安全，去那些不三不四的地方做性交易，那麼，後果是很嚴重的。不僅擾亂治安，違法亂紀，更主要的是一旦染上性病，害己又害人，這樣會導致多少不幸和悲劇。有性要求，我不責怪你們，你們是男人，活生生的男人都有這種要求和衝動，但是，解決問題最好的方法就是我建議你們採用自慰，也就是手淫，這樣既簡便又安全奏效。你們的手可以用來創造財富，也可以用來自慰。再熬上幾年，等你們賺夠了錢，再回到自己的家鄉，或是團聚，或是娶親，總之，明天是美好的。為了美好的明天，我們一起努力奮鬥吧。最後，祝你們工作愉快，身體健康！

台下的人群早已議論紛紛，有說有笑。不過最後還是在領導報告結束時，報以最熱烈的掌聲。

古董

在這個世界上，有多少窮人，便有多少富人的閒錢。這些錢像是社會動脈中流淌的血液，一會兒流向股市，一會兒是地產；或是用作屯積奇貨，或是投資藝術珍寶。最近，據說就有愛國人士把當年在「鴉片戰爭」中，被英法聯軍弄去的屬於圓明園裡的什麼「猴頭」與「狗頭」的獸首銅像，用以千萬上億的錢高價拍回，使國寶回歸祖國，彷彿又使國人人心大快。要說在當今的中國，主權的事或是民生的事已經鬧得大家又繁又累，令人大快人心的事也不多了，除了衛星上天和在竞技場偶奪金牌，剩下的也就是像這種流失海外多年的國寶又重新回歸，使人覺得彰顯了國威。再說，當下的藝術品市場，藝術珍品越走越俏，許多人為之瘋狂，於是，騙子就粉沫登場了，只是許多的受害者並不知情，還滿心歡喜。據說以前愛好收藏的乾隆皇帝也打過眼，誤把贗品當真跡，愛不釋手，這便是古董的魅力。

牟總從農村出來，經過幾十年的打拼，他的產業涉及乳業、娛樂、運輸、餐飲等各大行業，是個風光的企業名人。近幾年他也涉入藝術品市場，正兒八經的收藏了不少的名畫和古董。正當他自感雄才大略又可叱咤風雲之際，由於「毒奶粉」事件在社會上的連鎖反應，他的資金鏈突然出現了短缺，需要注入大量的資本，他的上市公司不僅沒有錢分紅利，更沒有錢來還本，無奈之下，牟總不得不把他那些收藏的藝術珍品拍賣掉，以解燃眉之急。可幾千萬的拍賣價雖然比當初買下時整整翻了一翻，可還是化解不了眼前的危機，銀行又在不斷地催債，在這生死關頭，牟總的一個朋友幫他弄來了兩件能亂真的元代青花瓷仿品，可這畢竟是仿品，沒有哪個冤大頭會輕易花鉅資收藏。思來想去，他們覺得既然許多人的學歷可以造假，那麼，這古董的來歷同樣可以造假。他們很快就想到了以前為牟總收藏的那些古董作鑒定的幾個專業人士，牟總便以他近期收藏品作鑒定為名，宴請了他們，這些人的專業工作本來就是做古董研究與保護工作，隨著這些年來的人們對古董收藏的日趨瘋狂，這些本來整天躲在研究機構的人士也有了用武之地，他們就像走穴的藝人，到處接受邀請，四處為收藏著作古董的真偽鑒定以獲取相對的報酬。據說有些業內人士鑒定收費不菲，對待鑒物品稍稍看上一眼，像老中醫看病人一般，一把脈就知病因，於是鑒定者把對那些藏品的來歷與真偽大致說一通，幾分鐘時間而已，如同專科門診，一個接著一個。像這樣一個幾百元收費，一天下來可觀的收人也實在令人驚訝。

這天，牟總在一家高級酒樓大設賓宴，宴請了幾位業內人士都覺得可以信賴的知名鑒定家。大家在一起吃吃喝喝，也遲遲不見待鑒的古董，只聽到牟總在席間急切地向幾位鑒定家歎道：「近來因受毒奶粉事件的影響，整個乳製品行業盡失民心，經營日趨慘澹，就連企業的資金鏈也嚴重脫節，加之銀行的貸款催債，眼看自已經營的企業王國就要分崩離析了，現在唯一的救兵就剩這兩件元代青花瓷了，還望各位為拯救民族工業大義出發，為這兩件寶物作個鑒定，好用它們向銀行作低押品，貸得一筆款項，為企業輸血，以度過這生死關頭。」隨後，牟總又向鑒定家各自派送紅包一個，裡面裝有鼓鼓的兩萬現金，鑒定的行家們自然心知肚明，接下來他們該做些什麼。待大家酒足飯飽後，牟總便將他們帶入一個休息廳，那裡陳列著兩件青花瓷被兩個厚厚的玻璃罩罩著，在大廳的聚光燈下青花瓷看起來現得格外地彌足珍貴。鑒賞家個個迷著醉眼，就從它們的器形、青料、紋飾、胎釉、造型、款式、工藝等方方面面大加讚賞，一陣熱鬧過後，這幾個專家就在自已的鑒定文本上簽上了他們的大名。

牟總如獲之寶，向銀行出示了元青花瓷的鑒定文本，加之牟總企業的知名度，銀行當即就又批下了好幾億的貸款資金，得到貸款的牟總並不就此作罷，很快，他就聯繫了一家知名的拍賣公司，將這兩件附有鑒定證書的元青花瓷上市拍賣。在拍賣會上，聽說是牟總的藏品，又經專家鑒定過，竟拍者經過一番激烈的競價，最後藏品分別以二點二億和一點六億的天價被一個大公司的老總王某收藏，王某當然也不是什麼真正的收藏，古董好過股票，市場價格年年攀升，他的出手一方面是為了擺現，另一方面也是出於奇貨可居的心理，這下可樂壞了頻於破產的牟總，有了這些救命的企業輸血資本，使他的公司起死回生，而王總自從從拍賣會上得到了那兩件寶物，他像是變了一個人，無論見了誰，也無論在什麼場合，一有機會就向人顯耀自己的那兩件青花瓷藏品，別人聽了，自然也對他的收藏成果大加讚賞，王總聽了總是在心裡覺得由衷的高興。

據說後來這兩件所謂的寶物又以更高的價格轉手了幾次，現在就是有人懷疑它們是贗品也沒人信了，這真真假假，假假真真，到底是誰說了算呢？

養生

為了養生，潘衛軍可謂是絞盡腦汁。現在，他的人生目標只有一個：長壽。自從他和原配離了婚，馬上就娶了一個比他小二十四歲的女人。他明白，按一般規律，在他死後，他的老婆還很年輕，說不定就會帶著他們的孩子和別的男人過了起來，這是他最為擔心的事。為了避免此類之事的發生，他現在唯一能做的就是使自己長生不老。除了工作以外，他經常去健身房鍛鍊，看著自己漸漸老去的身體，他必須堅持段練，才不會使自己的體型發胖走樣，皮囊繼續鬆弛下去。還有就是在飲食方面下工夫，以他現在的財力，吃些山珍海味自然不在話下，他更需要的食品也許是像鴨蛋、生蠔之類的東西，那裡邊有什麼鋅元素和硒元素，可以催生精液。聽說吃鴨血豬血，對身體有好處，現在空氣品質差，吃豬血可以將體內的粉塵和有害的金屬微粒排泄出去，還可以防止惡性腫瘤的生長等好處。鴨血中含鐵量高，而且含有微量元素鈷，能防止貧血，還可以通便清腸。又聽說吃胎盤具溫腎、益精、補氣、養血之功效。還有童子尿，過濾後飲用，有清熱降火之功效，其礦物質比天然礦泉水還豐富。之於女人的經血，據說是最理想的養血之物，尤其適合男性。經血含鐵量高，並且富含鐵、鋅、銅、鈣、鉻等多種微量元素，屬低熱量、低脂肪、高蛋白食品，具有較高的食用和保健價值。它同樣能較好地清除人體內的粉塵和有害金屬微粒，堪稱人體汙物的「清道夫」。據說第一次食用時，可能會覺得口感不太好，有些酸澀，較大的血腥味，但只要克服了這種不適應而堅持長時間食用，就會愛上它，無法自拔。如果直接食用，特點是新鮮溫潤，尤其是情人之間，可增加情趣和親密，而她也會感覺非常好，而且更有自信，溫柔可人。

吃胎盤可以延年益壽，於是，他和幾個朋友就去赴什麼胎盤宴，有人燉著吃，有人吃餃子，生意興隆。這下可樂壞了醫院的婦產科，每每有飯店的人來定購。那些生了孩子，產婦還未出院，誰知她們的嬰兒的胎盤已經上了酒家的餐桌。之於童子尿，醫藥公司便在就近的小學男廁所裡放些尿桶，定時派人來收集。然後經過提純處理，再售給那些認為可以養生的人喝。

只要見了潘衛軍，都說他看上去很年輕，至少要比他的實際年齡小十歲以上，他聽了很是高興，心想：這些都歸功於自己養生有方。有時心血來潮，他會和別人談一下自己的養生秘方。養生可分三個層次：其一是所謂的食補，包括膳食營養均衡，多吃素菜水果，少吃雞鴨魚肉。還要注意休息，定時做做運動。當然，如果像他這樣有條件的上檔次的，吃的東西就大有講究。其二是體補，經常換女人作愛自然是少不了，尤其是年輕的女子，不過過了就會傷神，所以要有節制，除了身體上的陰陽調節外，情緒上也是如此，有機會經常和女孩子聊聊天，下下棋做做遊戲，像《紅樓夢》裡的賈寶玉那樣，既好了心情，又交換了氣場，可謂一舉二得。定期讓女孩子做做按摩，在輕鬆的音樂伴奏下進行，滑了筋絡又滋補了陰場。這其三便是修練，小則做做瑜伽，大則修煉氣功，要在深山老林處，吸天地之精華，如此這般，定可活過百二十歲無疑。聽著無不嘖嘖稱讚。

最近世面上又掀起了喝母乳的養生風潮，當然是暴富者的遊戲，窮人嘛，喝杯奶茶就算不錯了，富人不能喝那玩意，所謂奶茶，無非是用些香料、色素、粘稠劑加工而成。母乳既然是用來餵養新生嬰兒的，其營養價值絕非什麼牛奶羊奶可比。其實喝上人乳，養生還在其次，這新鮮刺激的熱鬧勁才更吸引那些有權有勢者。潘衛軍還在一個高級會所舉辦了一場人乳宴，食客們一個個慕名而來。在一個宴會廳裡，等賓客都入坐完畢，服務員開始上菜了。菜肴中不乏就有什麼用鯊魚翅做成的「魚翅羹」，用毒蛇、野雞和山貓肉煲成的「龍鳳虎」粥，還有什麼中華鱘魚、娃娃魚、穿山甲等應有盡有，可食客心裡最惦記的人乳大餐卻遲遲未上。「開始吧。」一個當官的終於等不及了，就對著潘衛軍說道。隨後，潘總向一個服務生示意了一下，緊接著，隨著門外一陣清脆的女人們的腳步聲，只見一個個上身赤裸的年輕漂亮的女子列隊走了進來，她們靠著牆邊排成了一隊，人數足有十來個，個個赤裸著上身，在燈光下，她們各自的乳房顯得尤為搶眼。她們身著內褲和一雙高跟皮鞋，面帶羞澀地向大家微笑著。

「大家請隨意，想喝奶的喝奶，想『吃人』的『吃人』。」潘衛君對著大家說道。

話音剛落，賓客們便爭先恐後地來到了自己想要的女人那裡。潘衛軍挑了一個看得比較順眼的女人，一把把她拉了過來，坐下後就撲在她的懷裡，如嬰兒般渴望地吮吸起來。那個女人也輕柔的用手臂挽住他的頭。他不停地用力吸著，那女人的乳頭被他貪婪地嬉吸著，同時奶水也流入了他的喉嚨裡。他感到從未有過的興奮，他想像著自己只是一個嬰兒，和她的孩子一起共用這個女人的乳汁。此時，整個宴會廳裡好似育嬰堂，一個個大男人擁抱著各自的女人吮吸著她們的奶水。

潘衛軍一邊吮吸著，不斷地遐想著，同時他的雙手又不停地撫弄著這個女人豐滿的臀部。不一會兒，他把這個女人帶到了一個房裡，和她用身體親熱了其來。這女人當然明白他的來歷，只要盡心盡力，賺頭一定不菲。那女人和他完事後，還光著身子拉他一起跳舞，他感到非常地盡興，當下就付了五千元的小費，還要了她的聯繫號碼，說有機會再約請她。

潘衛軍感到自己正是越活越年輕了，所有養生的方法都試過了，他想，今後不管市面上有什麼新花樣，他都要去體驗一下。

李玫和她的小狗

李玫租住在一間公寓樓裡的底層房間，那天下班李玫剛剛走到家門口，就有一個青年男子攔住她的去路，來者核實了她的名字後，就對她拳腳相加，最後李玫被那個男子打倒在地，那男人又惡狠狠地對她叫囂道：

「把差評去掉，不然不會放過你。」

李玫這才恍然大悟，原來自己被打竟是因為在網上的那個差評。她前些日子確實在一家網店買了一款衣服，等她收到貨時，發現根本不是廣告上的那款，在退貨過程中，賣家不肯承擔運費，李玫一氣之下就給賣家點了個差評。賣方立刻要她消除差評，可李玫堅持賣方承擔運費才消除，於是對方就對她發出威脅。她本以為對方也就是網上說說狠話而已，也沒往心裡去，沒想到第二天就真有人找上門來，並對她施暴，還繼續逼她刪掉差評。回到家裡，出於人身安全考慮，她刪除了差評，心想，自己要是有個男人保護就好了。她很快報了警，警方做了筆錄，就再也沒有下文了。

李玫今年三十二歲了，還是單身，就連一個男朋友也沒有。有時她化好妝看看鏡中的自己，對自己的外表還是很滿意的，可就是不知道為什麼自己還沒有遇上能夠讓她一見就傾心的人。周圍的女同學女同事大多早已成家了，有的還有了小孩子。大約在十年前，她的家人就已經開始對她催婚了，可是越催越不順，好像得到了什麼魔咒。不過，她還是在心中有自己的那份渴望，相信冥冥之中一定會等到他，哪怕在等幾年。她嘗試過婚介，也在社交網站上征過婚，可就是沒有令她心儀的男人出現。李玫覺得有的男人心智不夠成熟，有的男人對女方有不切實際的要求，有的令人缺乏安全感，有的根本就是活在自己的世界裡，她甚至有了抱獨身的想法。現在在家裡陪伴她的是她的一隻叫歡歡的柯基犬，它成了她生活不可缺少的伴侶，她心裡的煩悶也會向狗狗傾訴。可是真的禍不單行，在她被打事件之後不到一個月，心裡的陰影還沒有消除，李玫突然被她的服裝公司辭退了，理由是「試圖藏匿盜竊服裝未遂」。她心裡當然明白，這只是老闆的一個藉口，原因是公司老闆最近讓百餘名員工每天鑽一米高的「小門」進出，李玫有些不服氣，鑽了幾天後自行決定每天走正門，結果幾天後就被以「偷竊未遂」的理由遭到辭退。

事情的緣由是中秋節公司給每名員工發五十元過節費，老闆本來就是出了名的摳門，平時能省則省，就連一次性喝水的杯子也要員工重複使用。有些員工覺得過節費太少了，平時加班加點地為公司工作，所以下班後沒去老闆那裡領錢。事後蔡老闆覺得很沒面子，抱怨員工不懂感恩，於是一氣之下就想出了讓員工進門鑽洞的想法。不僅如此，老闆覺得有必要「殺雞儆猴」，最後就以「試圖藏匿盜竊服裝未遂」之名把不願受這種侮辱性懲罰的李玫給開除了。雖然大家知道那是「莫須有」的罪名，但其他的員工也不敢出聲，只能還是默默地從洞裡鑽進廠門口。待老闆消了氣之後，大家才又從大門裡進進出出。

時間轉眼又到了春節前夕，有些員工要準備返鄉探親了。這次蔡老闆以公司今年經濟效益不佳為由，不再給員工發過節費，卻又突發奇想，組織一次全體員工向老闆謝恩的儀式，就是要員工們磕頭謝恩。為了大張旗鼓的熱鬧一番，員工們首先在場地上編隊成方形，有人拉著條幅，還有人架起攝像機。謝恩儀式在吵雜的音樂聲中開啟，一聲令下，員工們一個個跪地，然後就開始向蔡老闆磕頭，並高喊

「感謝老闆，給我工作！」圍觀的人越來越多，蔡老闆著實得意了一番。蔡老闆感覺到了那種被人集體跪地磕頭的氣勢和無盡的榮耀，由於員工絕大多數為女性，眼看那些女員工向他跪拜的姿態，有一種她們全是後宮佳麗的感覺，此時蔡老闆覺得，做人到了這個份上，活在世上也別無他求了。

再說李玫被工廠開除後，她心有不甘，心想這個平時摳門的老闆，不領過節費不是省了他的錢嘛，卻又礙了他的面子，他自己要面子，好像別人就一點尊嚴也不要，竟然讓人從門洞裡進進出出。她覺得蔡老闆這樣開除自己是違背了合同，於是她向開發區勞動仲裁部門申請仲裁，不過她的申請很快就被駁回，她感到心灰意冷。沒有工作的日子，她只能每天在家裡上網，她的小狗歡歡對她寸步不離，有時候歡歡到處大小便，她心裡煩悶時她會打一下歡歡，不過看到它一副可憐兮兮的樣子，李玫的怒氣也就消失了。那天上午不知怎麼的，歡歡居然獨自跑出去就再也找不到了，李玫發現後就急得發了瘋似的，狗狗是她唯一的伴侶和精神支柱，她一邊四處尋找，一邊哭著叫喊著狗狗的名字。她不敢想像如果自己找不回歡歡會是怎麼樣的後果，自己一直就孑然一身，為了一個點評被人追打，為了一點做人的尊嚴又丟了飯碗，現在又要面臨自己心愛的狗狗走失了。

一時不見了歡歡的蹤影，情急之下李玫有先回家列印了幾十份懸賞廣告，急急忙忙的在四處張貼。隨後李玫繼續在大街小巷裡到處搜尋，希望能發現歡歡的蹤影。她想一定是誰得到了歡歡，一看就知道它是一隻比較名貴的柯基犬，沒准就自己把它留了下來，她甚至想像此刻換了主人的歡歡會是怎樣的遭遇和心情。歡歡落到李玫的手裡已經有一年多了，大約還是在一年前，那是歡歡還只是一歲不到，由於在市郊的一個小鎮因滅狗行動，當地的衛生院、畜牧站、派出所和鎮政府組成的聯合打狗隊集中在某村村口，開始挨家挨戶撲殺疑似狂犬病狗。工作隊手持木棍、鐵器，見狗就打，許多狗由於被拴著鏈條，在棍棒下拚命掙脫、嚎叫。遭棍棒打擊後，在被手持長柄鐵鉗的人死死夾住頸部，然後掙扎地死去，現場十分慘烈。

畢竟是自家養的狗，平時像小孩一樣寶貝，一個小女孩偷偷地把歡歡藏在閣樓裡，並關照歡歡一定不能發出任何聲響，否則就會被活活打死。歡歡似乎聽懂了，它早聽見了外面傳來的打狗的慘叫聲，並瑟瑟發抖。工作隊來到了家門口，小女孩一臉慌張，說自家沒有狗。工作隊不信，就闖入室內進行搜查。當一個工作人員走進歡歡藏匿的地方的時候，小女孩幾乎要昏厥過去，正在此刻，只聽見門外一陣騷亂，有工作隊的人此時在外正和一個外出回來的村民發生衝突，那村民回到家中不見了自家養的狗，地上還有血跡，就知道自家的狗已被剷除，他一怒之下就和工作隊的人發生了爭執。

「你們這些畜生，狗也是一條命啊。」那村民怒不可遏。

「你才是個畜生，我們在消除狂犬病你懂嘛，鎮上已經有好幾個人死於這種病。」一個員警大聲說道。

「你們這樣家家搜捕，也不問個青紅皂白，見狗就殺，場面血腥，弄得大家人心惶惶，好像當年日本人進村搜捕地下共產黨人似的。」村民又叫嚷道。

「你再這樣瞎嚷嚷就把你關起來。」工作隊說道。

搜查的人聞聲出門，就這樣歡歡躲過一劫，小女孩也好像經歷了一場死裡逃生的經過。打狗隊將村裡的狗撲殺完畢，他們用背簍扛著消毒粉、煤油、柴草和打死的狗，走在田間路上，來到了一個地方進行挖坑，將狗的屍體扔進坑中，澆上煤油進行焚燒、消毒和掩埋。為了不出意外，幾經轉手，歡歡最後落到了現在的主人李玫手裡，李玫對歡歡一見鍾情，雖然她自己手頭拮据，還是給狗狗吃好的用好的，這樣歡歡從此就過上了城市生活。

李玫在外尋找了一天無果後，幾乎絕望地回到了家裡，沒有歡歡的陪伴，無名的孤獨令她幾近窒息。到了第二天下午，突然有人傳來一條消息，她頓時心裡一陣狂喜，急忙聯繫到那個自稱是吳女士的撿狗人。對方立刻發給了李玫住址，要她一手交錢一手領狗。李玫在懸賞啟事中提到酬金是一萬元，其實她根本沒有能力拿出這筆酬金，於是她要求吳女士先將狗還給她，以後再給酬金。

「沒錢我先幫你養著，最好轉點生活費過來，給狗喂好點。」吳女士提道。

「我現在失業了，等有了工作一定湊錢給你。」李玫回到。

「不要像哄小孩一樣哄我，告訴你，當我心情不好時，我忍不住會踢它兩腳。」吳又回到。

「請你不要這樣殘忍，那是別人的心肝寶貝。」李玫有點傷心。

「什麼殘忍，等我不再喜歡了，就會殺了它。」吳這樣回到。

聽到這裡李玫再也忍不住了，她只希望歡歡儘快回到自己的身邊，她想馬上見到歡歡，並把它要回來。於是在溝通無果的情形下，李玫決定上門討要。面對緊閉的大門，她似乎有一種不詳的預感，得知李玫上門討要，吳女士拒不開門。此刻房裡歡歡也感覺到了什麼，對著門口叫了幾聲，好像是在告訴自己的主人，它又一次遇到了危險。聽到歡歡熟悉的叫聲，李玫更加心痛，急急地敲了一陣門後，又聽到歡歡在裡面叫了幾聲就沒有動靜了，李玫害怕自己的狗狗受到虐待，就想到了報警求助。她很快找到了就近的一個派出所，一個警員聽了她的哭訴後，就跟著她去了吳女士的家。一聽是員警上門了，吳女士又氣又急，情急之下，她竟然把狗狗從自家六樓的視窗拋下。當李玫隨一個警員進入室內，他們並沒有看見狗狗，不過地上有喂狗的食物。最後發現狗已從高空墜落，李玫發了瘋似的跑到樓下，看見躺在地上的歡歡摔成了重傷，她哭著把歡歡抱在心口，歡歡此時已經奄奄一息，在李玫的手中掙扎了一會，就斷氣了。李玫放聲大哭，她怎麼也想不到會是這樣的結局，聯想到自己近來的種種遭遇，她甚至想和她的狗寶寶一起去死，她不知道自己今後的日子將怎麼過……

最後的晚餐

北京市福田公墓，地處京郊西山風景區，因距福田寺不遠，故取名福田公墓。這座占地一百三十餘畝的公墓裡葬有不少的社會名流：有清朝最後的攝政王載灃、近代著名國學大師王國維等，也有歷來政治運動中製造的冤魂，不過毛澤東的遺孀江青在獄中自殺後，她的骨灰也被安葬在這裡，她曾經製造過許多的冤魂，現在那些冤魂和江的鬼魂在這裡也成了冤家路窄了。最近又有一個被處決的年輕人葬在了這裡，他就是幾年前不甘公安欺凌，持利刃闖上海閘北公安分局刺死刺傷多名警官的北京青年王佳。在墓園裡，只有王佳的墓上安裝有兩個攝像頭以便當局監控，不過更稀奇的就是在故宮後面的煤山上有顆被稱為「歪脖子」的樹旁，最近也安裝了兩個攝像頭，事情的起因是有人在這顆樹上掛了一袋包子。誰都知道，這裡是明朝的最後一個皇帝崇禎上吊自殺的地方，人們在這裡掛包子應該有警示當局的意圖。先前媒體為了宣傳黨的總書記排隊買包子吃的親民形象，老百姓就戲稱他為「x包子」。

三年前，在七月的一個上午，王佳坐在上海的一家麥當勞的餐廳裡，咀嚼著漢堡包，看著牆上的鐘錶，時間是十點差十分。他心裡明白這是他人生中最後的一次早餐，再過一會兒，他就會自殺，不過在這之前他要完成一個計畫，一個殺員警的計畫，他想過了，他要闖入不遠處的那幢公安大樓，也許可以殺他十個八個，至少要殺三個以上，然後就自殺。他無心顧及店裡人來人往的人群，他想，到了明天這裡還是這個樣子，不過人們會議論昨天的殺人事件，也許新聞裡也會不停地播出這條新聞，自己並不想成為新聞人物，許多人看了新聞，會認為自己是「人渣」，就像當年革命黨人刺殺滿清官員那樣，被捕後會以「逆賊」的稱呼被斬。他突然看見一個中年婦女有點步履蹣跚地走著，樣子有點像他的母親，他感到一陣心酸，他想自己是不是應該放棄這個殺員警的計畫，雖然他們的嘴臉可惡，可母親從來膽小怕事，而且向來逆來順受，獨自一個人千辛萬苦的把他養大成人，現在是他贍養她的時候，可自己因為咽不下這口氣，卻要和他們同歸於盡。自己如果放棄了這個計畫，他們照樣每天吃吃喝喝，草率公務，老百姓有冤無處伸，讓他們這樣活著真是太便宜他們了。此刻，在他的腦海裡，忽然想起了革命黨人彭家珍用炸彈和滿清官員良弼同歸於盡的場景，這是他在一部電視劇裡看見過的故事，沒想到自己如今卻要效仿他去刺殺員警。

他離開了速食店，用手摸了摸口袋裡的那把尖刀，朝著區公安局大樓走去。對於這幢樓他並不陌生，就在幾個星期前，他被幾個警員押上一輛警車，然後就被帶到這裡。他被帶到一個房間，有個警員要他交代他偷竊自行車的經過，於是王佳拿了紙筆，字跡潦草地陳述了他騎的自行車的來歷，見房裡沒有人，他寫完了就趴在桌子上開始休息。大約過了半個小時，又進來了兩個警員，坐在了他的對面，其中一個年長一點的看了看王佳些的內容，就不耐煩起來，口氣生硬地說道：

「叫你寫交代材料，你卻那麼不老實，你有完沒完呢？我們很忙，趕快再寫一份，老實交代，爭取從寬處理。」

「我沒有偷車，是我從別人手裡買來的，你們可以去調查的。」王佳申辯道。

「到這裡來的人，一開始都是嘴硬的，不過最後都是認罪的。既然你進來了，就得老老實實，我們不會冤枉任何人的。」

「我沒有罪，所以無法認罪。」王佳堅持道。

令他沒想到的是接下來他被帶到了一個房間，有人命令他坐「老虎凳」，警員認為，當他支撐不住了，就會自然坦白交代了。王佳沒有聽從那個警員的指令，接著兩個警員對他一頓暴打，他被打得鼻青眼腫，還被打掉了一顆門牙。鮮血流了一嘴，王佳才不得不承認自己的「罪狀」，並寫下了「犯罪過程」。他同時產生的報復的念頭，心想大不了和這些狗娘養的同歸於盡。

他明白了，公安人員就是這樣執法的，怪不得到處都是「訪民」，因為得不到公正合理的對待，所以他們沒有司法的途徑，他們要像帝制時代的王朝那樣，去京城告狀。他曾在清朝維新派譚嗣同《仁學》中讀道：「二千年來之政，秦政也，皆大盜也；二千年來之學，荀學也，皆鄉愿也。惟大盜利用鄉愿，惟鄉愿工媚大盜。」

他平時喜歡看書上網，尤其喜歡看歷史題材的書籍，他開始慢慢發現，歷史上的人物，那些被寫成反派的，其實並沒有這麼糟糕，相反，那些被極力頌揚的人物，其實並沒有那麼高尚。說袁世凱是什麼「竊國大盜」，蔣介石是什麼「人民公敵」，那些只不過是一種黨文化的口吻。他感到如今的現實生活，比歷史上任何時期都要糟糕，以前政治上專制，雖然經濟落後，但基本上沒有什麼貪官，搞的也是平均主義。如今，資本和專制集權的結合，使極少數權貴侵佔了整個民族的生存血脈，把本來國有的採礦、石油、鋼鐵、電力等國企統統歸為己有，而且把公共權力私有化、政治暴力合法化、政府行為黑社會化、國家軍隊私人化。廣大民眾卻承受著政治高壓、經濟高壓，生存環境遭到嚴重破壞，教育、醫療、養老等沒有一點保障，國民素質普遍低劣，道德敗壞，到處充斥著騙子和假冒偽劣產品，餐桌上用的是「地溝油」，就連嬰兒奶粉、孩童注射的疫苗也不能倖免。學術界剽竊成風，黨員幹部帶頭貪污腐化，廣大民眾不同程度的民不聊生，農村地區的孩子因為交不起學費而上不了大學，就連所謂的小學義務制教育，也因為交通問題、經濟問題等原因而成了一句空話，農村有一半以上的農民一輩子沒有去醫院看過病，就連城鎮裡也因為沒有錢而看不起病，即使看上的也是被亂收費，導致醫患關係緊張，更有舉牌賣兒賣女或賣自己籌醫療費為家人治病的。老百姓更是有冤無處訴，只能通過「上訪」維權，結果許多人被逮捕並直接送入精神病院，進行進一步的精神和肉體摧殘。對於批評政府的知識份子，他們以「煽動顛覆國家罪」與以逮捕。王佳讀過陳獨秀當年在法庭上的抗辯書，當年國民黨當局逮捕了陳獨秀，蔣介石電令謂陳獨秀危害民國罪，應交法庭審判以重司法尊嚴。公訴書說到：「陳獨秀在法律點上，主張打到民國政府，和無產階級專政是一樣的目的，都是共產，都是危害民國。」並指控陳獨秀「危害民國」及「叛國」之罪。對此，陳獨秀在法庭上據理抗辯：「我只承認反對國民黨和民國政府，卻不承認危害民國，因為政府並非國家，反對政府，並非危害國家。國者何？土地、人民、主權之總和也。若謂反對政府即為『危害民國』，此種邏輯，難免為世人所恥笑。孫中山、黃興曾反對滿清政府和袁世凱，而後者曾斥孫、黃為國賊，豈篤論乎？故認為反政府即為叛國，則孫、黃已兩次叛國矣！荒謬絕倫之見也。」

王佳曾在網上瀏覽到：毛澤東早在上世紀四十年代在延安時曾經描敘過未來的國家：一沒有貪官污吏，二沒有土豪劣紳，三沒有賭博，四沒有娼妓，五沒有小老婆，六沒有叫花子，七沒有結黨營私之徒，八沒有萎靡不振之風，九沒有人吃摩擦飯（內戰飯），十沒有人發國難財。而這些如今在社會上愈演愈烈。當官的無官不貪，包養情婦，生私生子，與民爭利。為什麼呢，他想，一黨專制下，立法、司法與行政三權合一，遊戲規則的制定者就是監督者，許多法律都出自於政府自利的目的，沒有正義、平等可言，只有強權壓制迫使民眾遵守。美國前總統羅斯福為國民提出了「四大自由」：言論自由、信仰自由、免於貧困的自由、免於恐懼的自由。而中國人，除了歌功頌德就是號召大家學習黨代會的檔，鼓吹西方文明的核心價值不適合中國。

受《老殘遊記》、《二十年目睹之怪現狀》等著作的影響，王佳更加不能容忍社會上的種種弊端。他得知對於當今社會，連相對忠厚老實的前黨魁毛澤東的接班人華國鋒也看不下去而辭退了共產黨。他偷偷讀過南共前領袖吉拉斯在《新階級》裡的宣判：他們（共產黨）將留下「人類歷史上最可恥的篇章。」

對於幾個星期前被警員暴力執法所發生的事，他感到，有些委屈如果要一輩子背在身上，那我寧願犯法。於是，他籌畫起刺殺警員的行動。到了七月一日那天上午，黨媒正在加強力度地宣傳和諧盛世和人民的美好生活，他吃過了人生的最後一頓麥當勞早餐，離開了速食店，直接向公安分局走去。

他先在區分公安局正門西側三米左右的花壇處投擲了五個自製的汽油瓶。在汽油瓶燃燒後，正門處的保安前往救火，王佳利用保安離崗之際，通過大樓的服務通道進入大樓。進入大樓後，首先對大樓內的保安顧氏進行襲擊，此時顧氏正在接聽電話，王佳用單刃刀柄用力敲擊其頭部，顧氏當場昏死過去。接著在大廳過道遇見了倪氏，他先聽到了聲響，走近一看有人向他撲來，他腿一軟，避之不及，王佳衝上前就給了他一刀致命。隨後他推門進入一個值班室，見到方氏，直沖過去，方見勢不妙，本能地想拿起椅子對抗，不過王佳手疾眼快，對著他的胸部猛刺過去，他扶著胸口，倒下不久就也死了。王佳此時殺紅了眼，沒想到殺人這麼容易，而且還是警員。他緊接著又推開了一扇門，見那人正在打瞌睡，王走上前，對著張氏的背後猛刺了幾刀，隨後他就倒在了地上，血流不止而死去。王佳出來後，就直闖另一扇關著的門，門被反鎖著，裡面的李氏知道外面出了事，便將門鎖上打電話求救。王佳一腳就把那扇木門踢開，李氏見了王佳，便開口哀求饒命，並說自己和別的警員不同，專做為民除害之事，王佳正猶豫著，忽然聽到外面有人要衝進來，於是他一手夾住李氏，並將他刺死。事後，他拔腿就跑，在逃跑過程中，分別在電梯口和消防走廊行刺了徐氏、王氏和李氏，最後又在一間辦公室門口刺了吳氏，吳氏帶傷邊跑邊呼叫同事，王佳也進跟其後，想結果了他，緊接著又有幾個警員同時沖入，王佳揮刀抗拒，最後他們用辦公椅將王佳頂在牆角，並槍下兇器，隨後將其銬上，並帶離了現場。

不過，此時早已亂作一團的警局死的死傷的傷，到處是血跡斑斑，以前在案發現場的慘劇竟然在警局發生了，他們感到恐懼與迷茫，終於有亡命之徒對他們下手了，以前只有處理過鬧事的病人家屬在醫院刺殺醫生的，也有在執法過程中對城管進行暴力行為的，也有對司法不公產生的行刺法官的，像這樣有預謀的對警員自殺式的行刺還是頭一回，他們感到了自身的危機。在這場對警員的行刺案中，一共被刺死六個警員，刺傷五個，事後弄得輿論一片譁然，而人們對這個行動拍手叫好的也不在少數，更有人稱他「王大俠」、「現代荊軻」、「反抗共產暴政的義士」等等。

這些年公安保安工作升級了，政府動用了防暴員警、特警、武警、公安、城管等力量進行所謂的「維穩」，同時大規模進行封網、鎮壓、逮捕等舉措，每年「維穩」經費甚至超過了國防開支。每逢開什麼「黨代會」、「首腦會」的保安工作也做到了滴水不漏，如臨大敵。雖然百姓在是生活在恐懼之下，不過執法的人也感到了從來未有過的危機，就連老百姓買把菜刀也要實行「實名制」。在中央高層中，他們早就做好了轉移財產，並把自己的子女送往歐美國家，他們一面宣揚繁華盛世，一面感到前所未有的危機並做好了政權更迭的心理準備。

紅袖章

祝大媽今年六十六歲了，她的身體還算不錯，除了血壓有點高，基本上就沒有什麼毛病了。她的精神很好，自從她退休後，就覺得整天閒著沒事幹，除了偶爾出去旅遊外，平時最大的樂趣就是去跳廣場舞，每當喇叭裡的樂聲一響，幾十個上百個結隊的大媽手持舞扇就大張旗鼓地跳了起來。不過由於嘈雜的樂聲太擾民，居民們不斷提出抗議無效後，那些不堪忍受的居民就開始從樓上往樓下跳廣場舞的地方扔垃圾、潑污水，這樣鬧了一陣子，直到上級發下一文通知：

接北京市公安局通知，因「兩會」期間有重大政治保安工作，故在此期間，所有周邊公共場地不准停放車輛，不准聚集活動，高架一帶的窗戶不得打開，請務必遵守！

望各單位與個人諒解，予以配合。如不配合，後果自負！

廣場舞不能跳了，祝大媽有些沮喪，不過很快她就接到了一個通知，那是居委會發來的，要她在「兩會」期間，參加巡邏執勤，保障兩會期間的治安。祝大媽看了通知立刻去了居委會，居委會負責人見祝大媽來了，便聊起了相關事宜。

「我們的主要任務是配合公安機關維持社會治安，有關領導說了，『兩會』期間，尤其要防範那些『上訪人員』、『藏獨分子』等破壞分子製造事端，同時也要管制好在首都的其他外來的『低端人口』，讓他們在此期間該回老家的回老家，該分流的分流，相信大家一定會做好各方面的工作，配合公安人員，保證兩會期間不出任何狀況。」

「沒問題，我們都是老『紅衛兵』了，經過大風大浪的鍛鍊，對社會治安這一塊，一定會打起精神做好工作，保證『兩會』期間社會和諧安定。」

領了紅袖章，祝大媽便滿懷喜悅地離開了。看了看手上那嶄新的紅袖章，上面印有「治安巡邏隊」幾個字，祝大媽心裡感到美滋滋的，雖然是義務巡邏，對治安也不會起什麼大作用，可她覺得，手臂上戴上了紅袖章，到處巡邏執勤，這威風勁就令人趾高氣揚。

她一路走著，沒有直接回家，看著大街小巷，感覺一切變化太大了，只有這天安門城樓沒有變，從自己離開中學，光陰整整流失了五十個年頭，自己老了，滿頭是白髮，紀念堂裡的毛主席一轉眼也離世四十年了，她不由地回想起自己從前的時光。那是五十年前的往事了，曾經和成千上萬的「紅衛兵」一起，穿著軍裝，帶著「紅衛兵」的紅袖章，在天安門城樓前，接受偉大領袖毛主席的檢閱，記得當時自己才十六歲，那激動人心的場面，那熱淚盈眶的高呼，那激情燃燒的歲月，如今也只有在自己的記憶裡存留著，因為，隨著時光的流逝，一切都在巨變，只有這手上的紅袖章沒有變，還是那麼鮮豔，那麼火紅。

到了十七歲那年，為了回應毛主席的號召，中學一畢業，全校的畢業生都離開了城市，去邊疆落戶了。出發的那天，她和幾個同學一起，穿著一身的軍裝，在學校的操場集合。為了表示對毛主席的熱愛，她們再一次帶上了「紅衛兵」的袖章，熱情洋溢地跳了「忠字舞」。然後在鑼鼓喧天的聲浪中，她們的胸前戴上了一朵大紅花，懷著建設祖國邊疆的理想，浩浩蕩蕩的學生隊伍，向北京車站出發了。這一年，全體畢業生一律下鄉到農村去，無一例外，其中就有如今成為國家的最高領導人的習總書記。記得當年流傳著這樣一句話：「一人紅，紅一點；大家紅，紅一片。」

到了農村，他們開始了起早貪黑務農的生活，整天割麥子、打草、餵牲口，吃的是「工分」糧，平均一人一天的「工分」是幾分錢，而當時的一隻雞蛋的價格是一毛錢左右。有人開始犯嘀咕了：「為什麼一個人一天的勞動收穫還不如一隻老母雞下的一隻蛋呢？」犯嘀咕的人很快受到了大家的批評，隊長認為這是對毛主席「上山下鄉」的指示不滿，當事人做了深刻的檢討後，才過了關。就這樣幾年的時間過去了，有門路的人有的走上了領導崗位，有的被保送上了大學，只有沒有門路的人還在農村耗著，他們的心中只有一個期盼，早日離開這裡，回城找一份工作。開始她不明白為什麼除了有門路的人可以回城，還有就是長得漂亮的女人，後來她也聽到了風聲，不少回城的漂亮女子，都被村支書和村長他們姦污過。那年她的母親因身體原因提早退休，讓在農村的女兒回城頂替，不過調令到了村支書哪裡，她被叫到了大隊辦公室，那天一大早，平時裡一本正經的村支書就請她吃了一碗蛋炒飯，又對她曉以利害，她沒有反抗地獻出了自己的身體，回去後哭了幾天幾夜，又大病一場，最後，她如願以償地回到了北京城，在一家紡織廠接替了她母親的工作崗位，那年她二十七歲，整整在農村荒廢了十年的青春。

回城後，有了一份工作，雖然是三班倒，工作很辛苦，一個月幾十元的工資要比在農村時的勞動記「工分」強多了，衛生條件也好多了，每個星期至少在公共浴室排隊可以洗一次澡，公共廁所雖然也很髒，不過比起農村的茅坑強多了，也不用在颳風下雨和烈日當頭的天氣下，帶著草帽割麥子、打草了。她還是不明白為什麼毛主席老人家當初要把全部的學生下放到農村去，輿論還高調宣揚：「農村是一片廣闊的天地，到那裡可以大有作為。」多麼浪漫的詩一般的語言，卻荒廢了一代人的青春。不僅如此，為了早日回城，自己的身體也被玷污了，這也導致了她一生的汙名。到了婚嫁的年齡，雖然沒有什麼錢，幾乎是一無所有，這是回城前最擔心的問題，在農村不一樣，似乎家家戶戶有一口飯吃就可以了，什麼生存問題都可以解決，解決的辦法就是置之不理，比如生病了，到公社衛生所買點常用藥，如果病情重一點，就索性不去理他了，是好是壞就聽天由命了。在城市不行，要有工作，要有最基本的收入，如今自己到了結婚的年齡，找個對象似乎也不難，經人介紹認識了一個三十多歲的男人，也是從農村回來，基本上也是一無所有，在一家工廠做會計，還算有點文化。雙方見了幾次面，就商榷婚事了。沒有住房，解決的辦法是在男方父母的十幾平米的老房子的閣樓裡，再騰出一塊地方做婚房，雖然擁擠不堪，比起沒有地方結婚的人家，已經算是幸運了。

結婚後的第二年就有了自己的孩子，不過到了孩子稍微長大一點，丈夫對她就很冷漠了，理由是他覺得孩子不是自己的血脈，男方的母親在給孩子洗澡時就覺得孩子瘦弱的體型不是他們家遺傳的樣子，孩子的父親聽了自己母親的言論，又聯想起結婚時自己的老婆早已是有過性經歷，於是他開始對自己的妻子很冷淡，但他也不道出原委，他們居然這樣生活了二十多年，到了他們的孩子長大成人了，忍無可忍的祝大媽終於有機會拿出了醫學報告，證明他們的孩子是他的親骨肉時，祝大媽和她的丈夫終於離婚了。離婚後他們還是住在同一個舊房子的樓上樓下，直到退休時因為老房子拆遷，她分配到了一間房子，退休後她就開始了單身生活。

她每天去晨練，經常和一幫大媽去跳廣場舞，隨著高樓越建越多，跳舞的地方就越來越少了，而且和居民的矛盾也越來越大，他們的活動也受到了許多的限制，這使祝大媽對那些樓上的居民心裡充滿了抱怨與怨恨，不過現在好了，這個街道裡的社區治安都歸他們管轄，對那些沒有嚴格遵守佈告條例的人可以嚴厲地教訓他們一番甚至還可以對他們進行處罰。會議期間，他們在巡邏時突然發現有一個居民樓上的一戶人家居然沒有按規定關上窗戶，而是打開著，裡面還可以看見晾曬的衣服，於是他們像發現了敵情，巡邏的大媽門便上樓去敲那家的房門。

「我們發現你們家的窗戶開著，『兩會』期間上面規定不准開窗戶。」祝大媽對著一個婦人教訓道。

「哦，我幫主人家帶孩子，小孩子每天有許多衣服要洗，趁天氣好，就開了一點窗，開窗不犯法吧。」保姆說到。

「『兩會』期間這裡周邊不許開窗，連計程車也不例外，開窗就是犯法，馬上關上，不然就跟我們去派出所。」

「好吧，我馬上關上。不就是開個會嗎，弄得好像如臨大敵似的，我們不是和諧社會嗎？」

「和諧社會不等於沒有壞人搞事，懂嗎？」

等保姆關好了窗，這幾個大媽才離開。

在「兩會」期間確實讓祝大媽威風了一陣，等過了會議期間，巡邏隊就要解散了。現在，祝大媽每天除了去公園晨練，其他的就沒有什麼事可以幹了，她感到很寂寞，她時常回想起從前的歲月，她還常在夢裡夢到毛主席接見他們的場景，還有她在農村度過的歲月。她覺得以前的理想不存在了，那是一場失敗的實踐，自己不僅為此獻出了青春，還犧牲了純潔的身體。現在自己老了，卻和自己的丈夫也因為這個原因而產了長年的猜忌和冷漠而最終導致分手。她沒有太怨恨她的前夫，她覺得他也是一個可憐的人，到了這把年紀卻因為長年的誤會而毀了彼此的生活。當年從農村回來後，社會主義的優越性慢慢消失了，平均主義沒有了市場，以前的工廠紛紛倒閉，自己也不得不提前退休。

她不知道「兩會」到底產生了什麼結果，倒是坊間的流言傳出了不少的政協委員雷人的提案：老百姓呼吸新鮮空氣要納稅。

未接受九年義務教育不能生孩子。
上網應該得到政府批准，咱是共產黨領導的社會主義國家，哪能說上網就上網。
讓拯救無望的患者自願選擇離世方式。
每個人的工資，必須有一筆錢捐慈善，就像納稅一樣。
孩子不滿十歲的夫妻不能協定離婚。
要提高農藥化肥價格讓農民用不起，因為農民不願費力氣出去拾糞。
鐵路一票難求的根本原因在於鐵路票價太低。
不鼓勵農村孩子上大學，因為一旦農村孩子讀了大學，就不回自己家鄉了，回不去自己家鄉是一個悲劇。

房價上漲是因為老百姓錢太多了。

那天祝大媽午覺醒後，覺得有點心慌氣短，就出門到廣場上去走走，剛到廣場邊，高音喇叭就傳來了熟悉的歌曲，遠處看去，有一群人正在跳舞，她頓時心裡一陣喜悅，以為自己又有地方可以跳廣場舞了。等她走近一看，原來是一群男女大學生穿著軍裝，跳著當年他們跳過的「忠字舞」，她有點悲喜交加，她知道他們只是出於好玩，根本沒有什麼革命的理想。不過她還是從這幫年輕人的身上看到了當年自己的影子，不過歲月整整過了四十多年了，當年那些跳「忠字舞」的人，有的已經死了，有的已經得了各種各樣的疾病，自己還算幸運，基本上沒有什麼大毛病。她的腦子裡也閃現了一個念頭，自己召集一幫同齡人，穿上軍裝，在廣場上一起跳舞，好像回到了從前的歲月，那該是多麼幸福的一件事啊。祝大媽心裡越想越激動，於是她回到了居委會，向居委會主任提出了自己的想法。沒想到主任和她一拍即合，支持並願意一起參加這樣的活動，畢竟她們都是當年的「紅衛兵」。

有個傍晚，祝大媽的女兒帶她去商場買保健品，他們好不容易有了一個路邊的停車空位，祝大媽下車後，無意中發現他們的車前車後停放著好幾輛車，車主卻都在車裡等人，更奇怪的是車後蓋上都放有各式各樣的飲料瓶，而且都放在醒目的位置。祝大媽看不明白，就好奇地問了一聲：

「他們這是幹什麼，一個個把飲料瓶這樣放在車後面？」

「他們是在等人，聽說那飲料瓶是暗號，是和女大學生做性交易的價碼，不同的飲料表示不同的價碼？」她女兒向她透露道。

「什麼，竟有這樣的事，以前好像也有聽說過，以為那只是笑話，沒想到還真有這樣的事，學校裡出這樣的事，公安局也不管一管？」

「怎麼管的住，當官的哪個不貪不包『二奶』，現在女大學生也賣淫成風，還是師範大學呢，學校裡的教授也和女學生亂搞，被人稱作『叫獸』。」

「咳，師範大學的女學生都這樣，她們以後怎麼去教下一代啊？」

「是啊，有什麼辦法，現在的社會就是這個樣子，笑貧不笑娼。」

祝大媽回到家裡，她感到很是心煩意亂，她想以前人們沒吃沒穿也就這樣過來了，現在人們有吃有穿，社會上的人，上上下下都這麼墮落，自己一個小小的老百姓，也管不了這麼多，只希望自己的下一代好好做人。她還是惦記著組織一支歌舞隊，穿上從前的軍裝，在歌聲中翩翩起舞，使自己再回到從前的時光，那該有多好。

經過了一段時期的籌措，舞蹈隊的服裝和道具終於湊齊了，場地的問題也解決了。那天，祝大媽興高采烈地和十幾個大媽身穿當年紅軍的制服，戴上紅袖章，在隆隆的歌聲中，跳起了廣場舞，還引來了許許多多的圍觀者。祝大媽跳著，彷彿自己真的回到了從前的歲月，想到了當年響應毛主席的號召，浩浩蕩蕩去農村的場景。突然她感到胸口一陣疼痛，隨後她就失去了知覺，一頭載倒在了場地上。可惜祝大媽沒有被搶救過來，就這樣突然身亡了。

國家圖書館出版品預行編目

陰門陣 / 盛約翰著. -- 臺北市 : 獵海人,
2018.10
面 ; 公分
ISBN 978-986-96985-0-4(平裝)

857.63 107017354

陰門陣

作　　者／盛約翰
出版策劃／獵海人
製作銷售／秀威資訊科技股份有限公司
114 台北市內湖區瑞光路76巷69號2樓
電話：+886-2-2796-3638
傳真：+886-2-2796-1377
網路訂購／秀威書店：https://store.showwe.tw
博客來網路書店：http://www.books.com.tw
三民網路書店：http://www.m.sanmin.com.tw
金石堂網路書店：http://www.kingstone.com.tw
讀冊生活：http://www.taaze.tw

出版日期／2018年10月
定　　價／320元